FRÜHLINGSLEUCHTEN

CORNWALL SEASONS

CARA LINDON

Dalwigkstraße 17, 34130 Kassel
www.caralindon.de

Originalausgabe März 2018

Buchcoverdesign: Sarah Buhr/www.covermanufaktur.de unter Verwendung von Bildmaterial von SZBDesign; Ian woolcock; Helen Hotson; krivinis; Evgeny karandaev/shutterstock.com sowie belchonock/depositphotos.com
Lektorat: Katrin Opatz, http://lektoratwortnetz.de
Korrektorat: Claudia Heinen, www.sks-heinen.de
E-Book und Satz: Myra Çakan, https://ebook-to-go.blogspot.de

ISBN: 978-3-96111-288-3

Bestellung und Vertrieb: Nova MD GmbH, Vachendorf
Druck: Sowa Sp. z o.o.
ul. Raszynska 13
05-500 Piaseczno, Polska

ÜBER DAS BUCH

»Du hast so lange an den falschen Mann geglaubt. Lass dir den richtigen nicht entgehen.«

Tierärztin Chesten hat alles, um glücklich zu sein: beste Freundinnen, einen erfüllenden Job und die große Liebe ihres Lebens. Ihr Pech ist, dass er verheiratet ist und sie nur wenige gestohlene Stunden miteinander verbringen. Immer öfter fragt sie sich, ob das alles sein soll, was sie in Zukunft erwartet.

Als sie dem geheimnisvollen Biker Darren begegnet, nimmt ihr Leben eine Wendung, mit der sie niemals gerechnet hätte.

Aber kann sie der Liebe noch vertrauen?

Eine Liebesgeschichte mit hoffnungslos romantischer Heldin, freundlichem Hund, kämpferischem Kater, wunderbaren Freundinnen, treulosem Mann und der Chance auf das große Glück sowie Herz und Humor.

ÜBER DIE AUTORIN

Cara Lindon ist ein Pseudonym der Autorin Christiane Lind, die bereits bei den Verlagen Knaur, Rowohlt und Aufbau sowie im Selbstverlag veröffentlicht hat. Cornwall ist ihr Sehnsuchtsort, den sie mindestens einmal im Jahr besuchen muss, damit Land und Meer ihre Seele streicheln. Cara hat ihren Seelenverwandten bereits gefunden und lebt mit ihm und vier Katern in einer kleinen Stadt, leider nicht in Cornwall.

www.caralindon.de

KAPITEL EINS

Vor elf Jahren

Chesten konnte einfach nicht anders. Obwohl sie wusste, dass es schmerzen würde wie ein Huftritt gegen den Oberschenkel, obwohl sie bereits jetzt viel zu spät dran war, musste sie einfach den Umweg fahren. Musste bei Staceys Haus vorbeifahren, um sich mit eigenen Augen davon zu überzeugen, dass Yestin, ihr geliebter Yestin, wirklich ihre Konkurrentin zum Abschlussball abholen würde.

Bis zum letzten Moment hatte sie gehofft, dass alles gut ausgehen würde, so wie in einem Märchen, so wie in ihren heiß geliebten Liebesromanen. Chesten war sicher gewesen, dass Yestin in letzter Minute sich doch noch zur einzig richtigen Entscheidung durchringen würde, dass er Stacey versetzen würde und stattdessen zu Chesten auf den Hof gefahren käme. In einer weißen Limousine, so wie Richard Gere in »Pretty Woman«. Also saß sie am Fenster und schaute hinaus, blinzelte kaum, aus Sorge, den Augenblick zu verpassen, in dem Yestin endlich ankäme. Doch die Zeit verging, ohne dass jemand auf den Hof fuhr.

»Warten deine Freundinnen nicht auf dich?« Die Frage ihrer Mum war es schließlich, die Chesten aus ihrer Erstarrung riss. »Soll Dad euch nicht doch fahren?«

»Nein, ich trinke sowieso nichts.« Chesten sprang auf, griff sich irgendeine Jacke und lief zum Auto. Ihre Eltern standen in der Tür des Farmhauses und winkten ihr zu. Chesten erwiderte den Abschiedsgruß, so als wäre alles in Ordnung, als würde ihr Mund sich nicht verzerren und ihre Blicke vor Tränen verschwimmen.

Wenn ich heule, weiß Bree sofort Bescheid. Und dann hält sie mir wieder eine Predigt, dass Yestin der Falsche ist. Das kann ich heute nicht ertragen.

Daher hatte sie die Schultern gestrafft und geschluckt, bis die Tränen endlich versiegten. Sie war vom Hof gefahren, aber nicht zum Bed and Breakfast von Brees Familie, sondern in die andere Richtung, zu Staceys Haus.

Hier stand sie nun, wartete darauf, dass Yestins grüner Ford Focus auftauchte. Doch sie war wohl – wieder einmal – zu spät gekommen. Vor dem großen viktorianischen Haus tat sich nichts. Stacey und Yestin waren bestimmt bereits unterwegs zum Abschlussball. Einen Moment lang überlegte Chesten, ihnen dorthin zu folgen, doch sie hatte ihren Freundinnen versprochen, mit ihnen zu feiern.

Sie startete den Range Rover und versuchte, sich auf den kommenden Abend zu freuen. Schließlich würde sie ihn mit Alys und Bree verbringen, den besten Freundinnen, die man sich nur wünschen konnte. Es fühlte sich verräterisch an, weiterhin traurig zu sein, nur weil Yestin sie versetzt hatte. Er hatte ihr nie versprochen, mit ihr gemeinsam zum Abschlussball zu gehen. Es gab nur einen Menschen, dem Chesten einen Vorwurf machen konnte: sich selbst, weil sie ihn immer noch liebte, obwohl er sich für Stacey entschieden hatte.

»Yestin Hannaford, du wirst mir nicht das Herz brechen. Ich werde Spaß haben, heute Abend. Ohne dich«, sagte sie laut, als könnte sie ihr Versprechen an sich selbst so Wahrheit werden lassen. Ein schneller Blick auf die Uhr: Bree und Alys würden sicher schon warten. Noch ein Grund mehr, sich als die mieseste Freundin der Welt zu fühlen.

Chesten drückte das Gaspedal durch. Vor dem grauen Bed and Breakfast, das aussah wie ein Miniatur-Herrenhaus, drückte sie lang anhaltend auf die Hupe, als könnte sie ihre Trödelei so wettmachen. Bree stürmte aus dem Haus, als könnte sie es nicht erwarten, wegzukommen.

Mist, was erzähle ich ihr nur?

»Tut mir leid.« Chesten musste sich strecken, um die hochgewachsene Bree zu umarmen, die ein Duft nach karamellisiertem Zucker und gebratenen Äpfeln umwehte. »Eines der Ponys war ausgebrochen und ich musste es noch einfangen.«

»Lass uns losfahren. Alys wartet bestimmt.« Irgendwie kam ihre Freundin Chesten unkonzentriert vor, aber sie schob das auf ihr schlechtes Gewissen.

Wie immer, wenn sie sich schuldig fühlte, musste sie plappern und erfand eine dramatische Geschichte, wie sie das flüchtige Pony gejagt hatte. Vergebene Liebesmüh, denn Bree schien kein Wort davon zu hören, sondern starrte aus dem Fenster.

Ahnt sie, dass ich sie belüge? Hat Bree mich durchschaut? Gleich sind wir bei Alys, das wird Bree hoffentlich von mir ablenken.

»Ups, Alys wartet schon.« Chesten hupte und fuhr an den Straßenrand. Dort stand ihre Freundin, die sich mit den Händen die Oberarme rieb. Überrascht hob Bree den Kopf.

»Hallo Love!« Sie ließ das Fenster herab, um Alys einen Kuss zu geben.

»Da seid ihr ja endlich.« Alys legte ihren Rucksack auf den Rücksitz und stieg ein. Nacheinander umarmte sie Bree und Chesten.

»Sorry.« Bree stieß einen Seufzer aus. »Meine Mutter musste mir eine Predigt halten. Du weißt schon: ›Trink nicht so viel.‹«

»Sei um Mitternacht wieder zu Hause«, warf Chesten ein,

froh, ein unverfängliches Thema zu haben, in dem sie mit ihren Freundinnen übereinstimmte.

»Stell nichts an, was wir nicht auch tun würden«, sagte Bree.

»Grandma hat wie immer gesagt: ›Ich vertraue darauf, dass du vernünftig bist.‹«, antwortete Alys.

Bree seufzte erneut. »Kann sie mich nicht adoptieren?«

»Ach, so toll ist das auch nicht.« Alys zog eine Grimasse. »Deine Mutter hat dich bestimmt darauf hingewiesen, dass Turnschuhe die klügere Wahl sind. Ich friere jetzt schon. Wie wird das erst, wenn die Sonne untergegangen ist?«

»Ich hab Champagner dabei.« Bree hob ihren Rucksack hoch. »Du musst nur genug trinken, dann wird dir schon warm.«

»Meine Mutter hat uns Sandwiches gemacht und *Scones* eingepackt.« Chesten bog in eine schmale Straße ein, die von einer hohen Hecke umsäumt war. Sie konzentrierte sich aufs Fahren, um nicht an Yestin denken zu müssen, der bestimmt gerade mit Stacey tanzte.

Bree antwortete irgendetwas, doch Chestens Gedanken waren bereits wieder zu Yestin gewandert. Wie hatte er ihr nur sagen können, dass sie seine große Liebe war, um sich dann für Stacey zu entscheiden?

»Ich würde jedes Mal in Panik geraten«, sprach Bree sie an, sodass Chesten sich auf ihre Freundin konzentrierte. »Diese engen Wege – und dann die Hecken an der Seite … Das ist nichts für mich.«

Chesten fand nichts Besonderes daran, als sie den Range Rover geschickt zurücksetzte, um einen Volkswagen vorbeizulassen. Wenn alles nur so einfach wäre!

»Wenn du wie ich mit acht Jahren Treckerfahren gelernt hast, fällt dir Autofahren leicht. Alles nur Übung.«

Endlich hatte sie die von hohen Bäumen überdachte Straße erreicht, die zu ihrem Strand führte. Bree, wie immer ungeduldig, sprang heraus, noch bevor Chesten den Zündschlüssel umgedreht hatte, und ging zum Kofferraum. Nachdem ihre

Freundinnen die Picknicksachen gegriffen hatten, blieb Chesten die Tüte mit dem Feuerholz. Nun, wo sie sich ihrem Strand näherte, begann Vorfreude auf ihre Feier in Chesten die Traurigkeit zu vertreiben.

»Friends are forever«, stimmte Bree laut und falsch den Song an, den sie zu ihrer Hymne erklärt hatten. »Lovers may leave but friends are forever … fooooorever«, fielen Chesten und Alys ein.

Es fühlte sich falsch an, dieses Lied zu singen, wo sie doch beinahe den Abend mit ihren Freundinnen für Yestin aufgegeben hätte. Aber das wäre ein Fehler gewesen, denn es stimmte: Freundinnen blieben, während man Männern nicht trauen konnte. Fast hätte sie den Gedanken laut ausgesprochen und hob erschrocken die Hand vor den Mund.

Bree legte ihren rechten Arm um Alys, um Chesten den linken. Gemeinsam gingen sie zum Meer. Die Ebbe hatte einen breiten Streifen hellen Sands freigelegt, der dazu einlud, die Schuhe auszuziehen, um die Zehen darin zu vergraben.

Obwohl sie verspätet waren, meinte der Himmel es gut mit ihnen. Sein helles Blau war klar, die leuchtend rote Sonne war deutlich zu sehen.

»Seht nur«, sagte Chesten, als der Himmel sich orange und rot färbte. Das weiche Licht tauchte die schroffen grauen Klippen in ein geheimnisvolles Licht, beinahe mystisch. Schaumkronen tanzten auf dem Wasser und rollten langsam in ihre Richtung. Sturmtaucher und Seeschwalben segelten nahezu schwerelos im Wind. Frei zu fliegen, das wünschte sie sich auch. Wie schön es hier war, so schön, dass ihr Herz zu zerspringen drohte.

»Das wollt ihr wirklich verlassen?«, fragte sie ihre Freundinnen bestimmt das hundertste Mal. »So etwas Wundervolles haben weder London noch New York zu bieten.«

»Kommt, lasst uns feiern«, lautete Brees Antwort. »Ich habe Durst, ihr nicht?«

Gemeinsam suchten sie sich einen windgeschützten Platz und

hoben eine Grube für das Lagerfeuer aus. Chestens Aufgabe war es – so wie immer -, sich um das Feuer zu kümmern, während Bree die Decke ausbreitete und das mitgebrachte Essen auf den Picknicktellern verteilte. Für kurze Zeit war nur das Pfeifen des auffrischenden Windes und das leise Rauschen der Brandung zu hören.

»Nur nicht sentimental werden, Mädels«, unterbrach Bree die Stille. »Egal, was unser Leben bringt, wir werden immer Freundinnen sein. Mach mir einen Royal Pimm's, Barfrau.«

»Sehr gerne! Öffne den Champagner, Darling.«

Chesten beobachtete, wie Alys Gurke, Zitrone und Erdbeeren in Stücke schnitt und in zwei hohe Gläser füllte. Großzügig schüttete sie den Pimm's Likör darüber, dessen Geruch Chestens Nase traf. Sie mochte dessen Bitterkeit nicht. Bisher hatte sie noch keinen Alkohol gefunden, dessen Geschmack ihr zusagte. Also goss sie sich Ginger Ale ein und erhob ihr Glas. »Auf uns. Auf die besten Freundinnen, die man sich wünschen kann.«

»Bye, bye, *Comprehensive School.* Jetzt kommt das Leben.« *Auf Bree wartet das Abenteuer,* dachte Chesten mit einer Spur von Neid. »Morgen bin ich weg. Ich werde euch vermissen.«

»Wir wollten doch nicht sentimental werden«, sagte Alys, deren Stimme belegt klang. »Lasst uns essen. Ich verhungere gleich.«

»Na endlich, ich dachte, du fragst nie. Ihr wisst doch, dass ich auf meine Figur achten muss als zukünftiges Plus-Size-Model.« Bree verteilte die randvollen Teller. So lecker das Essen auch roch, so appetitlich Bree es auch angerichtet hatte, Chesten hatte einfach keinen Hunger.

»Vielleicht hätten wir doch zur Feier gehen sollen …«, sprach sie ihren Gedanken aus, was sie gleich bedauerte. Ihre Freundinnen würden sie sicher nicht verstehen. »Schließlich macht man den Schulabschluss nur einmal im Leben.«

Wie sie es erwartet hatte, wechselten Bree und Alys *den* Blick, den Chesten viel zu oft von ihnen zu sehen bekam.

»Die ganze Schulzeit über sind die anderen uns auf die Nerven gegangen, haben uns doof behandelt und jetzt soll ich so tun, als wäre alles gut?« Wie immer fand Bree sehr deutliche Worte. »Weil es so ein besonderer Moment ist, will ich ihn mit euch verbringen. Nicht mit arroganten Tussis und dämlichen Jungs.«

»Ich hatte gehofft, dass Yestin …« Chesten schaute zu Boden. Warum hatte sie nur davon angefangen? Sie würde ihnen noch den letzten gemeinsamen Abend verderben – und das alles wegen eines Jungen, der bestimmt nicht einen Gedanken an sie verschwendete.

Alys nahm sie in die Arme. »Ach, Darling. Yestin hat nur Augen für Stacey. Und du bist viel zu gut für ihn.«

Chesten wünschte sich, sie hätte den Mund gehalten. Ihre unglückliche Liebe zu Yestin war etwas, mit dem sie allein klarkommen musste. Wie sollten Bree, die Herzen brach, oder Alys, die sich von ihrem Freund getrennt hatte, weil es vernünftig war, sie verstehen können? Chesten selbst konnte nicht einmal begreifen, warum sie ihn so sehr liebte, trotz all der Enttäuschungen. Wie oft hatte er sie verraten, wie oft hatte sie ihm verziehen. Aber heute war es genug. Wenn er mich nicht zum Abschlussball einlädt, werde ich ihn aus meinem Leben streichen – das war ihr Vorsatz.

»Haltet ihr an euren Plänen fest?«, fragte Alys. »Warum bleiben wir nicht hier? Hier ist es schön. Millionen Touristen können sich nicht irren.«

»Sofort nach dem Uni-Abschluss kehre ich zurück.« Chesten konnte nicht verstehen, dass ihre Freundinnen unbedingt wegwollten. »Mum braucht mich auf dem Hof. St. Bartholomew ist eine schöne Stadt. Mir fehlt hier nichts.«

Bis vor Kurzem hatten ihre Eltern den Hof gemeinsam geführt, aber er warf immer weniger Gewinn ab. So hatte ihr Vater eine Stelle beim Gartenbauamt in Penzance angenommen. Der Gedanke, dass sie den Hof vielleicht ganz aufgeben mussten, weil Mum es irgendwann nicht mehr schaffen würde, drehte Chesten den Magen um. Nein, bevor es so weit kam, würde sie zurück sein.

»Bäh. Viel zu klein. Das einzig Interessante ist Branok Manor.« Warum nur war Bree so bitter? »Ich will so weit wie möglich weg. Nur raus aus der Enge. Etwas erleben. Die Welt sehen. Erst New York, dann Mailand, Paris …«

»Und du, Alys?« Chesten streckte die Hand aus und strich Alys über den Arm. »Willst du wirklich Betriebswirtschaft studieren? Du hast so ein großes Talent …«

»Das stimmt«, mischte sich Bree ein. »Wenn ich malen könnte wie du, würde ich Kunst studieren oder Design.«

Alys' Antwort nahm Chesten nur mit halbem Ohr wahr, weil ihre Gedanken wieder wanderten, weil sie erneut Vorsätze fasste.

Wenn ich erst an der Uni bin, werde ich Yestin vergessen. Selbst, wenn ich nach St. Bart zurückkehre, werde ich ihn keines Blickes würdigen.

Es ist vorbei. Für immer.

KAPITEL ZWEI

Heute, im Januar

Heute Abend würde sie ihn endlich wiedersehen. Chesten schaute zum zehnten Mal auf ihre Armbanduhr, ein altmodisches Modell, das einmal ihrem geliebten Vater gehört hatte. Deren Zeiger wollten sich einfach nicht bewegen.

»Haben Sie noch'n Termin?« Mr. Angove rückte näher heran, um ihre Arbeit zu überprüfen. Sein Pfeifenrauchduft mischte sich mit dem scharfen Geruch der Kühe. »Seien Sie gründlich.«

»Sie müssten die Ställe häufiger ausmisten.« Chesten klopfte der Kuh auf die warme Flanke. Vorsichtig stellte sie deren Huf ab, nachdem sie ihn gesäubert und desinfiziert hatte. »Dann haben die Kühe weniger Probleme.«

»Die sind meist auf der Weide.« Mr. Angove kratzte sich am Mundwinkel. Der Landwirt beobachtete Chesten misstrauisch. Das kannte sie nur zu gut. Viele der älteren Bauern sprachen einer Tierärztin weniger Kompetenz zu als einem Mann. Daher predigte sie auch viel zu oft tauben Ohren, was ihr für die armen Tiere entsetzlich leidtat.

»Aber wenn sie reinkommen, müssen sie sauberes Stroh

haben.« Sie suchte nach einem überzeugenden Argument. »Bessere Streu bedeutet weniger Tierarztkosten.«

»Ihr seid eh zu teuer.«

Diese Diskussion führte sie jetzt nicht, weil sie sowieso nicht zu gewinnen war. Innerlich seufzte sie tief auf, aber nach außen blieb sie gelassen und kompetent.

»Schauen Sie.« Chesten hob den anderen Hinterhuf der Kuh, die sich schwer auf sie lehnte. »Feuchtes Stroh führt zu Zehenhautentzündung. Ich muss ihr Antibiotika geben.«

»Wie soll ich das schaffen?« Die Falten um seine Augen vertieften sich, als Mr. Angove aufseufzte. »Ich bin allein und nicht mehr der Jüngste.«

»Können Sie niemanden einstellen?«

»Von den Jungen will doch keiner arbeiten. Die leben alle lieber von der Wohlfahrt.«

Noch eine Diskussion, die sich nicht lohnte.

»So, das war's.« Nachdem sie ihr die Spritze gegeben hatte, klopfte Chesten die Kuh erneut, die sichtlich erleichtert war, ihr entkommen zu können. »Waren das alle?«

»Ja.«

»Was ist mit der humpelnden Katze?«

»Für die gebe ich kein Geld aus.«

Es schien ihr, als ob er sie lauernd ansah. Obwohl sie nicht groß war, musste er zu ihr aufschauen. Das Alter und die harte Arbeit eines Landwirts hatten ihn schrumpfen lassen. Einen Moment rang sie mit sich, aber wie immer setzte sich ihre Tierliebe durch. Auch wenn sie es nicht beweisen konnte, ahnte sie, dass die Bauern über sie sprachen. Über die Tierärztin, die das Kleinvieh umsonst behandelte. Dabei brauchten die Landwirte die Katzen als Mäusefänger und die Hunde als Wachhunde. Aber sobald die armen Tiere krank wurden, wurden sie unnütze Fresser. Und Kosten durften sie sowieso nicht verursachen. Also mussten sie von allein gesund werden oder elend zugrunde gehen. Aber nicht solange Chesten die Bauernhöfe betreute.

»Lasst euch nicht vom Mitgefühl leiten«, hörte sie die Stimme von Dr. Ellery, ihrem Chef, in ihrem Kopf. »Entweder sie zahlen oder ihr behandelt ihre Tiere nicht.«

Chesten und ihre Kolleginnen nickten brav, wenn er wieder einmal diese Rede hielt, aber die meisten von ihnen hielten sich nicht an die Vorgabe. Schließlich waren sie Tierärztinnen geworden, um Tieren zu helfen, und nicht, um für jede Behandlung Geld zu nehmen.

Allerdings stimmte Chesten ihrem Chef zu, dass sie aufpassen mussten, sich nicht ausnutzen zu lassen. Wenn die Landwirte sie für sentimentale Frauen mit weichen Herzen hielten, dann würden sie sich nie ausreichend um ihre Nutztiere kümmern.

»Was ist mit der Katze passiert?«

»Ist zu nahe an den Hund gekommen.«

»Lässt sie sich einfangen?«

»Ja, ist 'ne freundliche. Wollen Sie einen Tee?«

»Nein, danke.«

Einmal war Chesten auf dieses Angebot hereingefallen und hatte mit Todesverachtung den bitteren, lauwarmen Tee getrunken, weil sie höflich sein wollte.

Sie wartete, bis der Landwirt in das kleine windschiefe Haus gegangen war, dem ein Anstrich gutgetan hätte. Auch die Zäune brauchten dringend jemanden, der sie gerade richtete und die Lücken füllte. Gab es Organisationen, die Bauern unterstützten, wenn sie ihren Hof nicht mehr allein bewirtschaften konnten? Sollte sie sich darum kümmern oder war Mr. Angove zu stolz, um Almosen anzunehmen?

Diese Frage konnte sie später noch klären, jetzt galt es, der Katze zu helfen, die ihr vorhin aufgefallen war. Chesten meinte sie zu kennen, von einer Kastrationsaktion, die sie gemeinsam mit ihrer Kollegin Hannah im letzten Jahr durchgeführt hatte. Es war nicht einfach gewesen, die Landwirte davon zu überzeugen, aber letztlich hatte sich Hannahs Charme durchgesetzt.

»Komm her, Miez«, lockte sie den Grautiger an und ging in

die Knie, um weniger bedrohlich zu wirken. Doch das war gar nicht nötig. Mit hochgerecktem Schwanz und freundlichem Gurren humpelte die Katze auf sie zu. Sie schmiegte ihren Kopf in Chestens Hand und schien die Streicheleinheiten sichtlich zu genießen.

»Wie kommt es nur, dass du so zugewandt bist?«, sprach sie mit sanfter Stimme auf die Katze ein, während ihre Finger vorsichtig nach Verletzungen oder Schmerzstellen tasteten. »Keine Sorge, das kriegen wir wieder hin.«

Chesten angelte in ihrer Jackentasche nach einem Katzenleckerli, wie sie immer eins dabeihatte. Man wusste ja nie, wann man einer hungrigen Katze begegnete.

»Es tut mir leid, das wird jetzt ein wenig piksen.« Während die Katze sich an den Leckerlis gütlich tat, zog sie eine Spritze auf. Sanft nahm sie die Katze und hielt sie am Nackenfell fest. Es wäre leichter gewesen, wenn Mr. Angove ihr geholfen hätte, aber darauf wollte Chesten nicht setzen.

»Was hat sie? Ist es schlimm?«

Unverhofft war der Landwirt aufgetaucht. Zu Chestens Verwunderung beugte er sich zu der Katze herab und kraulte ihr den Kopf. So glücklich, wie der Grautiger die Augen schloss, schien sie die Liebkosung zu kennen.

Wahrscheinlich ist er ein einsamer Mann, der sich ebenso wie die Katze darüber freut, wenn jemand nett zu ihm ist.

»Sie hat Glück gehabt. Nichts gebrochen. Ich habe ihr etwas gegen die Schmerzen gegeben.«

»Wenn's hilft.«

»Nächste Woche schaue ich nach den Kühen.« Chesten kämpfte mit sich. Er war ein alter Mann, aber trotzdem … solange er Tiere hielt, musste er für sie sorgen. »Kümmern Sie sich um den Stall.«

Nach einer kurzen Pause ergänzte sie »Bitte«, denn Höflichkeit macht bittere Worte leichter, wie ihre Mutter ihr beigebracht hatte.

Er nickte.

»Ich seh dann auch nach der Katze.«

Ein weiteres Nicken.

Als sie zu ihrem Auto ging, fiel Chesten auf, dass sie gar nicht mehr an ihre Verabredung gedacht hatte. Wie so oft war es ihrer Arbeit gelungen, sie von allen Gedanken an ihre unglückliche Liebe abzulenken. Doch nun, sobald sie etwas Zeit für sich hatte, stürmten die Fragen wieder auf sie ein: Würde er wirklich kommen oder würde er erneut kurzfristig absagen?

Sie blieb stehen, um an das Holz eines windschiefen Baums zu klopfen. Toi, toi, toi. Wenn es um ihre Liebe ging, war sie abergläubisch. Nur nichts beschwören und ein Unglück herbeireden.

Wie so oft überlegte sie, einmal die zu sein, die einen gemeinsamen Abend unerwartet absagte, aber wie jedes Mal, wenn sie diesen Gedanken gefasst hatte, brachte sie es nicht über sich. Sie sah ihren Geliebten ohnehin viel zu selten. Mit einer Racheaktion würde sie sich mehr treffen als ihn. Es gibt immer einen, der mehr liebt – das hatte sie irgendwo gelesen und mit Schrecken erkannt, dass sie wohl diejenige war, für die das galt. Obwohl er ihr immer das Gegenteil beteuerte, wenn sie zusammen waren.

Als ihr Smartphone klingelte, das natürlich im Handschuhfach lag, sprintete sie so schnell zurück zum Auto, wie es ihr in Gummistiefeln möglich war. Für Tage auf den Bauernhöfen waren ihre lilafarbenen Hunter-Gummistiefel Gold wert, aber schnell laufen konnte man in den Dingern wirklich nur schlecht.

Natürlich lag das Handy weit unten. Mit hektischen Fingern schob sie Spritzen, verpackt in Plastik, Medikamente und Handschuhe zur Seite, immer in Sorge, dass das schrille Klingeln plötzlich abbrechen würde. Aber sie hatte Glück.

»Chesten Gwynn«, sagte sie atemlos.

»Hi, Love.« Es war Hannah, ihre Kollegin. »Kannst du noch auf dem Hof der Burrows vorbeischauen? Zwei Schafe haben wohl etwas Falsches gefressen.«

Mist! Ausgerechnet heute.

»Ich habe eigentlich Feierabend und heute Abend ausnahmsweise etwas vor.«

»Es dauert bestimmt nicht lange. Sorry, aber alle anderen sind nicht erreichbar.«

Ja, weil sie klug genug waren, ihr Telefon auszuschalten. Ich muss das endlich auch lernen.

»Okay, ich mach's. Dafür schuldest du mir einen Gefallen.«

»Ja?«

»Hast du eine Idee, wie wir Mr. Angove helfen können? Die Arbeit wächst ihm über den Kopf.«

Kurzes Schweigen.

»Das FCN.«

»Klar, da hätte ich selbst draufkommen können. Danke.«

Das *Farming Community Network* unterstützte Landwirte in England und hoffentlich fände sich hier ein Freiwilliger, der Mr. Angove zur Seite stand. Das würde sie heute Nacht irgendwann erledigen, aber erst einmal …

Chesten schaute auf ihre Uhr. Wenn sie sich beeilte und die Schafe nicht ernsthaft krank waren, würde sie es noch rechtzeitig nach Penzance schaffen. Allerdings musste sie dann hoffen, dass ihr Geliebter sich verspätete, damit sie noch duschen und sich umziehen konnte. Der Geruch nach Kuh- und Schafsdung war wahrlich kein Aphrodisiakum.

Vielleicht kann ich so seine angeblich unsterbliche Liebe zu mir testen. Wenn er mich wirklich begehrt, dann sollte ihn so ein bisschen Schafscheiße nicht stören.

KAPITEL DREI

Obwohl sie viel schneller gefahren war als erlaubt, kam sie eine Viertelstunde zu spät zu ihrer Verabredung. Chesten parkte schief ein, sprang aus dem Auto und rannte zur Rezeption. Beide Schlüssel hingen noch am Board.

Puh. Glück gehabt. Er ist auch zu spät. Dann kann ich noch duschen.

Doch sofort folgte die Angst, die Furcht, die jedes Treffen begleitete. Die Sorge, dass er nicht käme, dass er wieder einmal kurzfristig absagte, sodass alles Sehnen und Hoffen vergeblich gewesen war. Manchmal wagte sie es gar nicht mehr, sich auf ihn zu freuen, damit die Enttäuschung nicht zu groß wäre.

Das war es eben – das Schicksal der anderen Frau, der Geliebten, der Nebenfrau, der zweiten Frau. Wie immer sie es auch nannte, es blieb der unangenehme Beigeschmack, dass sie ein Störfaktor war, dass sie die Böse in einem ihrer Liebesromane wäre. Die Frau, die ein Glück zerstörte, das sich ein Paar für immer und ewig versprochen hatte.

In ihren geliebten Romanen erhielt so eine Frau nie ein Happy-End, sondern eine gerechte Strafe dafür, dass sie beinahe den Helden und die Heldin auseinandergebracht hätte. Auch ohne diese Drohung fühlte sich Chesten elend genug, weil sie es einfach nicht schaffte, sich von ihm zu lösen.

Die Liebe ist wirklich eine verdammte Himmelsmacht.

Eilig wickelte sie sich in ein abgewetztes weißes Handtuch und legte sich aufs Bett. Ihr Smartphone zeigte keine Nachricht. Also würde er sich nur verspäten. Sie seufzte. Besser spät als nie. Solche Sprüche fand sie doof, aber leider auch zutreffend. Sie hasste es, auf ihn warten zu müssen, weil ihr dann immer dieselben Gedanken, dieselben Zweifel durch den Kopf gingen.

Yestin! Es war immer Yestin gewesen, von der *Comprehensive School* an bis heute. Nur, als sie zum Studium nach Bristol gegangen war, hatte sie die Hoffnung gehegt, eine andere Liebe zu finden. Aber kein Mann hatte in ihr so tiefe Gefühle wecken können wie er.

Als sie nach St. Bart zurückgekehrt war, war das geschehen, was geschehen musste. Sie war Yestin begegnet und sofort dem alten Zauber erlegen. Obwohl er Stacey geheiratet hatte, weil ihm das einen sicheren Posten als Architekt in der Baufirma ihres Vaters einbrachte.

Immer hatte Stacey zwischen ihnen gestanden.

Manchmal, wenn sie Stacey in der Stadt begegnete – was sich in einer kleinen Stadt wie St. Bart nicht vermeiden ließ –, war Chesten sich sicher, dass die andere Frau Bescheid wusste, dass sie über Chesten triumphierte, weil Yestin ihr gehörte und immer gehören würde.

Unglaublich, dass sie niemals erwischt worden waren. Sicher, sie trafen sich nie in St. Bart, sondern suchten sich Hotels in St. Just oder Penzance oder St. Ives, aber Cornwall war klein. Schließlich war Yestin durch seine Bautätigkeit eine lokale Berühmtheit – und auch Chesten kannte viele Menschen aus St. Bart, obwohl sie deren Namen nur selten im Kopf behielt. An die der Tiere jedoch erinnerte sie sich immer.

Sie fühlte sich billig, in einem Hotelzimmer auf ihn zu warten.

Fast so, als ob er für sie und ihre Zeit zahlte und nicht nur für dieses anonyme Zimmer in einem schlichten Hotel in Penzance. Weit genug weg von St. Bart, damit niemand sie finden könnte. *Immerhin bin ich ihm das wert,* dachte sie und erschrak über die Bitterkeit ihrer Gedanken. Gestern im Spiegel hatte sie entdecken müssen, dass die scharfen Linien an ihren Mundwinkeln sich weiter vertieft hatten. *Wenn ich nicht aufpasse, ende ich als traurige und bittere Frau.*

Nun, wo Alys und Bree ihr Glück gefunden hatten, fühlte sie sich noch einsamer und verzweifelter und trauriger. Im März würde sie 31 Jahre alt und wäre als Einzige allein.

Um sich abzulenken, holte sie ihre Kamera hervor und sah sich die Bilder der Bänke an, die sie heute fotografiert hatte. Vor fünf Jahren, als Yestin sie versetzt hatte, war sie enttäuscht durch Penzance gegangen und hatte sich am Hafen auf eine Bank gesetzt. In ihrer Traurigkeit nahm sie die kleinen Messingschilder das erste Mal bewusst wahr.

Worte, die Familien zur Erinnerung an geliebte Menschen hier verewigt hatten. Chesten sprang auf, lief von Bank zu Bank, um die Inschriften zu lesen, um sich zu überlegen, was für Geschichten sich hier verbargen. Am nächsten Tag war sie mit ihrer Kamera zurückgekehrt, um die Bänke zu fotografieren. Und seit dem Tag sammelte sie Namen fremder Menschen in einem Album.

Das Versprechen ewiger Liebe und Erinnerung rührte ihr Herz, so wie die Bank in St. Ives mit der Inschrift für ein Paar.

LOVES LAST GIFT – REMEMBERANCE
TREASURED MEMORIES OF OUR PARENTS
JOSEPH & MINNIE (TRACEY) WILLIS
REUNITED FOR ETERNITY

Wie immer begleiteten sie ambivalente Gefühle: Wärme und Freude über die schönen Worte und die tiefe Liebe, die aus ihnen sprach, mischte sich mit Trauer, weil bestimmt nie jemand so etwas über sie schreiben würde.

Während sie noch überlegte, welche der Fotos sie löschen oder behalten wollte, klingelte ihr Smartphone. Sofort schlug ihr Herz einen Salto.

Tired of being alone – diesen Klassiker von Al Green hatte sie Yestin zugewiesen. Die Ironie war an ihm leider vollkommen vorbeigegangen.

»Ich freue mich auf dich.« Hoffentlich hörte er die Anspannung in ihrer Stimme nicht.

»Chessie.« Das dunkle Timbre ließ alles Düstere schmelzen, bis nur noch ihre Liebe zu ihm blieb. »Es tut mir so leid.«

Da erst fiel ihr auf, dass er flüsterte. Wahrscheinlich versteckte er sich wieder in irgendeiner Ecke, um seiner Geliebten abzusagen, weil ihm Wichtigeres dazwischengekommen war.

Bitterkeit stieg in ihr auf, so tief, dass sie sie beinahe schmecken konnte. Warum ließ sie sich das gefallen? Warum stellte sie ihm kein Ultimatum?

»Aber …«, begann sie in der verzweifelten Hoffnung, wenigstens eine halbe Stunde mit ihm gewinnen zu können. »Kannst du nicht …«

»Sorry, Love«, unterbrach er sie. Sein Flüstern wurde leiser und drängender. »Ich muss auflegen. Ich liebe dich.«

Bevor sie antworten konnte, ertönte das charakteristische Knacken und sie war allein.

»Ich hasse dich für das, was du mir antust!«, schrie sie das Telefon an. Langsam und vorsichtig, wie eine alte Frau, rollte sie sich vom Bett und zog sich an, dabei gegen Tränen aus Trauer und Wut ankämpfend. Wieder ein einsamer Abend, ein weiteres gesprochenes Versprechen. *Ich sollte Buch führen, damit ich weiß, wie viel Schmerz er mir bringt.*

Oft hatte sie sich an Tagen wie diesen Verzweiflungstaten überlegt. Stacey wollte sie besuchen und mit ihr über alles reden.

Sich von ihr ertappen lassen, damit Yestin sich entscheiden musste.

Sich von ihm trennen – das hatte sie dreimal versucht und war dreimal gescheitert. Je mehr Jahre verstrichen, desto mehr wünschte sie sich, aus diesem Teufelskreis ausbrechen zu können, aber ihr Herz, ihr verdammtes, verräterisches Herz zog sie immer wieder zu ihm. Trotz der einsamen Feiertage, trotz der vielen Stunden vergeblichen Wartens wollte ihr Herz seine Liebe nicht aufgeben. Sobald sie zusammen waren, vergaß sie das alles, vergaß die Traurigkeit, die leeren Stunden. Sie gehörten einfach zusammen. Nicht nur, dass ihre Körper sich zueinander hingezogen fühlten, nein, Yestin und sie waren Seelenverwandte.

Ihr Zorn auf ihn hielt selten lange an, wusste sie doch nur zu gut, dass auch er unter der Situation litt, unter seiner Unfähigkeit, sich von Stacey zu trennen, seinem fehlenden Mut, zu Chesten und seiner Liebe zu stehen.

Chesten griff nach ihrem Telefon.

»Mum, ich bin heute früher zu Hause. Hast du gekocht oder soll ich etwas vom China-Imbiss mitbringen?«

»Geht es dir gut, Liebes? Du klingst traurig.« Noch immer schwang ein leichter Klang des deutschen Akzents im Englisch ihrer Mutter mit. Chesten hatte den Eindruck, er wäre stärker geworden, seitdem Mum nach Dads Tod in ihre Heimat zurückgekehrt war.

»Ein armer alter Bauer, kranke Kühe … das Übliche. Also, soll ich nun etwas mitbringen?«

»Ich koche uns schnell ein paar Nudeln.«

Auch ihre Mutter legte auf, bevor Chesten antworten konnte.

Seit Weihnachten war sie nun schon zu Besuch und machte keinerlei Anstalten, in nächster Zeit wieder nach Deutschland zurückzufahren. Chesten liebte ihre Mum, aber das Zusammenleben mit ihr erwies sich als nicht einfach. Um ehrlich zu sein, wurde es von Woche zu Woche schwieriger. Sie beide waren starke Frauen mit eigenem Kopf.

Außerdem machte Mums Anwesenheit es nicht leichter, sich für heimliche Stunden mit Yestin davonzustehlen. Manchmal fühlte Chesten sich wieder als 15-Jährige, die heimlich aus dem Fenster kletterte, um sich mit ihrem Liebsten – natürlich Yestin – zu treffen.

Früher hatte es sie in eine dunkle Leere gestürzt, wenn Yestin kurzfristig absagte; inzwischen hatte sie gelernt, damit zu leben. Sie gab den Schlüssel an der Rezeption ab – Yestin zahlte immer – und machte sich auf den Heimweg.

Dreimal hielt sie an und stieg aus, um Fotos zu schießen. Sie benötigte die Zeit, um die letzte Traurigkeit abzuschütteln, sonst würde Mum sofort erkennen, wie unglücklich sie war.

Hugh und Grant, ihre Kater, die auf der blauen Bank unter dem Küchenfenster gelegen hatten, begrüßten sie.

»Ja, ich habe euch eine Leckerei mitgebracht. Wo ist Orlando?«

Als hätte er nur auf ihre Worte gewartet, schoss der winzige schwarze Kater hinter der Regentonne hervor und stürzte sich auf das Trockenfutter, als hätte er tagelang nichts zu fressen bekommen.

Chesten öffnete die Haustür und trat ein, gefolgt von den Katern.

»Warst du wieder Bänke fotografieren?« Ihre Mum deutete auf die Kamera. »Das ist ein wenig morbide, das weißt du.«

»Wollen wir nicht eine Bank für Dad errichten?«

»Ich brauche keinen Ort, um mich an Tomas zu erinnern.«

»Aber ich vielleicht.«

»Wenn du ihn nicht in deinem Herzen trägst, nützen dir weder ein Friedhof noch eine Bank.«

»Ich weiß. Es ist nur …«

Chesten kratzte sich an der Augenbraue. Ja, sie war mit der anonymen Beerdigung ihres Dads einverstanden gewesen, weil er das so gewollt hatte. Aber es fehlte ihr nun ein Ort, an dem sie ihn finden konnte. So wie Alys mit ihrer Grandma auf dem

Friedhof sprechen konnte, so wünschte sie sich etwas, das sie mit ihrem Vater verband. Eine Erinnerungsbank wäre perfekt – aber sie ahnte, dass es schwer würde, ihre Mum davon zu überzeugen.

»Du bist viel zu jung, um so fasziniert vom Tod zu sein.«

»Mich interessiert nicht der Tod, mich interessiert das Leben.«

Ihre Mutter sah nur das Offensichtliche: dass Menschen gestorben waren. Für Chesten jedoch bedeuteten die Inschriften mehr: jemand war so sehr geliebt worden, dass man die Erinnerung an einen öffentlichen Ort tragen wollte.

»Dann lebe, trenn dich von deiner Affäre und finde dein Glück.«

»Das steht hinter den Gedenktafeln. Sie erzählen Geschichten. Von Liebe und Glück und Familie und …« Chesten seufzte. »Du begreifst es einfach nicht.«

»Vielleicht verstehe ich es besser, als du denkst.«

»Das glaube ich nicht.«

»Du suchst das Leben anderer, weil deines nicht glücklich ist.«

»Das stimmt nicht!« Wie konnte Mum so etwas Gemeines nur behaupten? »Ich liebe meinen Job, meine Freundinnen, das Haus, meine Tiere.«

»Und den falschen Mann.«

»Man braucht keinen Mann, um glücklich zu sein.«

»In deinen Romanen steht etwas anderes, nicht wahr?«

»Mum!«

»Ich bin deine Mutter. Wenn ich dir nicht die Wahrheit sage, wer dann?«

»Für mich ist es gut, wie es ist.«

Ihre Mutter seufzte.

»Dann zeig mir die Bänke, die du gefunden hast.«

»Hier, schau, die habe ich in St. Ives entdeckt. Diesen Mann hätte ich gern kennengelernt.«

In loving memory
Brian Leigh 1931-2009
A loving husband, dad and grandad
A true gentleman and friend
Made a difference to everyone he met

KAPITEL VIER

Was war das nur für eine Welt? Vorsichtig bremste Darren auf der regennassen Straße ab und fuhr an den Straßenrand. Erst beim dritten Versuch fand er im Matsch einen Standplatz, an dem das Motorrad nicht einsackte. Nachdem er seine Maschine sicher abgestellt hatte, ging er zu dem hellen Bündel, das er eben aus dem Augenwinkel gesehen hatte.

Ja, leider hatte er sich nicht geirrt. Hier lag ein angefahrener Hund, der leise wimmerte. Immer wieder versuchte das Tier, sich aufzurichten, aber dafür fehlte ihm entweder die Kraft oder seine Verletzung war schlimmer, als sie auf den ersten Blick aussah. Auch wenn er kaum etwas von Hunden verstand, erkannte er diese Rasse sofort, da ein Onkel so einen besessen hatte. Der gedrungene, muskulöse Körper und die kantige Schnauze wiesen ihn als Bullterrier aus. Wäre er nicht so verdreckt und blutig, hätte Darren sicher über den Anblick des Hundes lächeln müssen. Die Färbung sah einfach zu urig aus. Der Hund war weiß bis auf die dunkle Nase und einen dunklen Fleck über dem rechten Auge, der an die Augenklappe eines Piratenkapitäns erinnerte.

»Alles wird gut. Ich helfe dir.« Beim Klang seiner dunklen

Stimme hob der Hund den ovalen Kopf. Gefährlich sah er aus, selbst jetzt, wo er sich nur zitternd und zaghaft bewegte. Vorsichtig ging Darren neben ihm in die Knie und murmelte dabei weiter beruhigend auf den Bullterrier ein.

Fuck! Es sieht übel aus. So viel Blut. Und ich habe gehofft, im idyllischen Cornwall kann ich dem entkommen. Kann ich mich näher an ihn heranwagen oder wird er mich beißen, weil er Schmerzen hat?

Darren zog das Smartphone aus der Jackentasche. Am besten war es wohl, nach einer Tierarztpraxis zu googlen. Kein Empfang.

Verdammt, wie wollte er das arme Viech mit seinem Motorrad zum Tierarzt fahren? Mal ganz abgesehen davon, dass er nicht wusste, ob der Hund überhaupt transportfähig war.

Sanft strich er dem Bullterrier über den Kopf, wobei er sprungbereit blieb, sollten die kräftigen Kiefer zuschnappen. Stattdessen kam eine gewaltige rosafarbene Zunge aus dem Maul und leckte Darren die Hand.

»Was ist dir nur passiert, Junge?« Darren schaute nach Verletzungen. Blut sickerte aus einer für ihn nicht sichtbaren Wunde auf der anderen Seite ins schmutzige Gras. »Hattest du einen Autounfall?«

Obwohl der Hund sicher furchtbare Schmerzen litt, schien er zu merken, dass Darren es gut mit ihm meinte. Er wimmerte nicht mehr und richtete seine Ohren auf, als wollte er kein Wort verpassen.

»Wir schaffen das, mein Großer«, murmelte Darren und strich vorsichtig über die Flanke des Bullterriers. Der Hund atmete schwer, als bereitete ihm jeder Atemzug Schmerzen. »Irgendetwas fällt mir ein. Auf jeden Fall werde ich dich hier nicht so liegen lassen.«

Mit großen Schritten ging er zu seiner Maschine, nahm die Regenkombi und eine Decke heraus. Gut, dass er große Packtaschen hatte und für vieles gerüstet war. Wenn seine Maschine einen Beiwagen hätte, könnte er den Hund transportieren.

»Ist es gefährlicher, dich dort im Kalten liegen zu lassen oder dich hochzuheben? Nicht, dass ich dir das Rückgrat breche.« Auch wenn er keine Antwort von dem Hund erwarten konnte, half es beim Nachdenken, die Worte auszusprechen. »Ich muss es riskieren. Vorsicht, das kann wehtun.«

Als Darren den Bullterrier hochhob und auf die Regenkombi legte, hob der Hund den Kopf, um ihm erneut die Hand zu lecken. Nachdem er noch eine Decke über den Bullterrier gelegt hatte – Menschen sollte man nach Unfällen warmhalten, Hunde hoffentlich auch –, ging Darren ein paar Schritte die Straße herunter und blickte auf sein Smartphone. Hinter ihm ertönte wieder das leise Wimmern.

Verflucht! Auch hier hatte er keinen Empfang. Also kein Taxi. Kurz überlegte er, den Notruf zu wählen, aber er konnte sich nicht vorstellen, dass die Polizei sich für einen angefahrenen Hund interessierte. Und Ärger wollte er sich mit ihnen nicht einhandeln.

Da blieb ihm nur eins: trampen.

Leicht würde das nicht werden, erkannte Darren, als er an sich herunterschaute. Die schwarze Lederkleidung, die Harley Fat Boy hinter ihm und der ominöse Haufen unter der dunklen Regenkombi am Straßenrand wirkten keinesfalls vertrauenerweckend. Doch bis St. Bart waren es noch mindestens drei Meilen und er war sich nicht sicher, ob der Hund einen Fußweg überstehen würde, selbst wenn er ihn vorsichtig auf den Armen trüge.

Ich könnte schnell nach St. Bart fahren und dort Hilfe suchen. Nein, ich kann den Hund nicht allein lassen. Er jammert ja schon, wenn ich mich nur ein bisschen von ihm entferne. Außerdem soll er nicht allein sein, wenn er stirbt. Niemand sollte das.

Darren seufzte.

»Ich geh nicht weit weg.« Er beugte sich über den Bullterrier. War dessen Atem etwa noch flacher geworden? »Aber ich muss Hilfe für dich finden.«

Der Hund schloss die Augen, als hätte er Darrens Worte

verstanden und würde sein Schicksal in dessen Hände legen. So viel Vertrauen konnte Darren einfach nicht enttäuschen.

Obwohl er nicht viel Hoffnung hatte, stellte er sich mit hochgerecktem Daumen neben sein Motorrad. Weit und breit war kein Auto zu sehen. Was für ein verdammtes Pech! Musste der arme Hund ausgerechnet auf einer der am wenigsten befahrenen Straßen einen Unfall haben? Es war doch ein Unfall gewesen, oder? Über die Alternativen wollte Darren nicht nachdenken. Das hätte ihm den Glauben an die Menschheit endgültig genommen. Nicht, dass der noch besonders groß gewesen wäre.

Der Wind lebte auf und wehte ihm die dunklen Haare ins Gesicht. Ja, er musste dringend einmal wieder zum Frisör, aber weshalb, niemanden interessierte es, wie er aussah. Hoffentlich begann es nicht auch noch zu regnen. Nein, ausnahmsweise war das Schicksal auf seiner Seite, die Wolkendecke riss auf und die Sonne blendete ihn, sodass er die Hand vor die Augen zog.

Im Gegenlicht hätte er den dunklen Wagen beinahe übersehen, der auf der anderen Seite fuhr. Ob es ihm gelänge, jemanden zu überreden, die Richtung zu wechseln für einen Hund, der garantiert den Kofferraum vollbluten würde? Egal, er musste es versuchen.

Darren wechselte die Straßenseite und begann, wild zu winken. Daraufhin bremste der Wagen scharf ab. Sollten der Bullterrier und er wirklich Glück haben?

»Was soll der Quatsch? Wollen Sie sich umbringen?« Die Fahrerin, eine zierliche blonde Frau, ließ die Fensterscheibe herunter. Ihr Anblick erschütterte ihn, sodass er kein Wort herausbrachte. Er konnte sie nur ungläubig anstarren und das Schicksal verwünschen, das ihn ausgerechnet hierher gebracht hatte, wo er sich dieser Frau gegenübersah, die …

»Hey, Sie, ich habe Ihnen eine Frage gestellt. Sind Sie verrückt?«

Ihr harscher Tonfall weckte ihn aus der Erstarrung.

»Ich brauche Hilfe. Nicht ich, eigentlich ein Hund, er ist angefahren.«

Zu seiner Überraschung stieg sie sofort aus dem Wagen aus. Die verdreckte Barbourjacke und die ebenfalls schmutzigen Gummistiefel in einem auffallenden Lila passten nicht zu ihrem elfenhaft zarten Gesicht und den halblangen blonden Haaren. Als sie die Tür zur Rückbank öffnete, gewährte sie ihm einen guten Blick auf ihr hübsches Hinterteil und die schlanken Beine, die in einer mit Dreckspritzern bedeckten Jeans steckte. Langsam wuchs die Neugier: Wen hatte er nur angehalten? Wer war diese Frau, die aussah wie eine jüngere Zwillingsschwester von Eleanor? Etwas kleiner vielleicht, etwas zarter, aber dennoch von frappierender Ähnlichkeit.

»Was ist mit ihm? Haben Sie ihn angefahren?« Ihre Stimme klang überraschend tief für so ein zartes Persönchen und unterschied sich glücklicherweise stark von der von Eleanor. »Ich bin Tierärztin.«

Das hatte ihm die Tasche schon verraten, die sie in der Hand hielt. Eine große Ledertasche, aus der die Henkel eines Stethoskops ragten. Das Ding sah exakt so aus, wie man sich die Tasche eines Landtierarztes vorstellte. Oder besser, wie sie vor fünfzig Jahren ausgesehen hätte. Gab es heutzutage nichts Moderneres? Seltsam, womit sich seine Gedanken beschäftigten, nur um den Gefühlen auszuweichen, die in ihm aufstiegen: eine Mischung aus Schuld und Unglauben.

»Keine Ahnung. Ich habe ihn hier gefunden. Vor zehn Minuten. Er blutet stark.«

»Danke, dass Sie angehalten haben. Das tun die wenigsten.« Sie streckte ihm die rechte Hand entgegen. »Chesten Gwynn.«

»Darren Thompson.« Ihr Händedruck war überraschend kräftig. »Das ist doch selbstverständlich.«

Sie murmelte etwas, das er nicht verstand, und ging an ihm vorbei zu dem Bullterrier. Ohne sich um das Blut und den Dreck zu kümmern, kniete sie sich neben den Hund. Sanft sprach sie auf ihn ein, während sie ihn mit geschickten Fingern aus der Regenkombi wickelte.

»So, mein Kleiner, erst einmal gebe ich dir etwas gegen die Schmerzen.« Über die Schulter erklärte sie Darren: »Damit ich ihn in Ruhe untersuchen kann.«

»Kann ich irgendetwas tun?«

Wer sind Sie? Warum sehen Sie aus wie Eleanor? Warum haben ausgerechnet Sie angehalten?

Diese Gedanken drehten sich in seinem Kopf, aber etwas hielt ihn davon ab, sie auszusprechen. *Jetzt geht es erst einmal um den Hund,* versuchte er, eine Erklärung zu finden, aber in Wahrheit waren es eher die wiederkehrenden Erinnerungen, die ihn davon abhielten, diese Fragen zu stellen. Bis heute hatte er gedacht, dass er mit Eleanor und seiner Vergangenheit abgeschlossen hatte. Bis auf den einen Tag in jedem Jahr …

»Alles gut.« Vorsichtig tastete sie den Körper des Bullterriers ab, der in Darrens Augen entsetzlich still wirkte. Sollte alles umsonst gewesen sein? »Ich kann ein paar Prellungen ertasten. Auf den ersten Blick scheint nichts gebrochen.«

»Aha.« Nicht die intelligenteste Antwort, aber etwas an ihrer ruhigen, selbstbewussten Art verwirrte ihn. Außerdem kannte er sich mit Hunden nicht aus. »Warum bewegt er sich dann nicht?«

Ihr Gesicht verdunkelte sich.

»Im schlimmsten Fall hat er innere Verletzungen durch den Aufprall. Das kann ich nur durch Röntgen herausfinden.«

»Aha.« Wenn er weiterhin so eloquent blieb, würde sie bestimmt gleich versuchen, ihn abzuwimmeln. Das durfte nicht geschehen. Erst wollte er erfahren, was sie mit Eleanor verband.

»Ich nehme ihn mit in unsere Praxis.« Chesten Gwynn erhob sich und ging zu ihrem Wagen. Sie öffnete den Kofferraum, der mit blauer Plastikfolie ausgelegt war. »Wundern Sie sich nicht. Ich sammele öfter Tiere auf.«

Ein Lächeln, das ihr Gesicht erhellte und sie gleich deutlich jünger wirken ließ, begleitete ihre Worte.

»Ich … ich würde gern mitkommen. Irgendwie fühle ich mich für ihn verantwortlich.«

Das stimmte, stellte er zu seiner Überraschung fest. Gab es nicht diesen chinesischen Spruch, dass man für denjenigen Verantwortung trug, dessen Leben man gerettet hatte? Oder war das eine indianische Weisheit?

»Chinesisch«, sagte Chesten Gwynn und grinste breit. »Und ja, Sie haben diese Frage laut ausgesprochen.«

»Tja.« Er konnte ihr Grinsen nur erwidern. »Hätte es Zweck zu sagen, sonst bin ich nicht so?«

»Mir ist egal, ob Sie laut mit sich selbst reden. Sie haben angehalten, das ist das Einzige, was zählt.«

»Sind Ihre Ansprüche nicht etwas gering?«

Als sie nicht sofort antwortete, fürchtete er, zu weit gegangen zu sein, doch dann lächelte sie und zuckte mit den Schultern.

»Folgen Sie mir. Unsere Praxis ist im Zentrum von St. Bart.«

Wenn sie »unsere« sagt, meint sie dann sich und ihren Ehemann? Darrens Blick suchte nach einem Ring, aber dass er keinen fand, musste ja nicht heißen, dass sie nicht liiert war. Warum sollte so eine attraktive und kluge Frau noch Single sein?

Zum Glück war sie in das Auto gestiegen und ließ den Motor an. Jetzt galt es, ihr zu folgen und sie nicht aus den Augen zu verlieren. *Ihre* Ähnlichkeit mit Eleanor und *sein* Interesse an ihr hatten Zeit für später.

KAPITEL FÜNF

»Mum!« Chestens Stimme klang selbst für sie extrem genervt. Dabei hatte sie zu Silvester nur einen guten Vorsatz getroffen: sich nicht mit ihrer Mutter zu streiten, solange diese in St. Bart war. Gerade einmal zehn Tage hatte sie durchgehalten. Heute war ihr endgültig der Kragen geplatzt. Weil ihre Mutter in der Küche alles umgestellt hatte.

»So ist es effizienter, Darling. Die Schneidbrettchen in der Schublade unter dem Besteck zu haben, spart Zeit und Wege.«

»Mum! Ich bin kein Unternehmen, das du nach Effektivität umorganisieren musst. Ich will, dass in *meiner* Küche alles so ist, wie es mir passt.«

Sie biss sich auf die Unterlippe, damit sie ihrer Mutter nicht sagte, dass es nicht mehr ihre Küche war. Sie konnte nachvollziehen, wie schwer es Mum fallen musste, nur Gast in dem Haus zu sein, in dem sie so lange – und vor allem so glücklich – gelebt hatte. Aber ihre Mutter hatte sich entschieden, den Hof und St. Bart zu verlassen, um wieder in Deutschland zu leben.

»Ach, Chesten.« Mums Unterlippe zitterte. Bitte nicht! Sie würde doch nicht zu weinen anfangen? »Ich will mich doch nur nützlich machen.«

»Dann hilf mir mit den Tieren.« Vorgeben, dass sie den Unterton in der Stimme ihrer Mutter nicht wahrnahm, etwas suchen, mit dem sie sie beschäftigen konnte. »Die Ponys können Bewegung gebrauchen. Lass uns gemeinsam die Sonne genießen.«

Nebeneinander ritten sie auf dem Weg, der zu dem kleinen Wäldchen nördlich von St. Bart führte. Chesten konnte ihrer Mutter ansehen, dass diese ihr etwas sagen wollte, aber die Zeit noch nicht passend fand. Daher zügelte sie Firth, sodass er hinter Colin zurückfiel und sie ihren Gedanken nachhängen konnte. Wie es ihrer Mutter wohl ging, allein in Deutschland? Aber das hatte sie gewollt. Nach dem Tod von Chestens Vater hielt sie es nur noch kurze Zeit in Cornwall aus, weil alles sie an ihren Ehemann erinnerte.

Pawly und Margh, ihre Brüder, hatten den Hof schon lange verlassen. Keiner von ihnen interessierte sich für die Landwirtschaft. Pawly, zwei Jahre jünger als Chesten, arbeitete bei einer Bank, während der drei Jahre jüngere Margh irgendetwas mit Computern machte. Sobald er versuchte, ihr das zu erklären, verstand Chesten nur bla, bla, bla und konnte sich daher gut vorstellen, wie es Hunden ging, wenn ihre Besitzer auf sie dauereinredeten.

So sehr sie Mum und ihre Brüder auch liebte, Chesten war ein klassisches Papakind gewesen. Sobald sie laufen konnte, begleitete sie ihren Vater auf dem Hof und interessierte sich für alles, was mit Landwirtschaft zu tun hatte.

Aber ihr Dad hatte sich gewünscht, dass sie studierte, sodass sie St. Bart und ihn für das Studium verlassen hatte.

Manchmal dachte sie heute noch, dass sie nicht auf ihn hätte hören sollen, dass sie in St. Bart hätte bleiben sollen. So wären ihnen ein paar mehr gemeinsame Jahre vergönnt gewesen.

»Woran denkst du?« Ihre Mutter hatte Colin neben Firth gebracht. »Hey, lass das.«

Sie gab dem braunen Pony einen Klaps, als es nach dem Schecken beißen wollte.

»An Dad und uns und früher.«

Schweigen entstand zwischen ihnen, das nur durch das Krächzen eines Vogels, der über ihnen schwebte, unterbrochen wurde.

»Es ist so schön hier.« Erneut drohte Mums Stimme zu brechen. »Ich weiß gar nicht mehr, warum ich unbedingt nach Deutschland zurückkehren wollte.«

Oh nein, auf keinen Fall wollte Chesten mit ihrer Mutter unter einem Dach leben, selbst wenn diese sich das noch so sehr wünschte. Die vergangenen Tage waren für sie eine Übung in Demut gewesen, die sie nur in dem Wissen ertragen hatte, dass der Besuch bald endete. Hoffentlich.

»Du wolltest näher bei deinen Eltern sein«, erwiderte sie daher betont fröhlich. »… und wieder vernünftiges Frühstück genießen, wenn ich mich recht erinnere.«

»Mach dir keine Sorgen«, antwortete Mum, allerdings immer noch mit dem verdächtigen Unterton in der Stimme. »Ich will nicht bei dir einziehen. Es ist nur … irgendwie. Ach, ich weiß nicht.«

»Die Wechseljahre«, platzte Chesten mit dem Ersten heraus, was ihr in den Sinn kam, was ihr einen giftigen Blick ihrer Mutter eintrug.

»Kann sein.« Ein Achselzucken. »Weißt du, ich dachte, es würde zu Hause mehr Frauen in meinem Alter geben.«

»Gehörst du nicht zu den geburtenstarken Jahrgängen?«

»Chesten, ich liebe dich, aber manchmal …« Ihre Mum runzelte die Stirn. »Nein, mir fehlen Frauen in meiner Situation. Allein, ohne Mann, ohne Kinder.«

Nun war es an Chesten, die Nase kraus zu ziehen.

»Du verstehst schon, ohne Kinder vor Ort.«

Sie gab Firth einen kleinen Klaps und das gescheckte Pony

schoss nach vorn. Colin schnaubte und setzte ihm nach, ohne dass Chesten den Befehl dazu gegeben hatte.

Nach dem Galopp kamen die Ponys langsam zur Ruhe und gingen brav nebeneinander her. Ab und zu versuchte einer der beiden, den Kopf ins Gras zu senken, aber Chesten und ihre Mum achteten darauf, die Ponys voranzutreiben.

Chesten genoss die friedliche Stimmung, die Sonne im Gesicht und den Geruch des aufkommenden Frühlings. Ein Singvogel über ihr jubilierte. Vielleicht brachte das neue Jahr doch positive Veränderungen für sie mit sich.

»Weißt du, ich habe *ihn* gestern gesehen«, krachten die Worte ihrer Mutter in die friedliche Stimmung. Der Vogel verstummte und die Ponys schnoberten und schlugen mit den Köpfen.

Obwohl Mum seinen Namen kannte, sprach sie ihn nie aus, als könnte sie so dafür sorgen, dass er aus Chestens Leben verschwände.

»Wo?« Hoffentlich hatte Mum nichts gesagt, was peinlich wäre. »War er allein?«

»In der Stadt. Keine Sorge, ich habe nur über das Wetter und das neue Jahr gesprochen.«

»Auch wenn du es anders siehst, er ist mein Seelenverwandter, meine große Liebe.«

»Hast du denn nur Disney-Filme geschaut?« Die Stimme ihrer Mutter wurde weicher. »Ich will doch nur, dass du glücklich bist.«

»Danke. Ich bin glücklich. Auch wenn es nicht deinen Vorstellungen entspricht.«

Ihre Mutter rieb sich mit der Hand über den Mund, als wollte sie die Worte zurückhalten, die ihr durch den Kopf gingen. Aber so war Mum nicht – und das hatte sie von ihr geerbt, was sich von Jahr zu Jahr deutlicher zeigte, wie Chesten mit wachsendem Entsetzen feststellte. Immer das sagen, was man denkt, als würde Schweigen zu einem Magengeschwür führen.

»Jetzt vielleicht noch. Aber was ist in drei, fünf, sieben, zwanzig Jahren? Dann bist du immer noch allein, keine Kinder.«

»Nicht die Enkelkarte, Mum.« Sie verdrehte die Augen. Selbst ihre Mutter konnte das nicht ernst meinen, schließlich hatte sie bereits drei Enkel aus den ach-so-glücklichen Ehen ihrer Söhne.

»Chestie …« Ihre Mutter schaute sie nur an. So traurig, dass Chesten sich wünschte, sie wäre eine bessere Tochter. Eine, die sich nicht in den falschen Mann verliebt hatte und nicht die Kraft fand, sich von ihm zu trennen.

»Wahre Liebe findet ihren Weg.«

»Das Leben ist nicht wie einer deiner schrecklichen Mills-&-Boon-Romane.« Nun war es an ihrer Mutter, die Augen zu verdrehen. Sie verabscheute alles, was der Verlag veröffentlichte. »Selbst wenn man sich noch so sehr liebt, geht die Leidenschaft im Alltag unter.«

»Das kann und will ich nicht glauben«, beharrte Chesten und hasste es, dass sie klang wie eine trotzige Fünfjährige. »Dad und du, ihr wart doch alles füreinander.«

»Ja, aber das erforderte harte Arbeit.« Ihre Mutter seufzte. »Vielleicht hätten wir euch gegenüber ehrlicher sein sollen.«

»Was meinst du damit?«

»Wir hätten unsere Streitigkeiten nicht vor euch verbergen sollen.«

»Auch wenn ihr das gedacht habt, so leise wart ihr nicht, wenn ihr Krach hattet.«

»Tomas hatte viel Temperament. Und ich auch.« Mum seufzte. »Im Alltag verändert sich die Art, wie man liebt.«

»Aber wenn deine Gefühle schwächer geworden sind …« Chesten wollte einfach nicht aufgeben. »Warum hast du noch keinen neuen Partner? Dad ist vor fünf Jahren gestorben.«

»Lass uns zurückreiten. Dort hinten zieht es dunkel auf.«

KAPITEL SECHS

Nachdem sie ihren Patienten, einen zahnlosen, älteren Kater, der unter einer Schilddrüsenfehlfunktion litt, und dessen Menschen verabschiedet hatte, konnte Chesten endlich nachschauen, wer ihr eine WhatsApp geschrieben hatte. Das Brummen des Signaltons hatte den Kater beinahe ebenso sehr irritiert wie sie.

Sie suchte in ihrer großen Tasche nach dem verfluchten Telefon, dem es immer gelang, sich vor ihren tastenden Fingern zu verstecken. Endlich ergriff sie es, wischte über das Display und las die wenigen Zeilen.

- Es tut mir leid. Wollen wir uns heute sehen?
- Selber Ort, gleiche Zeit?

Vor Aufregung und Freude über das unerwartete Treffen wäre das Smartphone beinahe ihren Fingern entglitten. Im letzten Moment bekam sie es zu fassen, was ihr einen verwunderten Blick von Chloe, ihrer Helferin mit den auffallend blauschwarz gefärbten Haaren, einbrachte.

- Bitte, es tut mir leid.

»Holst du bitte den Nächsten herein?«, sagte Chesten, erfreut, dass ihre Stimme nicht zitterte.

Kaum ging Chloe nach draußen, antwortete sie Yestin. Obwohl sie nur wenige Worte schrieb, vertippte sie sich dreimal.

- Ja, ich freue mich.

Dann starrte sie auf das Display, hoffte auf eine Antwort, doch es blieb dunkel. Also steckte sie das Smartphone zurück in die Tasche. Während der Behandlung einer Bulldogge, die sich überfressen hatte, lauschte sie, ob sich eine Nachricht ankündigte. Doch das Telefon blieb stumm.

- Sehen wir uns heute oder nicht?

Wie so oft, wenn sie mit sich in Einklang kommen wollte, griff sich Chesten ihre Kamera, als sie die Praxis verließ, und machte sich auf die Suche nach neuen Erinnerungsbänken. Oft ließ ihr die Arbeit kaum Zeit dafür. Heute jedoch sie kam fast pünktlich aus der Praxis raus.

»Ich fahre noch schnell bei Mr. Angove vorbei und schaue nach den Kühen«, sagte sie zu Chloe. »Falls etwas ist …«

»Dann rufe ich dich nicht an.« Die Assistentin zwinkerte ihr zu. »Draußen scheint die Sonne. Genieß deine freie Zeit.«

Obwohl sie bestimmt Hunderte von Überstunden angesammelt hatte, fühlte es sich für Chesten seltsam an, einen halben Nachmittag frei zu haben. Fast so, als schwänzte sie. Aber Chloe hatte recht: Sie sollte die Gelegenheit nutzen.

»Wie geht es den Kühen?«

»Besser. Kann man ja auch erwarten bei euren Preisen.« Trotz seiner ruppigen Art wirkte Mr. Angove zufriedener auf sie. Vielleicht lag das auch an der kräftigen Frau, die Mist schaufelte und ihr fröhlich zuwinkte.

»Wer ist das?«

»Sie heißt Rosie, Hilfe vom *Farming Community Network*. Macht sich gut.«

»Da bist du ja.« Chesten beugte sich zu der getigerten Katze herunter, die sich an ihre Beine schmiegte, damit Mr. Angove ihr Lächeln nicht entdeckte. »Sie scheint wieder ganz gesund zu sein.«

»Ist ein guter Mäusefänger.«

Nachdem sie nach den Kühen geschaut und kurz mit Rosie geplaudert hatte, machte Chesten sich auf nach *Morrab Gardens*, wo sie neue Funde zu entdecken hoffte.

Chesten liebte die Erinnerungsbänke. Auf diesem Weg begleiteten einen die Verstorbenen weiter und gerieten in die Aufmerksamkeit fremder Menschen. Selbst, wenn nur jeder Zehnte, der sich auf eine der Bänke setzte, die Gravur des Metallschildes las, so blieben die Erinnerten im Gedächtnis.

Manchmal fragte sie sich, ob es viele andere Menschen wie sie gab, die sich Geschichten zu den Worten ausmalten. Erstaunlich, wie viel durch so wenige Worte ausgesagt werden konnte. Und wie unterschiedlich die Inschriften dennoch waren. Wie groß die Liebe der Menschen zueinander gewesen sein musste, dass sie für alle Zeiten verewigt werden sollte.

Für mich wird es so etwas niemals geben.

Jedes Mal, wenn sie sich das eingestehen musste, wurde ihr Herz schwer und sie überlegte, sich endlich von Yestin zu lösen, um vielleicht eine Liebe zu finden, die eine Zukunft hatte. Um vielleicht einen Menschen zu finden, der sich so an sie erinnern würde.

Chesten knipste fünf Fotos des leicht verwitterten Schildes, ihr Herz weich vor Rührung.

In loving memory
of Ron and Norma Kelyrack,
who danced and fell in love here.

Die Worte kamen ihr bekannt vor, aber sicherheitshalber schoss Chesten ein Foto für ihr Album. Selbstverständlich druckte sie die Bilder der Bänke aus. Die Erinnerungen in virtuellen Alben am Leben zu erhalten, erschien ihr einfach nicht angemessen.

Langsam schlenderte sie weiter, bewunderte die ersten Blüten, Vorboten des nahenden Frühlings. Als sie sich vorbeugte, um an einer weißen Blume zu schnuppern, entdeckte sie zu ihrer Überraschung einen Mann, der ebenfalls Fotos von den Bänken schoss.

Es fühlte sich seltsam an, als wäre er in ihr Haus eingebrochen. Ab und zu hatte sie sich gewundert, dass niemand außer ihr sich für diese Zeugen vergangener Leben interessierte. Nun, wo es endlich jemanden gab, schwankte sie zwischen Interesse und Ablehnung. Konnte sie ihn einfach ansprechen?

»Hallo, mein Name ist Chesten. Ich fotografiere auch Erinnerungsbänke.« – nein, das ging beim besten Willen nicht. Gleichzeitig faszinierte sie der Gedanke, einen anderen Menschen zu treffen, der ihr – wie Mum sagte – morbides Hobby teilte.

Sie pirschte sich an ihn heran. Seine Kamera sah deutlich teurer aus als ihre. Etwas an der Art, wie er die Kamera justierte und nach dem idealen Winkel für ein Bild suchte, ließ ihn professionell wirken. Womöglich wollte er eine Reportage über die Bänke schreiben. Der Gedanke versetzte sie beinahe in Panik, so als würde ihr größtes Geheimnis der Öffentlichkeit preisgegeben.

Nun war ihre Neugier zu groß, als dass ihre Schüchternheit sie abgehalten hätte. Mit großen Schritten eilte sie auf den Mann zu, der sich zu ihr umgewandt hatte. Mit der Hand überschattete er seine Augen, wohl um sie erkennen zu können.

»Hallo.« Chesten lächelte. »Ich wollte Sie nicht stalken, ich bin nur …«

Sie brachte den Satz nicht zu Ende, weil sie ihn in diesem Moment erkannte. Mist! Es war der verwegen aussehende Mann, der für den Bullterrier angehalten hatte, was ihn auf den ersten Blick sympathisch wirken ließ. Dann jedoch hatte der unverschämte Typ sie so heftig angeflirtet, dass selbst die Tierarzthelferin gekichert hatte.

Das konnte auch nur ihr passieren. Von allen Männern der Welt, die sich für Erinnerungsbänke interessierten, musste sie ausgerechnet auf ihn treffen. Nun jedoch konnte sie nicht mehr zurück. Chesten machte gute Miene zum bösen Spiel und lächelte so künstlich, dass sie morgen bestimmt Muskelkater hätte.

»Hallo«, antwortete er, begleitet von dem frechen Grinsen, das sie bereits in der Praxis durcheinandergebracht hatte. Heute allerdings sah er nicht ganz so bedrohlich und wild aus. Statt schwarzem Leder trug er Jeans und einen abgetragenen dunklen Mantel. »Was für ein Zufall.«

»Ja, unglaublich.« Chesten streckte die Hand aus, die in seiner großen Rechten verschwand. Warm und rau fühlte seine Haut sich an, als ob er viel im Freien arbeitete. »Wie geht es dem Bullterrier? Haben Sie ihn ins Tierheim gebracht?«

»Nein.« Er zuckte mit den Schultern. »Ich habe beschlossen, dass es Schicksal war, und werde ihn behalten.«

»Wie können Sie das tun?« Warum nur hörte sie sich an wie eine Besserwisserin? »Wenn er nun Besitzer hat, die ihn vermissen?«

Er lächelte und musterte sie aus intensiven graublauen Augen, deren Farbe Chesten an das Meer kurz nach einem Sturm erinnerte.

»Natürlich habe ich ihn beim Tierheim gemeldet und bei unterschiedlichen Internet-Datenbanken vermisster Tiere. Was denken Sie von mir?«

»Ich fotografiere auch Erinnerungsbänke.« Es erschien ihr klüger, das Thema zu wechseln, bevor ihr noch eine bissige Bemerkung herausrutschte, die sie später bedauerte. »Man lernt aus wenigen Worten viel über die Menschen, die sie aufgestellt haben.«

Erneut sandte er ihr einen prüfenden Blick, den Chesten ohne Zögern erwiderte. Niemals würde er sie niederstarren. Dafür hatte sie einfach zu viel Erfahrung darin, mit ihren Katern Blickduelle zu führen. Lächelnd wandte er den Blick ab.

»Ich hätte nicht gedacht, dass Sie sich für Menschen interessieren. Mir kam es so vor, als kämen Sie besser mit Tieren aus.«

Was für eine Unverschämtheit! Aber wenn sie darauf einginge, gäbe sie ihm bestimmt das Gefühl der Überlegenheit. Also lächelte sie noch ein bisschen süßlicher. Sich im Umgang mit schwierigen Männern naiv zu geben, das hatte sie bereits im Studium gelernt und in der Tierarztpraxis vervollkommnet.

»Hier, diese Bank ist typisch für jemanden, der sich selbst in den Mittelpunkt stellt.« Chesten deutete auf das leicht angelaufene Metallschild, auf dem als Erstes der Name der Spenderin zu lesen war. »Der Verstorbene steht erst an zweiter Stelle.«

Ob es Verwandte meines Chefs sind?

DONATED BY MRS. ELLERY
IN MEMORY OF HER HUSBAND
CECIL H. ELLERY
DIED 13TH SEPTEMBER 1959

Wieder lächelte er, ohne auf ihre Worte zu antworten, was Chesten furchtbar nervös machte. Mit dem Typ schweigsamer geheimnisvoller Mann hatte sie noch nie etwas anfangen können. Das war mit das Beste an Yestin: Er redete immer und überall. Allerdings meist über sich, wie Chesten eingestehen musste. Die rosarote Verklärung, mit der sie ihn zu Beginn ihrer Liebe, ihrer Affäre, ihrer Was-auch-immer gesehen hatte, war inzwischen einer realistischeren Sicht auf ihn gewichen, aber sie liebte ihn leider immer noch. Hoffnungslos und rettungslos.

»Da vorne ist eine Bank, auf der der Verstorbene am wichtigsten ist«, plapperte sie, nachdem der Mann, an dessen Namen sie sich nicht erinnerte, weiter schwieg. Den Hund hatte er Großer genannt. Das war ihr im Gedächtnis geblieben. »So sollte es sein, finde ich. Und Sie?«

In loving memory of Edward C. Wigley
1910 – 1992
Donated by his family

»Ich meine, dass es dafür keine Regeln geben sollte«, ließ er sich endlich zu einer Antwort herab. Allerdings zu einer, die Chesten furchtbar ärgerte. »Aber ich gebe Ihnen recht. Wenn sich jemand an mich erinnert, wünsche ich mir auch, für sie an erster Stelle zu stehen.«

»Gibt es jemanden?«, rutschte Chesten heraus, bevor sie nachdenken konnte. Schnell schob sie weitere Fragen nach und hoffte, dass er die erste darüber vergessen würde. »Warum fotografieren Sie die Bänke? Haben Sie eine Lieblingsbank?«

Sie hatte eine, aber sie würde den Teufel tun, sie ihm zu zeigen. Bestimmt würde er die Augenbrauen hochziehen oder sich auf eine andere Weise über sie mokieren.

»Für mich sind die Inschriften Zeichen vergangener Leben. Ich plane einen Fotoband. Falls ich einen Verlag finde, der sich dafür interessiert.«

Das war ja schlimmer als eine Reportage. Was war nur mit ihr los? Natürlich hatte er das Recht, einen Bildband mit ihren geliebten Bänken zu veröffentlichen. Es würde ihr doch nichts wegnehmen, wenn auch andere Menschen die Inschriften lasen. Das sagte Chestens Kopf, aber ihr Herz fühlte sich an, als müsste sie ihre einzige Liebe auf einmal mit der ganzen Welt teilen.

»Sind Sie morgen in der Praxis?« Mit dieser Frage hatte sie

nicht gerechnet. »Ich wollte mit dem Hund zur Nachuntersuchung kommen. Sie kennen ihn ja schließlich.«

Obwohl ihr der Hund am Herzen lag, musste sie erst erfahren, wie erfolgversprechend sein Projekt war.

»Meinen Sie, Verlage interessieren sich dafür? Ich kenne niemanden außer mir, der sich für meine Fotos begeistert.«

»Haben Sie denn schon einmal *versucht,* ihre Bilder an einen Verlag zu verkaufen?«

KAPITEL SIEBEN

Mist. So spät schon. Yestin rieb sich mit zwei Fingern die Stirn. Die verdammte Büroarbeit hatte sich wieder einmal als Zeitfresser erwiesen. Seitdem er in die Firma seines Schwiegervaters eingestiegen war, hatte der ihm mehr und mehr den Bürokram übergeben, begleitet von der freundlichen Bemerkung: »Du hast schließlich studiert.«

»Ja, Architektur. Nicht Betriebswirtschaft.«

»Dann arbeitest du dich eben ein. Musste ich damals auch.«

Also arbeitete Yestin sich ein, was unglaublich viel Zeit und Energie kostete, weil Bilanzen und Gewinn-und-Verlustrechnungen vollkommen fremd für ihn waren. Selbst Stacey beschwerte sich inzwischen darüber, wie viel Zeit er im Büro verbrachte. Kostbare Zeit, die ihm für Chesten fehlte.

Chesten. Unwillkürlich lächelte er, als er an sie dachte, als er ihr hübsches Gesicht vor sich sah. Sie war das einzig Gute in seinem Leben, ihre Liebe trug ihn selbst durch schlimme Zeiten wie diese. Ohne sie hätte er vielleicht längst alles hingeworfen, hätte gekündigt und … Ja, darin lag das Problem. Yestin hatte überhaupt keine Vorstellung davon, wie sein Leben aussehen könnte, sollte er nicht bei *Prowse Constructions* arbeiten.

Yestin liebte seine Arbeit, jedenfalls den immer stärker schrumpfenden Teil der Architektenaufgaben. Es bereitete ihm unglaubliche Freude, sich Designs zu überlegen, Konstruktionszeichnungen zu entwerfen und – jedes Mal wieder ein Höhepunkt – Modelle zu erstellen. Dafür nahm er in Kauf, dass sein Schwiegervater ihm immer mehr Arbeit aufdrückte, als ahnte er von Yestins Geheimnis. Aber nein, das konnte nicht sein. Niemand wusste von Chesten und ihm. Nicht nur, weil Yestin um seinen Job fürchtete, auch, weil er Stacey nicht wehtun wollte.

Stacey. Yestin klappte sein Netbook zu und seufzte. Heute Abend war sie wieder auf irgendeinem Treffen irgendeiner Wohltätigkeitsorganisation. Da sie bisher kein Kind bekommen hatten und Stacey nicht arbeiten wollte, stürzte sie sich in immer neue Projekte, bis diese sie langweilten und sie etwas anderes begann. Für ihn war das nur gut, ließ es ihm doch ein wenig Freiraum, den er mit Chesten verbringen konnte.

Mist! Wenn er sich nicht beeilte, käme er zu spät zu ihrem Treffen – und das, nachdem er ihre letzte Verabredung so kurzfristig abgesagt hatte, weil er Graham überraschend auf einen Kundenbesuch hatte begleiten müssen.

Er legte einen Zwischenstopp im Bad ein, putzte sich die Zähne und besprühte sich mit dem herben Parfüm, das Chesten so mochte.

Kurz bevor er die Haustür erreichte, hielt ihn eine Stimme auf.

»Willst du noch weg?« Louise öffnete die Tür zum Flur und schaute hinaus. Yestin hegte den Verdacht, dass seine Schwiegermutter hinter der Tür auf der Lauer lag, um ihn zu überwachen. Als er das Stacey gegenüber einmal angedeutet hatte, hatte die ihn nur zweifelnd angeschaut.

Warum hatte er sich damals nur darauf eingelassen, zu Staceys Eltern ins Haus zu ziehen? »Es ist doch groß genug für uns alle. Wir können unser Leben führen und werden von meinen Eltern nichts merken.«

Jedes Mal, wenn seine Schwiegermutter wieder einmal ihre neugierige Nase in seine Angelegenheiten steckte, fielen Yestin diese Worte ein, mit denen seine Frau ihn geködert hatte. Wobei er eingestehen musste, dass er sich leicht hatte einfangen lassen.

Es war die einfachste Lösung gewesen. Stacey und er mussten kein Haus suchen, das Yestin sich nicht hätte leisten können. Falls Kinder kämen, könnten sie bei der Großmutter bleiben. Das Büro befand sich im Erdgeschoss. Vorne die Arbeitsräume, hinten lebten die Eltern, oben Stacey und Yestin. Alles schien perfekt.

Manchmal hätte er schwören können, dass Louise ein Buch führte, in das sie die Zeiten seines Kommens und Gehens eintrug. Dass Stacey ihn erwischte, befürchtete er nicht, aber seiner Schwiegermutter traute er zu, dass sie ihm einen Privatdetektiv auf den Hals hetzte, sollten seine Abwesenheitszeiten ihr Misstrauen schüren.

Nur gut, dass er rechtzeitig für ein Alibi gesorgt hatte. Auf seine Freunde konnte er sich verlassen – und sie sich auf ihn. Manchmal kam er sich vor wie in einer Hollywood-Komödie, wo die Ehemänner sich zu einem Fremd-geh-Klub zusammenschlossen. Nur dass sie im Film alle früher oder später erwischt wurden und reumütig zu ihren Frauen zurückkehrten.

Das konnte er sich für sich nun überhaupt nicht vorstellen. Ein Leben ohne Chesten wäre leer. Bei dem Gedanken daran, dass sie auf ihn wartete, wurde ihm warm im Bauch.

»Yestin, warum antwortest du nicht?«

Warum konnte Louise nicht so eine lebenskluge, coole Frau sein wie Chestens Mutter, die er gestern zufällig getroffen hatte?

Schau dir die Mutter an, dann kennst du die Tochter – zum Glück traf dieses Sprichwort für Stacey nicht zu. Seine Ehefrau war sanft und zurückhaltend, etwas, was er schon zu Schulzeiten an ihr geschätzt hatte. Auf ihn machte es immer den Eindruck, als könnte Stacey nicht fassen, dass er sich ausgerechnet für sie entschieden hatte. Als hielte sie ihn für zu gut für sich. Dann kam er sich noch übler vor, dass er seine Frau seit Jahren betrog, dass ihm der Mut fehlte, sich von ihr zu trennen.

Nein, so einfach war das nicht. Schließlich gab es viel zu oft Situationen, wo sowohl seine Frau als auch ihre Eltern ihn spüren ließen, dass er nach oben geheiratet hatte. Würde er heute anders handeln?

Damals in der *Comprehensive School* war es ihm wie ein Wunder erschienen, dass sich Stacey Prowse ausgerechnet für ihn interessierte. Stacey, die ihre Ferien in der Provence oder der Toskana, in den USA oder auf den Malediven verbrachte – Orte, die er erst im Internet suchen musste. Dabei war er ein linkischer Junge gewesen, der in allem nur das Mittelfeld einnahm: mittelgute Noten, mittelerfolgreich beim Fußball und bei den Mädchen. Was sie an ihm fand, hatte er sich nicht erklären können und immer erwartet, aus diesem Traum aufzuwachen.

Doch dann kam Chesten und plötzlich sah er sich zwischen zwei wunderschönen Mädchen gefangen, unfähig, sich zu entscheiden, weil er keine von ihnen verletzen wollte. Kurzzeitig trennte er sich von Stacey, um reumütig zu ihr zurückzukehren, nur um Chesten entsetzlich zu vermissen, überall sah er sie, ihre zarte Gestalt, ihre Feenhaare. Also traf er sich heimlich mit ihr, um schließlich eine Affäre mit ihr zu beginnen.

… und so war es bis heute geblieben. Vielleicht musste er auf eine dritte Frau warten, die Chestens und Staceys Eigenschaften in sich vereinte. *Wahrscheinlich könnte ich mich dann zwischen drei Frauen nicht entscheiden. Ich bringe es einfach nicht über mich, einer von ihnen wehzutun.*

»Yestin! Nun lass mich hier nicht so stehen. Komm endlich herein.«

Yestin folgte ihr durch die geöffnete Tür in den Flur. An der weiß gestrichenen Wand hing ein Gemälde eines Malers der *Newlyn School,* das deutlich mehr Raum gebraucht hätte, um zu wirken.

»Louise.« Bevor er nach ihr in das Wohnzimmer trat, setzte

Yestin sein Schwiegermutter-Lächeln auf. Künstlich, betont harmlos und Kiefermuskeln belastend. »Was kann ich für dich tun?«

Wie jedes Mal überraschte ihn die minimalistische Eleganz des Raumes, der in hellen Farben gehalten war. Louise hatte eine Innenarchitektin damit beauftragt. Stilvoll war es, aber er konnte sich nicht vorstellen, dass es Louises Geschmack entsprach.

»Du willst schon wieder weg. Stacey und du könntet uns auch einmal Gesellschaft leisten.«

»Du weißt doch, wie das ist. Stacey hat ihre karitativen Projekte. Ich muss meine Netzwerke pflegen.«

Statt einer Antwort schaute sie ihn nur an. Der Basiliskenblick war Louises Strategie, Informationen zu erzielen. Yestin lächelte weiter.

»Dann wünsche ich dir viel Erfolg.« Ihr getragener Tonfall deutete bereits an, was gleich kommen würde. »Leih jedem dein Ohr, doch wenigen deine Stimme.«

Und da war es auch schon – ein Shakespeare-Zitat. Yestin hätte Wetten abgeschlossen, dass seine Schwiegermutter zehn davon auswendig gelernt hatte, um sie bei passender Gelegenheit anzubringen.

»Auf Wiedersehen, Louise.« Er beugte sich zu ihr und hielt den Atem an. Seine Schwiegermutter bevorzugte ein süßliches Parfüm, das seine Augen und Nase reizte.

»Bleib nicht zu lange.«

Da er keine fünfzehn Jahre mehr alt war, widmete er diesen Worten keine Antwort. Stattdessen beeilte er sich, das Haus endlich zu verlassen. Vor der Tür atmete er tief durch. Die kühle Luft brachte den Geruch des nahenden Frühlings mit sich und kratzte in seinem Hals. Als er den Schlüssel ins Schloss seines dunkelblauen Aston Martin stecken wollte, bemerkte er, wie sehr seine Finger zitterten. So konnte das nicht weitergehen.

Entweder erklärte sich Stacey bereit, mit ihm zusammen auszuziehen, oder er würde sie verlassen und zu Chesten ziehen.

Ja, bestimmt. So bin ich auch. Bestimmt werde ich wahnsinnig glücklich mit ihr, ohne Geld. Sie hat den ganzen Tag mit ihren Viechern zu tun und ich sitze im Unterhemd vorm Fernseher, mit einer Flasche Bier in der Hand. Wem will ich etwas vormachen?

Na prima, wenn er in dieser Stimmung zu Chesten fuhr, konnte er ihr Treffen gleich absagen. Doch sobald er ihr schmales Gesicht vor sich sah, mit diesem Lächeln, das nur ihm galt, stieg seine Laune. Chesten wirkte wie ein Stimmungsaufheller. Kein Wunder, dass er nicht von ihr loskam. Vielleicht, wenn der Rest seines Lebens nicht so anstrengend und unerfreulich wäre.

Gerade als er den Motor anlassen wollte, ging die Haustür auf. Louises hagere Gestalt zeichnete sich im Türrahmen ab. Sie winkte ihm zu.

Ich könnte einfach so tun, als hätte ich sie nicht gesehen.

Aber so ein Mann war er nicht. Also stieg er aus und wappnete sich für alle Eventualitäten.

»Yestin. Du musst bleiben. Mir geht es nicht gut. Das Herz.«

Wie hatte er das nur vergessen können? Ihre Hypochondrie – entweder war es das Herz oder die Galle oder die Leber. Es gab keinen Tag, an dem Louise nicht über Beschwerden klagte. Sie schaute ihn bittend an, soweit ihr das möglich war.

»Ich komme gleich.« Yestin presste die Lippen zusammen. »Ich muss nur kurz zur Toilette.«

»Kannst du vorher bitte den Rotwein öffnen? Er muss atmen.«

Louise behauptete steif und fest, Rotwein wäre gut für ihr schwaches Herz. Daher trank sie jeden Abend ein Glas, je teurer desto gesünder lautete ihr Credo.

Yestin seufzte innerlich und folgte ihr erneut ins Wohnzimmer. Dort warteten bereits eine Flasche Bordeaux, ein Dekanter und zwei Gläser.

Verdammt. Sie hat das alles eingefädelt und kommt damit wieder durch. Wie jedes Mal.

»Selbstverständlich.« Er zog den Korken aus der Flasche und

schüttete deren Inhalt in den Dekanter, wobei er sich vorkam wie ein Butler.

»Danke.« War es sein schlechtes Gewissen, das ihm vorspielte, ein hämisches Lächeln auf Louises Gesicht zu sehen, oder hatte sie absichtlich seine Planung für den Abend sabotiert?

»Ich bin gleich zurück.«

Bevor sie sich eine weitere Aufgabe für ihn ausdenken konnte, schlüpfte er aus der Tür und verkroch sich in der Toilette. Weiß und golden war es hier, viel zu überladen, wie er fand.

Eilig tippte er eine SMS:

- Was kann ich sagen? Es tut mir unendlich leid.

Warum antwortete Chesten nicht? Lange konnte er nicht mehr hier sitzen, ohne Louises Misstrauen zu erregen.

- Chessie, bitte.

Nichts.

Yestin seufzte, stand auf und steckte das Smartphone in die Hosentasche. So würde es ihm verraten, wenn Chesten sich endlich meldete.

KAPITEL ACHT

Obwohl Chesten versuchte, sich auf ihre Arbeit zu konzentrieren, kreisten ihre Gedanken um den gestrigen Abend. Sie hatte sich so sehr gefreut, endlich wieder in Yestins Armen zu liegen, seine Wärme zu spüren. Und dann war sie ihm nicht einmal einen Anruf wert gewesen.

Erneut hatte er sie versetzt. Sollte das den Rest ihres Lebens so bleiben? Oder nur so lange, bis Yestin sie nicht mehr wollte und gegen eine Jüngere eintauschte? Nein, so ein Mann war er nicht, oder etwa doch? Warum eigentlich sollte er die Entscheidung treffen? Warum sagte nicht sie: »Ich habe genug. Ich will dich nicht mehr wiedersehen.«

Weil die Hoffnung einfach nicht verschwinden wollte, genauso wenig wie die Liebe zu ihm. Noch immer schlug ihr Herz schneller, wenn sie ihn sah. So war es immer schon gewesen, so würde es immer bleiben, fürchtete sie. Falls nicht die Verbitterung so sehr anstieg, dass Yestin das Interesse an ihr verlor.

»Ich muss kurz auf die Toilette«, sagte sie zu Chloe. »Den nächsten Patienten bitte erst in zehn Minuten.«

»Alles in Ordnung?« Konnte Chloe ihr das schlechte Gewissen ansehen, das sie seit Jahren begleitete, weil sie einen verheirateten Mann liebte? Wie war es nur gekommen, dass ihr Liebesleben in so einem Chaos endete?

Im kleinen Badezimmer ließ sie Wasser in die hohlen Hände laufen und tauchte ihr brennend heißes Gesicht hinein. Die Abkühlung tat gut, aber half nicht, die kreisenden Gedanken zum Schweigen zu bringen.

Das ist der Anfang vom Ende. Wenn er mich per SMS versetzt, wird er mich bestimmt bald verlassen. Ich werde mit einem gebrochenen Herz zurückbleiben und nie wieder jemanden lieben können. Oder mich davor fürchten, erneut verlassen zu werden. Wie ist es Alys und Bree nur gelungen, ihre Seelenverwandten zu finden?

Sie trocknete ihr Gesicht und schaute in den Spiegel. Die Jahre mit Yestin hatten ihr Falten gebracht und einen bitteren Zug um den Mund. Die steilen Linien, die zwischen Nase und Mundwinkeln verliefen, waren inzwischen so tief, dass selbst ein Lächeln sie nicht zum Verschwinden brachte.

Gar nicht zu reden davon, wie spitz ihre Bemerkungen inzwischen waren, wie düster ihre Gedanken sich entwickelten. Ob das immer so war? Ob es allen Frauen, die Affären oder Nebenfrauen oder wie immer man es auch nannte, waren, so ging wie ihr?

Mit Daumen und Zeigefinger zog Chesten ihre Mundwinkel nach oben und schnitt sich dann eine Grimasse. Draußen blühte das Leben, die Sonne hatte sich endlich gegen die Wolken durchgesetzt und sie erging sich in Weltschmerz. Möglicherweise hatte ihre Mutter doch recht – der Gedanke versetzte sie in Schrecken – und sie hing einer vollkommen lebensfernen Vorstellung von Liebe an, geprägt durch Märchen und Liebesromane. Nein! Ihre Gefühle waren echt, die Schmerzen, die Traurigkeit, aber auch das unendliche Glück, wenn Yestin und sie gestohlene Stunden miteinander verbrachten.

Reiß dich zusammen. Du hast Patienten und ihre Menschen, die auf dich warten. Das ist wichtiger als dein Herzleid. Vor allem, wo ich schon so lange mit ihm lebe. Warum nur fällt mir kein Weg ein, mich von Yestin zu befreien? Bree hätte bestimmt eine Idee, ich werde sie fragen.

Sie atmete tief durch, öffnete die Tür und schlüpfte in die Rolle von Chesten Gwynn, Tierärztin ihres Vertrauens. Egal, wie sehr sie unter ihrem Privatleben litt, ihre Arbeit sollte nicht darunter leiden.

»Es kann weitergehen.« Sie nickte Chloe zu und lächelte. Im PC poppte die Akte des nächsten Patienten auf. Zeus – ein Jack Russell Terrier, den sie behandelte, seitdem er ein Welpe war.

»Hallo Zeus, hallo Janine.« Chesten freute sich, die beiden zu sehen. »Was führt euch zu mir?«

Nachdem Zeus und Janine gegangen waren, bat Chesten um eine halbe Stunde Zeit, in der sie sich der Post und dem Schreibkram widmen konnte, der von Jahr zu Jahr mehr wurde.

Werbung – kann weg, Werbung – kann weg, Werbung …

Unschlüssig drehte sie den Prospekt in den Händen.

Vets Global. Tieren helfen. Erfahrungen sammeln. Eine Zeit im Ausland leben.

Dass ausgerechnet heute diese Information in der Post gewesen war. Als wollte das Leben ihr etwas sagen. Wenn sie in St. Bart so sehr unter der Situation mit Yestin litt, wäre vielleicht Abstand eine Lösung. Aber es hatte auch nicht geholfen, als sie zum Studium weggegangen war. Sobald sie Yestin sah, vergaß sie alle Vorsätze und war sofort wieder bereit, sich mit der Rolle der Geliebten abzufinden. Allerdings waren inzwischen fünf Jahre vergangen, Jahre mit einsamen Weihnachten, Jahre mit gebrochenen Versprechen, Jahre mit Warten. Vielleicht war sie jetzt stark genug, ihn für immer aus dem Kopf zu bekommen, wenn sie nur erst weit genug weg war.

Warum länger zögern? Ihre Finger tippten so schnell, dass sie nahezu jedes Wort korrigieren musste. Absenden oder nicht absenden? Bevor die Zweifel wuchsen, drückte Chesten auf »senden« und ihre Anfrage nahm konkrete Formen an.

Zurück kann ich ja immer noch.

Erstaunlich, über was für eine Regenerationskraft sein Schützling verfügte. Obwohl er vor einer Woche noch so ausgesehen hatte, als wäre er dem Tode näher als dem Leben, hüpfte der Bullterrier durch sein Cottage, als wäre die Verletzung etliche Zeit her.

Der Hund suchte seine Nähe. Es war Darren aufgefallen, dass der Bullterrier immer wieder aus dem Schlaf aufschreckte und sich suchend umsah. Daher hatte er dem Hund ein riesiges Kissen ins Schlafzimmer gelegt.

Allerdings brachte dies einige Nachteile mit sich. Der Bullterrier schnarchte unglaublich laut und schlief früher ein als Darren. Außerdem hatte er die unschöne Angewohnheit, knatternd und stinkend zu furzen. Vielleicht ließ sich das ja durch ein anderes Futter in den Griff bekommen. Noch etwas, was er die Tierärztin fragen wollte. Bei der Recherche im Internet hatte er feststellen müssen, dass sich um Hundeernährung wahre Glaubenskriege entspannen, vor allem zwischen den Barfern und denen, die auf Fertigfutter setzten.

Da er vorher noch nie einen Hund besessen hatte, überhaupt noch nie ein Haustier, waren diese Debatten bisher an ihm vorbeigegangen. Auch nachdem er sich durch etliche Internetseiten gelesen hatte, fragte er sich weiterhin, warum diese Diskussion so ideologisch geführt werden musste. Menschen, die der »biologisch artgerechten Rohfütterung« anhingen, tendierten dazu, Fertigfutter zu verdammen, wofür sie von denen, die ihre Hunde damit ernährten, mit scharfen Worten angegriffen wurden.

»Wenn … falls ich dich behalte, Hund, erwarte bloß nicht, dass ich dein Futter täglich frisch zubereite. Wir werden einen Kompromiss finden müssen.«

Wie zur Antwort schlug der Bullterrier mit seinem dünnen Schwanz gegen den Boden, was ein lautes Klopfen hervorrief.

Darren beugte sich herunter, um ihm über den Kopf zu streicheln, was zu einer höheren Klopffrequenz führte.

»Auf jeden Fall will ich es richtig machen. Wenn wir schon zusammenleben, sollst du es gut bei mir haben. Einen Namen bekommst du allerdings erst, wenn ich dich behalten darf.«

Er sah auf die Uhr. Wenn er heute noch in die Praxis wollte, musste er sich beeilen.

»Na Hund, immerhin verdanke ich dir eine spannende Begegnung.«

Auch wenn er es sich nur halbherzig eingestehen wollte, so freute er sich, dass ihm der Hund die Gelegenheit bot, Chesten Gwynn wiederzusehen.

»Was mache ich mit dir, wenn ich nach Somalia reise?«

Diese Frage konnte er dann beantworten. Vielleicht gehörte er ja einer Familie und wurde bereits vermisst. Auch das konnte er bei der Tierärztin erfahren.

»Auf, Hund.« Darren griff nach Leine und Geschirr, die er gekauft hatte. *Ja, ganz eindeutig, ich habe nie die Absicht gehabt, ihn zu behalten.*

»Ist er gechipt oder irgendwo als vermisst gemeldet?« Darren hielt den Atem an.

»Bisher habe ich nichts finden können.« Chesten strich dem Bullterrier über den Rücken. »Ich versteh es nicht. Du bist doch so ein Süßer.«

»Das ist er. Ich würde ihn gern behalten.«

Als hätte der Hund ihn verstanden, hob er seinen kantigen Schädel und blickte Darren an. Der wiederum konnte seinen Blick nicht von der Tierärztin abwenden. Wenn sie die blonden Haare in einem schulterlangen Bob und nicht als Pferdeschwanz getragen hätte, könnten sie und Eleanor Zwillinge sein. Darren wusste noch nicht, ob ihm das gefiel oder abschreckte.

»Haben Sie heute Abend schon etwas vor?«

»Warum?«

»Ich würde Sie gern einladen. Nur auf einen Drink. Weil sie den Hund gerettet haben.«

Himmel. Wenn ich noch mehr erkläre, sagt sie garantiert ab, weil sie mich für einen Psychopathen hält.

»Warum eigentlich nicht«, lautete ihre Antwort. Komischerweise sah sie dabei nicht fröhlich, sondern eher wütend aus. Aber egal, wichtig war nur, dass sie zugesagt hatte.

KAPITEL NEUN

Chesten schaute auf die Uhr. Zum ersten Mal, solange sie denken konnte, war sie zu früh zu einer Verabredung gekommen. Vielleicht sollte sie gehen. Fühlten ihre Freundinnen sich auch so … nervös, wenn sie allein auf Chesten warten mussten? Bisher hatten ihr schon zwei Männer zugeprostet, was sie mit einem Nicken quittiert hatte, das hoffentlich kühl genug war, um die Interessierten abzuwehren.

Sie holte tief Luft und schaute sich um. Darren hatte den Ort vorgeschlagen. Sagte das etwas über ihn aus? Sie hätte sicher etwas anderes ausgesucht, etwas Neutraleres, nicht so einen klassisch kornischen Pub, in dem sich Männer auf ein Bier trafen. Vielleicht lag es daran, dass sie so selten ausging, aber irgendwie fühlte sie sich unpassend. Erneut schweifte ihr Blick durch den Raum, blieb an der niedrigen Balkendecke hängen, die aussah, als würde der Rauch von Jahren in ihr hängen, auch wenn Rauchen jetzt nicht mehr erlaubt war.

Chesten hörte den alten kornischen Trinkspruch. »Fish, tin and copper!« Damit pries man auch in der heutigen Zeit noch die Dinge, die Cornwall im letzten und vorletzten Jahrhundert zu Reichtum verholfen hatten. Heute müsste der Spruch heißen:

»Deutsche, Franzosen und Londoner!«, denn Chestens geliebte Heimat lebte überwiegend von den Touristen. In den *White Swan* hatte es allerdings keinen Fremden verschlagen. Die Männer, die sich an die Theke lehnten oder an den runden Tischen saßen, schienen einander gut zu kennen. Daher fiel sie auch auf wie ein weißer Rabe: weiblich, jung und fremd.

Zum wiederholten Mal schaute sie auf die Uhr. Noch war Darren nicht unpünktlich, aber sie fühlte sich langsam unwohl. Daher stand sie auf, stöckelte auf den ungewohnt hohen Schuhen über den Steinfußboden zur Theke. Nach einem Nicken rückte ein alter Mann zur Seite, sodass sie dem ebenso alten Mann hinter dem Tresen zuwinken konnte. Er nickte zurück, führte aber sein Gespräch weiter.

Sie holte tief Luft, verlagerte ihr Gewicht von einem Fuß auf den anderen und betrachtete die Blechschilder hinter der Theke, die Werbung für unterschiedliche Biersorten machten: das dunkelblaue Oval von *Sharp's* mit der unverkennbaren weißen Schrift, *Skinner's Betty Stogs* mit der fröhlichen Frau und natürlich *Tribute* aus St. Austell.

»Was kann ich für dich tun, Love?«

Sie zuckte zusammen, als sie so unvermutet angesprochen wurde. Der Wirt hob den linken Mundwinkel zu einer Andeutung eines Lächelns. Die Falten um seine wasserblauen Augen vertieften sich. Er sah aus wie ein Fischer, der auf dem Meer oft in die Sonne geblinzelt hatte.

»Ein Wasser, bitte. Mit Kohlensäure.«

»Cornish Spring?«

»Ja, bitte.« Ihr Unbehagen ließ sie wortkarg werden.

Der Mann tauchte kurz hinter der Theke ab, mit einer Flasche Mineralwasser tauchte er wieder auf. Es schien nicht oft nachgefragt zu werden, wenn es so weit unter dem Tresen stand.

»Zwei Pfund.«

Sie zerrte ihr Portemonnaie hervor und legt zwei Geldscheine auf die Theke. *Soll ich Trinkgeld geben oder nicht? Mist, jetzt weiß ich wieder, warum ich so ungern ausgehe.*

Vorsichtig stöckelte sie zurück zu ihrem Tisch. Immerhin hatte sie nun das Glas Wasser, um das sie ihre Hände legen konnte. Jetzt war Darren zu spät.

Wenn ich nichts zu trinken geholt hätte, könnte ich jetzt gehen.

Sie trank einen großen Schluck Wasser und schaute erneut zur Tür. Warum hatte sie sich nur auf das Ganze eingelassen? Sicher, Yestin hatte wieder einmal kurzfristig abgesagt, aber sich deshalb in die Arme des nächstbesten Mannes zu stürzen? Nein, das war nicht ihr Stil. Chesten leerte das Glas in einem Zug und stand auf.

Als sie zur Tür gestolpert war, wurde diese aufgerissen. Eine breite Gestalt, wenn auch nur wenig größer als sie, verdeckte den Türrahmen. Obwohl sie ihn nur wenige Male gesehen hatte, erkannte Chesten ihn sofort.

Darren.

»Es tut mir leid. Der Hund hat gekläfft wie wild, als ich losfahren wollte. Ich musste ihn erst beruhigen.«

»Hallo.«

Was hätte sie auch sonst sagen können?

Mit schief gelegtem Kopf musterte Darren den Raum hinter ihr. Er lächelte. Ein warmes Lächeln, das überraschenderweise Schmetterlinge in ihrem Bauch aufflattern ließ. Was war nur mit ihr los?

»Irgendwie passen wir hier nicht her, oder?«

»Ich auf jeden Fall nicht.« Sie deutete auf ihre hohen Schuhe und den viel zu dünnen Rock. »Aber frag mich nicht, wo es besser ist. Ich kenn mich nicht aus.«

Darren überlegte einen Moment.

»Rein oder raus«, grummelte der Wirt. »Es zieht.«

Bevor Chesten reagieren konnte, zog Darren sie zu sich heran. Der Duft eines rauen, würzigen Rasierwassers vermischt mit dem Leder seiner Jacke und Motoröl traf ihre Nase. Seine

Wärme fühlte sich gut an. Seine Jacke war rau und knarzig hart. Sie bedauerte es, als er zur Seite trat und sie sanft hinausschob.

»Wenn du nicht solche Schuhe anhättest, könnten wir spazieren gehen.«

»Ich war auf einen Abend mit viel Sitzen eingerichtet«, verteidigte sie sich und verdrehte innerlich die Augen, weil ihre Worte so gestelzt klangen. »Ich habe Turnschuhe dabei.«

In ihre High Heels war sie erst gewechselt, als sie vor dem Pub angekommen war. Dass ihr Rock und ihre Jacke viel zu dünn waren, um sich dem pfeifenden Wind auszusetzen, wagte sie nicht zu sagen. Sonst hielt Darren sie noch für eine vollkommene Niete, nicht in der Lage, sich angemessen zu kleiden.

Eben noch hatte sie gehen wollen und nun … machte sie sich Gedanken, was er von ihr hielt. Warum musste das Leben immer so kompliziert sein?

»Ich habe noch einen Pullover dabei, wenn du willst.«

Chesten atmete auf, als sie endlich die unbequemen Schuhe gegen ihre ausgetretenen Turnschuhe wechseln konnte. Deren leuchtendes Rot sah sicher seltsam aus zu dem frühlingshaft bunten Rock, aber das war ihr egal. Bequemlichkeit siegte über Eitelkeit.

»Hast du Hunger?« Darren reichte ihr einen dunkelblauen Grobstrick-Pullover, der ihr ungewöhnliches Ensemble vervollständigte. Kuschelig warm war er und roch ein bisschen nach seinem Rasierwasser. Zitronig und leicht pfeffrig. »Ich könnte etwas vertragen.«

»In der Nähe gibt es einen Fish-&-Chips-Laden, einen China-Bringdienst und eine Pizzeria«, überlegte Chesten laut. »Wenn du richtig essen gehen willst …«

Ups. Da fiel ihr nur *Nanni's Cup of Tea* ein. Auf gar keinen Fall wollte sie mit Darren zu Bree gehen. Deren neugierige Blicke konnte sie jetzt überhaupt nicht brauchen. Abgesehen davon war es Bree zuzutrauen, dass sie Darren geradeheraus fragte, welche Absichten er mit Chesten hätte.

»Ich hätte Lust auf Fish & Chips«, sagte sie schnell, bevor er nach einem Restaurant fragen konnte. »Oder bist du Vegetarier?«

»Der Abendhimmel ist so schön. Lass uns ein bisschen spazieren gehen.« Sein Lächeln wirkte beinahe schüchtern. Was für ein seltsamer Mann.

Blöd, blöd, blöd. Warum hatte sie nicht vorher überlegt, wo sie sich treffen könnten? Da sie so viel arbeitete oder mit ihren Tieren beschäftigt war, kannte sie sich in St. Barts Kneipenszene kaum aus.

Als wollte das Leben sie verspotten, erspähte Chesten Bree, die eine Plastiktüte auf den Händen balancierte.

»Hier lang.« Hastig griff Chesten nach Darrens Arm und zog ihn nach links. Da ging es zwar nicht zum Fish-&-Chips-Imbiss, aber der Weg führte weg von ihrer Freundin. Zu früh gefreut.

»Chesten! Hey, Chesten!«, rief Bree so laut, dass man sie einfach nicht überhören konnte. Eingeschränkt durch ihre Last kam sie auf Chesten und Darren zugeeilt.

»Hallo Bree.« Chesten versuchte, ihrer Freundin telepathisch und durch Blicke zu vermitteln, dass sie hier nicht erwünscht war. »Was machst du hier?«

»Lieferservice. Matteos Idee.« Brees Lächeln zeigte überdeutlich, dass sie Chestens Signale verstand, aber keinerlei Absicht hegte, sich daran zu halten. »Hallo, ich bin Bree, eine Freundin von Chesten.«

»Darren.« Er streckte die Hand aus und ließ sie dann sinken, da Bree ja die Plastiktüte trug. »Schön, dich kennenzulernen.«

»Wird das Essen nicht langsam kalt?«

»Wir haben gute Wärmebehälter. Was habt ihr denn noch vor?«

»Fish & Chips essen«, sagte Chesten schnell, bevor Darren antworten konnte. »Wir sehen uns.«

»Nett, dich kennengelernt zu haben.« Brees Lächeln wurde

noch breiter. Ihr Covergrinsen nannte sie das. »Ich hoffe, wir sehen uns bald wieder.«

»Das hoffe ich auch.« Darren nickte, während Chesten ihn weiterzog.

Sie wandte sich um, um Bree zuzuwinken. Die stand immer noch da und schaute Darren und ihr nach.

»Bin ich dir peinlich?«

»Wieso das denn?«

»Weil du nicht wolltest, dass deine Freundin uns sieht.«

»Ich ...« Sie überlegte einen Moment, wie offen sie ihm gegenüber sein konnte. »Seit Bree mit Ben zusammen ist, will sie alle Menschen verkuppeln.«

»Solche Freunde habe ich auch. Für die sind allein lebende Menschen immer ein Projekt, um das sie sich kümmern müssen.«

»Als ob man nur als Paar glücklich leben könnte.«

»Mir geht es besser, seitdem ich zu zweit bin.«

Chesten blieb stehen. War Darren etwa auch verheiratet? Was stimmte mit ihr nicht, dass sie solche Männer anzog? Stand etwa auf ihrer Stirn geschrieben: Ist eine gute Zweitfrau, stellt wenig Ansprüche?

»Ich meine den Hund.« Sein Grinsen war so frech, dass es in ihr den Wunsch weckte, ihn ans Knie zu treten. Hätte sie nur die hochhackigen Schuhe angelassen. Das hätte mehr wehgetan.

»Hast du ihm noch keinen Namen gegeben?« Wieso fiel es Menschen so schwer, ihre Haustiere zu benennen? Bree hatte ewig gebraucht, bis sie ihren Kater endlich Linus getauft hatte. Bei der Warterei hatte Chesten auf einen kreativeren Namen gehofft. Aber Linus passte gut zu Bens Beagle namens Charlie Brown.

»Ich weiß nicht. Solange er noch nicht offiziell mir gehört ...« Darren rieb sich die Nase. »Vielleicht hat er ja schon einen Namen.«

»Versuch doch einfach, ihn zu rufen. Geh alle Namen durch, die dir einfallen.«

»Da habe ich ja eine sinnvolle Beschäftigung für die nächste Zeit. Von A für Arnold bis Z für Zorro.«

»Beast, Chaos, Dexter, Oscar, Rocky, Rufus, Tyson, Winston«, zählte Chesten die Namen auf, die ihr in der Praxis bisher untergekommen waren. »Falls seine Vorbesitzer kreativer waren, wären da noch: Ragnor, Bear, Bandit, Maximus oder Spike.«

»Gaius oder Buster«, unterbrach Darren sie. »Oder sieht er eher aus wie ein Rave oder Duke? Vielleicht Harry, Pluto, Caesar oder Tzar.«

Sie blieben stehen, sahen sich an und lachten. So laut, dass sich andere Spaziergänger nach ihnen umdrehten.

KAPITEL ZEHN

Als der PC Brees und Linus' Namen zeigte, ahnte Chesten bereits, dass der arme Kater wohl nur als Vorwand für Brees eigentliche Absicht diente.

»Linus braucht seine Impfung«, sagte Bree nach der Begrüßung.

»Eigentlich hat er damit noch vier Wochen Zeit.« Chesten starrte auf den Computerbildschirm, damit sie nicht anfing zu grinsen. Ihre Freundin war so leicht zu durchschauen.

»Ach, heute habe ich ihn einfach einfangen können. Er hasst den Transportkorb.«

»Dann wollen wir mal.« Sie wandte sich der Helferin zu. »Danke, Chloe, das schaffe ich allein.«

Vorsorglich schickte sie ihre Assistentin lieber hinaus, bevor Bree mit der Frage herausplatzte, die sie ganz bestimmt stellen würde. Und da kam sie auch schon.

»Was ist mit dir und diesem Darren?« Bree streichelte Linus, der versuchte, sich zu einem winzigen Ball zusammenzurollen. »Sorry, mein Süßer, aber die Impfung muss sein.«

»Ich wäre auch zu dir nach Hause gekommen.«

»Das hätte der Kater gerochen und wäre verschwunden.

Außerdem muss ich ihn ab und zu in die Transportkiste packen, damit wir beide es nicht verlernen.«

»Er sieht viel, viel besser aus.« Chesten öffnete Linus' Maul und schaute sich dessen Zähne an. »Zahnstein muss noch nicht gemacht werden.«

»Lenk nicht ab.«

»Wir waren etwas miteinander trinken.« Chesten rümpfte die Nase. »Mehr war da nicht.«

»Ich will Einzelheiten.«

»Nicht hier, nicht jetzt. Sonst muss ich Alys alles noch einmal erzählen.«

»Ben gewährt mir einen freien Tag in der Woche. Zu dir, zu Alys, zu mir?«

»Zu mir. Mum ist heute unterwegs und ich muss die Ponys und Esel rauslassen und habe erst spät Feierabend. Sagst du Alys Bescheid?«

»Wir sind um acht bei dir.«

Sanft griff Chesten sich eine Fellfalte und gab dem Kater die Spritze.

»Du hast es überstanden.« Vorsichtig hob sie den schwarz-weißen Kater in den Transportkorb. Sein Blick war so vorwurfsvoll, als hätte sie ihm Blut abgenommen *und* Fieber gemessen, was er beides für unter seiner kätzischen Würde hielt. »Bis nachher.«

Nachdem Bree die Tür hinter sich geschlossen hatte, ging Chesten die Frage ihrer Freundin nicht aus dem Kopf. Was war mit ihr und Darren? Sicher, es hatte einige peinliche Gesprächspausen gegeben, weil sie beide wohl flirttechnisch aus der Übung waren, aber sie konnte nicht leugnen, dass er sie anzog. Wahrscheinlich, weil er so ganz anders als Yestin war. Darren wirkte in sich ruhend, aber gleichzeitig kam es ihr vor, als verbärge sich hinter der Ruhe etwas Tiefes, Dunkles – so wie bei der See. Das machte sie neugierig.

Obwohl Chesten es vorzog, nicht zu intensiv über ihre Liebe nachzudenken, sah sie sich nun gezwungen, sich den Fragen zu stellen, die auch ihre Mum ihr an den Kopf geworfen hatte. Wie würde ihr Leben aussehen, wenn sie an Yestin festhielte? Auch wenn sie ihn liebte, kannte sie ihn gut genug, auch seine Fehler zu sehen. Niemals würde er Stacey verlassen und damit all das aufgeben, was die Ehe ihm gebracht hatte. Was hatte sie im Gegenzug zu bieten? Ein altes Bauernhaus, zwei Ponys, drei Esel und drei Kater – für einen ehrgeizigen Mann wie Yestin sicher keine Alternative.

Aber war es nicht extrem unfair, wenn sie Darren nur dazu benutzte, endlich von Yestin loszukommen? Sprach Bree nicht immer von »Zwischendurch-Männern«, die dabei halfen, einen anderen zu vergessen? Jedenfalls hatte Bree sie so genannt, aber das war VB gewesen – vor Ben!

Bevor sie ihre Gedanken sortiert und ordentlich verpackt hatte, kam schon der nächste Patient – ein Hundesenior, der sich mit einer Futtermittelallergie plagte.

Den Rest des Nachmittags hatte sie so viel zu tun, dass sie alle nicht-beruflichen Gedanken glücklicherweise zur Seite stellen konnte. Außerdem würde der heutige Abend noch genug Zeit bieten, sich damit zu beschäftigen.

»Heute müsst ihr euch selbst bewegen.« Chesten klopfte den Ponys auf den Hals. »Ist leider später geworden und gleich bekomme ich Besuch.«

Firth schnoberte an ihrem Hals, während Colin sichtlich enttäuscht das Futter betrachtete. Später würde er es verschlingen, aber das braune Dartmoor-Pony versuchte immer, noch etwas mehr herauszuschlagen. Am Anfang war Chesten darauf hereingefallen, heute sagte sie nur: »Keine Chance, Dicker. Den Trick hast du zu oft benutzt.«

Auf dem Weg ins Haus pfiff sie nach den Katern, die aus dem

Garten her angaloppiert kamen, in Erwartung ihres Abendessens.

»Ihr könntet euch euer Fressen eigentlich selber fangen«, sagte Chesten, als sie ihr um die Beine strichen und einander mit Pfotenhieben zu vertreiben suchten. »Nee, besser nicht, mir tun die armen Mäuse leid.«

Sie hatte es gerade geschafft, in frische Kleidung zu schlüpfen, als sie das Auto ihrer Freundinnen hörte. Das Geräusch von Jorys Golf war unverkennbar. Er röchelte ein wenig altersschwach, aber Alys' Freund hing an dem Wagen, den er für seinen Glücksbringer hielt.

Chesten zog sich das Handtuch vom Kopf, rubbelte noch einmal durch ihre Haare und ging dann zur Tür.

»Ben hat mir etwas zu essen mitgegeben.« Bree schwenkte eine riesige Tasche, aus der ein Duft nach Koriander und Curry aufstieg. »Also haben wir viiiiel Zeit zum Reden.«

»Erst möchte ich essen, sonst verschlägt es mir noch den Appetit.« Obwohl sie die Worte in scherzhaftem Tonfall aussprach, lag in ihnen ein Körnchen Wahrheit. Das Thema »Männer« hatten ihre Freundinnen und sie bisher gemieden. Alys und Bree wussten von Chestens Affäre mit einem verheirateten Mann, aber sie hatten keine Ahnung, wer das war. Wenn es nach ihr ging, sollte das bitte auch so bleiben. Obwohl es anstrengend war, immer aufzupassen, sich nicht zu verplappern.

Und obwohl es sich anfühlte wie ein Keil, mit dem sie einen Spalt zwischen ihre Freundschaft trieb, der von Jahr zu Jahr breiter wurde. Sie konnte nur hoffen, dass ihre Freundschaft das weiterhin aushielt.

Schließlich betraf es nicht nur sie, sondern auch Yestin, für den seine Ehe auf dem Spiel stand. In ihren dunklen Stunden, wenn sie wieder einmal vergeblich auf ihn gewartet hatte, hatte Chesten manchmal überlegt, sich zu verplappern, damit Yestin eine Wahl treffen musste.

Aber sie hatte diese Idee nie in die Tat umgesetzt, wahrscheinlich weil sie fürchtete, wie seine Entscheidung ausfallen würde. Außerdem erschien es ihr unfair, wenn sie ihn zu etwas zwingen musste. Das wollte sie nicht. Entweder wählte er sie aus freien Stücken oder gar nicht. Als ob sich ihr geduldiges Warten in den vergangenen Jahren ausgezahlt hätte …

»Also zum dritten Mal. Was hat es mit dir und diesem Darren auf sich?« Bree schob den Stuhl ein wenig zurück und lockerte den Hosenbund. »Boah, kochen können meine Männer.«

»Wie lange bleibt Matteo noch?«, fragte Chesten, froh darüber, ein unverfängliches Thema anschneiden zu können. Der sizilianische Koch, bei dem Brees Lebensgefährte Ben sein Handwerk gelernt hatte, war nur auf der Durchreise nach Sizilien, hatte sich jedoch bereit erklärt, Bree und Ben beim Aufbau ihres Restaurants zu unterstützen.

»Ich hoffe, noch lange«, sagte Bree. Sie gähnte hinter vorgehaltener Hand. »Entschuldigt. Ich bin heute vor dem Wachwerden aufgestanden.«

»Bevor du nach der Galerie fragst, um mich abzulenken«, warf Alys ein und lächelte, »alles läuft gut, aber rentiert sich noch nicht. Wir hoffen auf die Touristen im Sommer.«

Alys und Jory hatten in einem Comicladen mit Galerie ihre Träume verwirklicht. Allerdings war es schwer, damit in St. Bart Fuß zu fassen. Die Stadt war zu klein und zog, weil sie nicht am Meer lag, weniger Touristen an. Doch Jory und Alys hatten durch ihre Aktivität im Internet einige Kunden gewinnen können.

»Nun sag schon.« Bree gähnte erneut. »Hast du bitte einen Espresso für mich?«

»Möchtest du auch einen?« Chesten wandte sich an Alys. »Dann erzähle ich euch alles.«

Ein wenig genoss sie es schon, Alys und Bree warten zu lassen. Obwohl da nicht wirklich viel zu erzählen war.

»Er heißt Darren Thompson, reist viel und hat einen angefahrenen Hund gerettet«, fasste sie das Wichtigste zusammen.

»Und ist interessiert an dir. Das hast du vergessen«, sagte

Bree in der für sie typischen trockenen Art. »Ist es mit deinem Chef vorbei?«

Wieso ihre Freundin auf die Idee gekommen war, Chesten hätte eine Affäre mit ihrem Chef, konnte diese sich nicht erklären, aber sah auch keinen Anlass, den Irrtum aufzuklären. Obwohl sie die Vorstellung völlig abwegig fand, etwas mit Dr. Ellery zu beginnen. Sicher, er war ein gut aussehender Mann und die meisten Helferinnen schwärmten für ihn, aber in Chestens Augen war er zu sehr am Geldverdienen und zu wenig am Wohl der Tiere interessiert.

»Nur weil ich einmal mit einem anderen Mann einen Abend verbringe ...« Chesten verdrehte die Augen, halb scherzhaft, halb ernst gemeint. »Das muss doch nicht heißen, dass ich etwas mit Darren anfange.«

KAPITEL ELF

Als Chesten den Namen des nächsten Patienten auf dem Computerbildschirm aufblinken sah, hob sie die Hand vor den Mund. Gedankenverloren knabberte sie am Nagel ihres Daumens, während sie hektisch überlegte, wie sie der Begegnung entkommen könnte.

»Ist alles in Ordnung?«, fragte Chloe.

Das wäre ihre Chance, aber Chesten wusste, dass sie das Treffen nur hinauszögern, aber nicht vermeiden konnte. Also schüttelte sie den Kopf.

»Schon gut. Ich bin so weit.«

Während sie darauf wartete, dass sich die Tür öffnete, atmete sie tief durch und bemühte sich, eine professionell-freundliche Miene aufzusetzen, die man von einer kompetenten Tierärztin erwarten konnte. Trotzdem fragte sie sich, wie das hatte passieren können. Sie pustete den Atem laut aus und ließ die Tür nicht aus den Augen.

Die Frau, die hereinkam, sah immer noch so aus wie früher. Vielleicht ein paar mehr Fältchen im klassisch-schönen Gesicht mit den hohen Wangenknochen und den elegant gezupften Brauen. In ihren grün-braunen Augen meinte Chesten, Neugier und auch Sorge zu erkennen. Besorgnis stand auch in den dunklen Schatten unter ihren Augen, aber die tiefbraunen Haare lagen wie frisch vom Friseur.

»Hallo Chesten. Lange nicht gesehen.«

Wenn es nach Chesten gegangen wäre, wäre das auch so geblieben. Sie hatte den Tierarzthelferinnen am Empfang zu verstehen gegeben, dass sie diese Stacey nicht zu ihr, sondern zu ihren Kollegen senden sollte. Nur zu gut erinnerte sie sich an den Schrecken, der sie überfallen hatte, als sie vor einem Jahr Yestins Ehefrau mit einem winzigen weißen Malteserhund im Wartezimmer gesehen hatte. Glücklicherweise hatte ein Kollege gerade Zeit, sodass Chesten um ein Treffen herumgekommen war.

Bis heute. Wer hatte vorne Dienst und hatte nicht aufgepasst? Oder – dieser Gedanke jagte Chesten große Angst ein – hatte Yestins Frau nach ihr gefragt? Ahnte Stacey von der Affäre und nutzte ihren Hund als Vorwand, um Chesten mit ihrem Wissen zu konfrontieren?

»Hallo Stacey. Das ist ja eine Überraschung.« Okay, das galt jetzt sicher als einer der dümmsten Sprüche, mit denen man der Frau des Geliebten begegnen konnte.

Sie schaute auf den PC.

»Marshmallow hat abgenommen, obwohl er gut frisst?« Das hatte die Assistentin aufgeschrieben. Die Buchstaben verschwammen vor Chestens Augen, aus Furcht, dass Stacey sie gleich auf Yestin ansprechen würde.

»Ich … ich mache mir furchtbare Sorgen.« Stacey hob den Malteser auf den Behandlungstisch. »Weil Yestin und ich keine Kinder haben, ist er unser Ein und Alles.«

Hoffentlich sah Stacey ihr ihre Verlegenheit nicht an. Es fühlte sich seltsam an, den Namen ihres Geliebten aus dem Mund seiner Ehefrau zu hören. Um sich abzulenken, streichelte sie den kleinen Hund, der rassetypisch schüchtern wirkte. Seine dunklen Augen musterten Chesten, als würde er ihr Geheimnis kennen.

»Ich höre ihn erst einmal ab«, brachte sie hervor und hoffte, dass ihr Gesicht nicht schamrot angelaufen war. »Ist Marshmallow entwurmt?«

»Selbstverständlich.«

Stacey trat neben sie, so nah, dass Chesten die schwere Süße ihres Parfüms riechen konnte. Bree hätte sicher gewusst, wie es hieß, Chesten wurde von dem intensiven Blumenduft nur übel. Am liebsten wäre sie ein paar Schritte zur Seite gegangen, fürchtete jedoch, dass dies Stacey und auch Chloe irritieren würde. Also atmete sie möglichst flach, um dem Parfüm zu entgehen.

»Hat er Zahnstein?«

»Das ist vor Kurzem gemacht worden.«

Sicherheitshalber schaute Chesten dem Malteser trotzdem ins Maul und konnte weder Zahnstein noch einen wackligen Zahn entdecken. Außerdem führten Zahnprobleme eher zur Futterverweigerung. Also blieb nur eins.

»Dann muss ich ihm Blut abnehmen.« Chesten nutzte die Chance, sich von Stacey zu entfernen. »Chloe, hältst du ihn bitte fest?«

»Wird es ihm wehtun?« Staceys Stimme klang gepresst. »Ich kann ihn auch halten.«

»Es wird ein bisschen piksen«, antwortete Chesten in ihrem beruhigenden Tierärztinnen-Tonfall. »Daher ist es besser, wenn Chloe sich um ihn kümmert.«

Marshmallow begann zu winseln, als ahnte er, was sie mit ihm vorhatte. Der ohnehin winzige Hund versuchte, sich noch kleiner zu machen.

»Alles wird gut, mein Hase«, sprach Chesten sanft auf ihn ein. Sie nickte Chloe zu, die mit geschicktem Griff Marshmallows Vorderpfote rasierte. »So, ein kurzer Pikser und dann ist es vorbei.«

Der Malteser jaulte einmal auf, als die Nadel in seine Vene drang, dann schwieg er. Chesten füllte die Ampulle mit Blut, wobei sie sich von Stacey beobachtet fühlte. Inzwischen erwartete sie nicht mehr, auf Yestin angesprochen zu werden, und entspannte sich etwas. Wahrscheinlich war es wirklich nur ein unglücklicher Zufall gewesen, dass Stacey heute zu ihr zur Behandlung gekommen war.

»Was kann es sein? Chesten, bitte sag mir die Wahrheit. Muss ich mir große Sorgen machen?«

»Warten wir auf die Laborergebnisse. Ich gebe dir so schnell wie möglich Bescheid.«

»Bitte, Chesten.«

Es widerstrebte ihr, eine ungesicherte Diagnose zu stellen, aber Stacey wirkte so verzweifelt, dass Chesten sich zu einer Antwort durchrang.

»Am wahrscheinlichsten ist eine Pankreasinsuffizienz, eine Unterfunktion der Bauchspeicheldrüse. Dann muss Marshmallow Diät leben und bekommt Medikamente.«

Mechanisch streichelte Stacey ihren Hund, der ihr liebevoll die Hand leckte. Ihre Augen füllten sich mit Tränen, was Chesten ins Herz schnitt. Nur zu gut konnte sie nachvollziehen, wie hilflos man sich fühlte, wenn ein Tier krank war.

»Was ist das Schlimmste?« Stacey schaute Chesten direkt an. »Sag es mir. Ich … ich habe schon im Internet recherchiert. Dort hieß es … ein Tumor.«

Das verfluchte Internet. Wie oft hatte Chesten Menschen erlebt, die in Tränen aufgelöst waren, weil sie in einem Internetforum eine tödliche Diagnose zu hören bekommen hatten, die sich in der Praxis als harmlose Erkrankung erwies.

»Das ist nur eine von vielen Möglichkeiten«, versuchte sie daher, Stacey zu beruhigen. »Ein Schilddrüsentumor geht mit Gewichtsverlust einher. Zittert Marshmallow oder ist er nervöser als früher?«

Stacey überlegte. Ihre Finger krallten sich in Marshmallows Fell, sodass der Malteser kurz aufbellte.

»Nein, er ist wie immer.«

»Das ist gut.« Wäre es nicht Stacey gewesen, hätte Chesten

die andere Frau tröstend in die Arme genommen. So jedoch wäre sie sich verlogen vorgekommen. »Also zeigt er keine Tumorsymptome.«

Sofort leuchtete Staceys Gesicht auf.

»Stacey. Ich will dir nicht zu viel Hoffnung machen. Bitte warte ab, bis wir das Laborergebnis haben.«

»Wie lange wird es dauern?«

»Höchstens drei Tage. Wir rufen dich an.«

»Danke.« Stacey hob Marshmallow vom Tisch, legte ihm die Leine an und ging zur Tür. Dort zögerte sie kurz und drehte sich zu Chesten um, als wollte sie ihr etwas sagen. Doch dann nickte sie ihr nur zu.

Nachdem Stacey die Tür hinter sich geschlossen hatte, wandte Chesten sich ihrer Assistentin zu.

»Chloe, ich brauch ein paar Minuten allein.«

»Sie ist eine Freundin von dir? Bestimmt geht alles gut aus.«

»Danke. Holst du mir einen Tee, bitte?«

Nachdem Chloe gegangen war, rutschte Chesten an der Wand herab auf den Boden. Sie zog die Knie an und legte ihren Kopf darauf, um Atem zu holen. In all den Jahren ihrer Affäre war Stacey für sie nur ein Name gewesen, ein Hindernis, das zwischen ihr und Yestin stand. Bisher war es Chesten gelungen, ihrer Rivalin weitgehend aus dem Weg zu gehen und an sie nur als etwas Abstraktes zu denken. Wenn sich ihre Gedanken überhaupt mit Stacey beschäftigt hatten, dann nur mit dem Unglück, das sie über Yestin brachte.

Wie sollte sie nun damit leben, Stacey als Mensch zu sehen, als Frau, die sich um ihr Tier sorgte? Diese Stacey hatte wenig gemeinsam mit der kühlen Frau, als die Yestin sie beschrieb. Spätestens in dem Moment, als Stacey vor Angst um Marshmallow geweint hatte, war Chesten bewusst geworden, dass sie die Affäre mit Yestin nicht einfach so weiterführen konnte.

Sicher hätte Yestin wieder eine Ausrede, warum er sich nicht trennen konnte, warum es ihn ebenso schmerzte, dass Stacey zwischen ihnen stand. Ob seine Ehefrau Bescheid wusste? Was Stacey wohl sagen würde, wenn Chesten bei ihr vor der Tür stünde, damit sie miteinander über Yestin sprechen könnten?

Früher, ganz zu Anfang, als sie noch jünger und naiver gewesen war, hatte Chesten sich das oft ausgemalt. Die Stacey in ihrer Fantasie sah noch genauso aus wie zu ihrer Schulzeit, nicht so gealtert und müde wie die Frau, die sie in der Praxis aufgesucht hatte.

»Lass uns ein Besuchsrecht vereinbaren.« Das hatte sie Yestins Frau vorschlagen wollen. »Du bekommst die Ferien, die Wochenenden, alle Feiertage. Nur einen Tag wünsche ich mir: meinen Geburtstag.«

»Nein!«, antwortete die Stacey ihrer Fantasie und stampfte mit dem Fuß auf wie ein verzogenes Kind. »Du bekommst meinen Yestin nicht. Nicht einmal für eine Minute. Ich will ihn ganz oder gar nicht.«

Erstaunlicherweise konnte Chesten ihr nie böse sein, war es doch auch das, was sie wollte: Yestin für immer und ewig, nicht nur für ein paar verstohlene Stunden in einem Hotel.

Und nun, wo sie sich mit Stacey unterhalten hatte, wo sie gesehen hatte, mit wie viel Liebe ihre Rivalin an dem kleinen Hund hing, fiel es Chesten noch schwerer, Stacey die Rolle der Bösen zuzuschieben.

Verflucht! Warum konnte das Leben nicht sein wie in ihren wunderschönen Mills-&-Boon-Romanen, wie in den Geschichten, wo die Heldin und der Held über alle Hindernisse siegten und glücklich bis an ihr Lebensende miteinander lebten?

Heute nach Penzance fahren und nachschauen, ob endlich der neue Roman der *Desire*-Reihe herausgekommen ist, notierte sie auf dem Block, dem Werbegeschenk eines Anti-Wurm-Mittel-Herstellers.

»Wie kannst du diese Bücher nur lesen?« Gestern hatte ihre Mutter ihr diese Frage bestimmt zum hundertsten Mal gestellt.

»Das Frauenbild ist furchtbar. Und die Vorstellungen, die darin von Liebe herrschen, davon will ich gar nicht erst anfangen.«

»Warum musst du immer darauf herumhacken?« Chesten kämpfte wie jedes Mal für ihre Lieblingslektüre. »Das sind doch nur Vorurteile. Du hast bisher noch keines der Bücher gelesen.«

»Das brauche ich auch nicht.« Mit spitzen Fingern hob Mum »Wild Wicked Scot« hoch. »Ein Blick auf Cover und Klappentext sagt alles.«

Mit Mum konnte sie über Stacey auf gar keinen Fall sprechen. Also blieb nur eins.

Notfall-Treffen, muss mit euch reden. Heute nach Feierabend?, tippte sie in ihr Smartphone ein.

- Ab 18:00 Uhr habe ich Zeit. Bei Nanni's?
- Wir haben heute eine Feier, aber ich halte unseren Platz frei.
- Danke, ihr seid die besten.

KAPITEL ZWÖLF

Die Zeit hatte einfach nicht vergehen wollen. Nur ihre Liebe zu ihren Patienten hielt Chesten davon ab, die Untersuchungen flüchtig durchzuführen. Dennoch ertappte sie sich immer wieder dabei, wie sie auf die Uhr sah.

»Hast du noch etwas vor?« Chloe konnte das Erstaunen in ihrem Tonfall nicht verbergen. Denn Chesten galt in der Praxis als die Tierärztin, der das Wohl der Tiere über alles ging und die eigentlich kein Privatleben hatte.

»Ausnahmsweise.« Mehr sagte sie nicht. »Wie viele warten noch?«

»Herr Miller mit Ruby und eine neue Frau mit ihrer Perserkatze.«

Nachdem sie die Praxistür hinter der letzten Patientin geschlossen hatte, rollte Chesten ihre schmerzenden Schultern. Anspannung entlud sich bei ihr immer in Verspannungen in den Schultern.

Ob sie wirklich bereit war, ihren Freundinnen die Wahrheit zu sagen? So lange hatte sie Alys und Bree getäuscht, dass sie fürchtete, deren Freundschaft zu verlieren. Aber seit heute konnte sie nicht mehr lügen. Noch nie hatte sie die Unterstützung von Bree und Alys so sehr gebraucht.

Alys kam zeitgleich mit ihr bei *Nanni's Cup of Tea* an.

»Du hast mich neugierig gemacht.« Ihre feinen braunen Haare streiften Chestens Wange, als Alys sie küsste. »Muss ich mir Sorgen machen?«

»Nein. Ich brauche nur eure Hilfe.«

Alys nickte und öffnete die Tür.

»Hallo Bree«, sagte Chesten. Noch immer war der Anblick ungewohnt. Früher hatte Nanni, nach der das Café benannt war, immer dort gesessen, wo nun Bree ihren Platz hatte. »Ihr habt ordentlich zu tun.«

Mit Ausnahme ihres Stammplatzes, den Bree für sie reserviert hatte, nachdem sie angerufen hatte, waren alle Tische besetzt.

»Matteo, Darling, kannst du für mich übernehmen?«, rief Bree in Richtung Küche. »Ich genehmige mir meine tarifvertragliche Pause.«

»Du hast keinen Tarifvertrag«, brummelte der kleine, drahtige Sizilianer. Seitdem er in St. Bart angekommen war, war sein Bauch noch etwas gewachsen, sodass er aussah wie das Urbild eines Kochs. »Dir gehört der Laden. Ah, die Bellas.«

Er verneigte sich vor Alys und Chesten.

»Nenn uns bitte nicht so.« Alys erwiderte den Gruß mit einem Hofknicks. »Sonst fühle ich mich wie in *Twilight*.«

»Was kann ich euch Gutes tun?« Ben streckte seinen Kopf aus der Küchentür. Seine hellbraunen Haare waren halb verborgen unter einer Kochmütze. Sein schmales Gesicht war rot von den Küchendämpfen, seine braunen Augen blitzten voller Leben. »Wir haben frische Nudeln und Walnusspesto. Oder Frühlingssuppe. Oder …«

»Schon gut«, unterbrach Bree den Redeschwall ihres Liebsten mit einem Kuss. »Lass die beiden erst einmal ankommen.«

»Ist es immer so voll?«, fragte Chesten, die noch Zeit brauchte, bis sie über Staceys Besuch reden wollte.

»Ja, wir haben viel Arbeit, was gut ist.« Bree strich sich eine brünette Strähne aus der Stirn. »Abends haben wir Aushilfen, aber ich könnte eine Woche durchschlafen.«

»Können wir helfen?« Alys schaute ihre Freundin fragend an. »Wenn die Galerie geschlossen ist, könnte ich einspringen.«

»Danke, Love.« Bree lächelte. Chesten bemerkte dunkle Ringe der Erschöpfung unter ihren Augen. »Ich komm bestimmt auf dein Angebot zurück.«

»Ich … ich …« Chesten suchte nach richtigen Worten, aber alles klang fade und falsch. »Ich … ich muss euch etwas sagen.«

Bevor sie ihr Herz erleichtern konnte, trat Matteo zu ihnen an den Tisch.

»Bitte, Tee und *Scones*.« Er platzierte die Teller auf dem Tisch. »Lasst es euch schmecken. Alles in Ordnung?«, meinte er mit einem langen Blick zu Chesten.

»Vielen Dank«, sagte Bree, die Chesten aufmerksam musterte. »Alles ist gut.«

Nachdem Matteo wieder hinter den Tresen gegangen war, wandte sich Bree Chesten zu. »Ist wirklich alles gut? Was willst du uns sagen?«

»Stacey war heute bei mir.« Chesten schaute auf ihre Hände. Unter den kurz geschnittenen Fingernägeln war immer noch Dreck vom Pferdeputzen, obwohl sie ihre Hände geschrubbt hatte. »In der Praxis.«

»Ja, und?« Alys, die gerade in einen *Scone* beißen wollte, stoppte diesen vor ihrem Mund. »Ich wusste gar nicht, dass sie ein Tier hat.«

»Einen Malteser. Er heißt Marshmallow.«

»Chesten!« Bree trommelte auf den Tisch. »Was willst du uns *wirklich* sagen?«

»Ich kann das nicht mehr.« Chesten schob den *Scone* auf ihrem Teller hin und her. Obwohl er frisch gebacken war und nach Butter roch, hatte sie keinen Appetit.

»Bin ich die einzige, die hier kein Wort versteht?« Alys sah von Bree zu Chesten und schien auf Antwort zu warten. »Was kannst du nicht mehr?«

Chesten holte tief Luft. Sollte sie wirklich das Geheimnis verraten, das sie über so viele Jahre gehütet hatte? Entweder wagte sie einen Neuanfang oder sie würde ewig im gleichen Trott stecken und das Schattendasein der Geliebten führen. Sie würde sich noch weiter von ihren Freundinnen entfremden und irgendwann ganz allein sein. Verlassen von Yestin, verlassen von Alys und Bree.

Friends are forever. Warum fiel ihr gerade jetzt dieser Song ein, an den sie seit Jahren nicht mehr gedacht hatte? *Lovers may leave but friends are forever.* Nicht umsonst war das ihre gemeinsame Hymne gewesen. Die Einzige, die ihre Freundschaft gefährdete, war sie. Nicht mehr. Niemals mehr würde sie Alys und Bree anschwindeln. Noch einmal tief Luft holen und heraus mit der Wahrheit.

»Yestin. Meine Affäre ist Yestin.«

Irgendwie fühlte es sich an wie eine Erlösung, ihren Freundinnen gegenüber endlich ehrlich zu sein. Das Schweigen und die Lügen hatten sie mehr belastet, als sie es zugeben wollte. Ihre Hand zitterte, als sie nach der Teetasse griff. So sehr, dass Chesten die Tasse wieder abstellen musste. Erst dann wagte sie es, Alys und Bree anzusehen. Ihre Freundinnen schauten sie an, sichtlich erschüttert über diese Offenbarung.

Bevor eine von ihnen etwas sagen konnte, ertönte lautes Hundegebell, worauf Bree die Augen verdrehte. Sie schaute auf ihre Uhr und zuckte mit den Schultern.

»Sorry, ich muss Charlie Brown und Linus füttern. Wehe, du gehst weg.« Kurz bevor sie die Tür zur Treppe erreichte, die hoch in ihre Wohnung führte, drehte sie sich um. »Wehe, ihr redet ohne mich darüber.«

Chesten und Alys schauten sich an und grinsten, weil das so typisch für Bree war. Chesten atmete tief durch und griff nach dem *Scone*. Nun, wo ihr Geheimnis keines mehr war, hatte sie Hunger, gewaltigen Hunger.

»Das ist schon ein Ding«, sagte Alys schließlich. »Auch wenn wir auf Bree warten müssen, das musste ich loswerden.«

»Es tut mir leid.« Wie konnte sie ihrer Freundin nur erklären, warum sie alles für sich behalten hatte? Wie sollte sie ihnen verständlich machen, warum sie die Affäre weiterführte?

Schweigend aßen sie die *Scones*, die für Chesten wie die Pellets schmeckten, die sie an ihre Ponys verfütterte. Was sicher nicht an dem Gebäck lag, sondern an ihrem Mund, der sich taub anfühlte, als hätte sie eine Spritze bei der Zahnärztin bekommen. Der Appetit war zwar zurückgekehrt, aber die Sorge, was Bree sagen würde, verdarb den Genuss.

Endlich ging die Tür zu Brees und Bens Wohnung auf und ihre Freundin stürmte heran. In der für sie eigenen, aufmerksamkeitsheischenden Art. Allerdings lächelte sie nicht, sondern hatte die Stirn gerunzelt, was ziemlich bedrohlich wirkte.

»Also, was ist jetzt?«, polterte Bree, kaum nachdem sie Platz genommen hatte. »Yestin? Ich dachte, es wäre einer deiner Kollegen.«

»Dass du so lange ein Geheimnis für dich behalten kannst«, ergänzte Alys. »Das finde ich fast noch unfassbarer, als dass es Yestin ist.«

Kaum hatte sie den Namen ausgesprochen, da schaute sie sich im Café um, wohl um zu überprüfen, ob nicht jemand hier war, den sie kannten. Mit gesenkter Stimme fuhr sie fort: »Warum hast du uns das verschwiegen?«

Genau diese Frage hatte Chesten befürchtet und daher so gut wie nie über ihren Geliebten geredet. Selbst dann nicht, wenn es ihr elend ging, weil er sie wieder einmal versetzt hatte und ihre Freundinnen sie trösten mussten. Ein Geheimnis zu haben, schwächte Freundschaften, das wusste Chesten, aber sie hatte sich nie in der Lage gefühlt, sich Alys und Bree zu stellen.

»Ich fürchtete eure Vorwürfe.« Selbst für ihre Ohren klang

das nach lahmer Ausrede, obwohl es wahr war. »Weil sie berechtigt gewesen wäre. Ich fühlte mich blöd. Ach, ich weiß nicht.«

»Es ist, wie es ist.« Alys drückte Chestens Hand. »Aber bitte belüg uns nicht weiter.«

»Ich … ich komme nicht von ihm los.« Dieses Eingeständnis zu machen, fiel ihr furchtbar schwer. Aber wenn sie ehrlich sein wollte, dann musste sie alles aussprechen, egal, wie sehr sie sich dafür schämte. »Sobald ich ihn sehe, vergesse ich alles, was schlimm ist. Vergesse, dass er verheiratet ist.«

Alys und Bree schwiegen, was Chestens Unbehagen verstärkte. Hatte sie zu lange gewartet? Hatte sie ihre Freundinnen verloren?

»Bitte, sagt etwas. Irgendetwas. Bitte.« Chesten schluckte. »Vielleicht ist es besser, wenn ich St. Bart verlasse.«

Nun blickten Alys und Bree sie erschrocken an, als wäre ihnen diese Überlegung vollkommen fremd.

»Love, wir müssen einen anderen Weg finden«, sagte Bree schließlich ungewohnt sanft. »Wenn du gehst, läufst du vor deinem Problem davon.«

»Als wüsste ich das nicht!« So hatte Chesten noch nie mit ihren Freundinnen gesprochen und bereute es sofort. »Tut mir leid. Das ist mir klar, aber mir fällt nichts Besseres ein.«

»Ein anderer Mann«, sagte Bree nach kurzem Überlegen. »Das ist das Beste. Treib Feuer mit Feuer aus.«

»Als ob ich das nicht versucht hätte.« Chesten spielte mit dem Löffel, ließ ihn auf den Porzellanteller klappern, bis Alys ihre Hand über ihre legte. »Auf der Uni wollte ich mich verlieben, aber …«

Sie schwieg, als sie daran zurückdachte, wie verzweifelt sie sich bemüht hatte, jemanden zu finden, der Yestin aus ihrer Erinnerung verdrängen könnte. Denn Yestin hatte – trotz aller Versprechungen – Stacey geheiratet.

Nachdem sie das erfahren hatte, hatte sie ihren damaligen Freund Kieran dazu gedrängt, zusammenzuziehen, hatte sogar von einer gemeinsamen Zukunft gesprochen. Schließlich war Kieran nett gewesen. Wirklich nett. Aber das reichte halt nicht, wie sie sich nach einem halben Jahr eingestehen musste. Zum Abschied hatte er ihr gesagt, dass sie endlich mit ihrer Vergangenheit abschließen müsste, wollte sie je glücklich werden.

»Gemeinsam finden wir einen Weg.« Alys' Stimme holte Chesten zurück in die Gegenwart. »Dafür sind Freundinnen schließlich da.«

KAPITEL DREIZEHN

Warum hatte Chesten nicht von sich hören lassen? Ihr gemeinsamer Abend hatte zwar unglücklich begonnen, aber später hatten sie zusammen gelacht und für Darren hatte es so ausgesehen, als ob sie ihr Date auch genossen hätte. Gehörte sie etwa zu den Frauen, die warteten, bis der Mann sich meldete?

Warum machte er sich so viele Gedanken? Selbst wenn sich etwas zwischen ihnen entwickeln sollte, wäre es eine Affäre auf Zeit, da sein Auftrag im Südsudan und in Somalia auf ihn wartete. Es wäre unfair, etwas mit ihr zu beginnen, in dem Wissen, wie begrenzt seine Zeit in St. Bart war. Aber noch immer wusste er nicht, warum sie Eleanor so ähnlich sah. Dieses Geheimnis wollte er auf jeden Fall lüften, es ließ ihm einfach keine Ruhe.

Doch der größte Antrieb, die Praxis aufzusuchen, war Calico Jack, wie er den Hund getauft hatte, gewesen. Körperlich ging es dem Bullterrier erstaunlich gut, aber psychisch schien er zu leiden.

»Calico Jack?« Chestens Lächeln wärmte sein Herz. »Interessanter Name.«

»Wegen des Flecks über dem Auge. Er sieht doch aus wie ein Freibeuter, oder?«

»Wie geht es ihm? Warum hast du ihn nicht mitgebracht?«

»Besser. Von den äußeren Verletzungen ist kaum noch etwas zu sehen.« Darren zögerte kurz. Hoffentlich würde sie es nicht falsch verstehen. »Könntest du heute Abend zu mir kommen?«

»Ist das ein Date? Sollten wir nicht erst noch einmal Fish & Chips essen?«

Wenn sie die Augenbraue hochzog, verschwand überraschenderweise viel der Ähnlichkeit zu Eleanor. Ebenso wenn sie lachte. Bei genauerem Hinsehen entdeckte er weitere kleine Unterschiede: Chestens Nase war länger und schmaler als die von Eleanor, ihre Augenfarbe heller, ihre Gesten ausladender. Auf den ersten Blick konnte man sie verwechseln, aber je mehr er mit ihr zu tun hatte, desto mehr Eigenheiten entdeckte er.

»Ehrlich, das klingt wie eine Anmache, aber ich brauche wirklich deine Hilfe.« Ja, gut, er hegte Hintergedanken, aber das Wohl von Calico Jack stand im Vordergrund. Wenn es dem Bullterrier nicht gut ging, fühlte auch Darren sich mies. Irgendwie meinte er, es wäre seine Schuld, weil er nicht genug von Hundehaltung verstand.

»Wobei?«

»Calico Jack ...« Darren schwieg. Es klang schon schräg, was er ihr sagen wollte. »Ich fürchte, er träumt schlecht.«

»Wie kommst du darauf?«

»Gestern saß ich am Schreibtisch. Calico Jack lag auf seinem Kissen. Auf einmal ...« Darren stockte. Zu deutlich hatte er das Bild vor Augen, wie der Hund gelitten hatte. »Er zuckte erst mit den Beinen, dann zog er den Kopf ein und jaulte fürchterlich.«

»Was hast du gemacht?«

Ihr Blick war voller Mitgefühl, sodass Darren weiterredete.

»Ich habe versucht, ihn zu wecken. Er ist hochgeschreckt und hat nach mir geschnappt.«

»Hat er dich verletzt?«

»Nein, ich war schnell genug.« Darren lächelte. »Aber dann …«

»Ja?«

»Er ist förmlich in sich zusammengekrochen, als erwartete er, dass ich ihn schlage.«

»Wir wissen nichts über seine Vergangenheit.«

»Ich würde ihn niemals prügeln.«

»Wie kann ich dir helfen? Das ist eher ein Verhaltensproblem, kein körperliches. Damit kenne ich mich wenig aus.«

»Du kennst dich mit Tieren besser aus als ich.«

»Mit Katzen und Ponys allerdings deutlich besser als mit Hunden.«

»Dir vertraue ich.« Darren ging auf und ab. »Bitte, es geht ihm wirklich schlecht.«

»Dann kann ich wohl nicht Nein sagen.« Sie schaute auf die Uhr. »Die Praxis schließt in einer Stunde. Dann habe ich noch eine OP. Ich bin gegen 19:00 Uhr bei dir.«

»Danke. Ich mach uns etwas zu essen.«

»Warte ab, ob ich Calico Jack überhaupt helfen kann.« Sie lächelte. »Also doch ein Date. Wenn du kochst.«

»Das habe ich nicht gesagt.«

Während er nach Hause fuhr, fragte Darren sich, ob er wirklich das Richtige getan hatte. Ging es ihm wirklich um den Hund oder suchte er nur nach einer Gelegenheit, Chesten wiederzusehen? Nach ihrem gemeinsamen Abend hatte er gedacht, dass das Interesse nicht nur auf seiner Seite bestand, aber von ihrer Seite war nichts mehr gekommen. Das irritierte ihn mehr, als er sich erklären konnte. Eigentlich konnte er froh sein, sein Leben so weiterzuführen, wie es war. Keine Frau, die von ihm einforderte, dass er mehr Zeit mit ihr und weniger Zeit auf Reisen rund um die Welt verbrachte.

Erfahrung machte anscheinend nicht klug, sonst hätte er heute einen anderen Tierarzt aufgesucht oder sich gleich nach einer Hundeschule umgesehen. Aber nein, es musste Chesten

Gwynn sein. Weil sie eine mitfühlende Tierärztin und eine äußerst attraktive Frau war, weil sie sich – wie er – für Erinnerungsbänke interessierte, weil …

Nein, das war es nicht allein. Zum ersten Mal seit langer Zeit interessierte ihn eine Frau. Chestens Lächeln ging ihm nicht aus dem Kopf. Ihr sorgenvoller Blick, als sie sich am Straßenrand um Calico Jack gekümmert hatte. Die Art, wie sie vollkommen selbstverständlich die Stilettos gegen Turnschuhe ausgetauscht hatte. Ihre niedliche Verlegenheit, als ihre Freundin – Beth, Bee oder so – sie gemeinsam gesehen hatte.

So unglaublich es sich anfühlte: Chesten Gwynn hatte sich in sein Herz geschlichen und wenn er nicht aufpasste, würde er es womöglich an sie verlieren.

Seltsam, dass ich ihm vorher noch nie begegnet bin. So groß ist St. Bart nun wirklich nicht. Aber wo hätte ich ihn treffen sollen? Darren ist bestimmt kein Typ für Nanni's oder Jorys Comicladen. Wofür ist er denn ein Typ?

Chesten parkte ihren schwarzen Range Rover und stieg aus. Sie nahm sich die Zeit, das Haus von außen zu betrachten. Erwartete sie, dass es ihr etwas über ihn sagte? Sagten Häuser wirklich etwas über die Menschen aus, die in ihnen lebten? Falls ja, dann bestimmt nicht von außen, sondern von innen. Die Fassade sah aus wie die der anderen viktorianischen Häuser in der Straße. Das einzig Auffällige war der Garten, der wirkte, als ob er professionell gepflegt wurde. Was machte Darren eigentlich beruflich, dass er sich so ein Haus und einen Gärtner leisten konnte? Oder war er etwa der Gärtner? Vielleicht war das sein Beruf. Nein, das passte nicht. Warum eigentlich nicht? Durften Gärtner kein Motorrad fahren?

»Was machst du von Beruf?« – so direkt fragte man das nicht. Vielleicht gelang es ihr, das Thema geschickt anzuschneiden. War es denn wichtig? Sie war wegen des armen Calico Jack hier, dessen Vergangenheit ihn wohl noch verfolgte.

Darren öffnete sofort, nachdem sie den Klingelknopf gedrückt hatte, als hätte er hinter der Tür gewartet.

Der Flur war deutlich spartanischer eingerichtet als bei ihr zu Hause. Es gab nur eine Garderobe und ein großformatiges Schwarz-Weiß-Foto: ein einsamer Baum vor einem wolkenverhangenen Himmel. Obwohl Chesten nichts von Fotokunst verstand, spürte sie die Kraft des Bildes.

»Wo ist das? Wer hat das fotografiert?«

»In Namibia. Ich.«

»Es ist wundervoll. Hast du noch mehr? Du solltest meine Freundin Alys kennenlernen, die hat eine Galerie. Möglicherweise könntest du dort etwas ausstellen.«

Wie immer, wenn sie nervös war, plapperte sie ohne Punkt und Komma, was Darren mit einem Grinsen quittierte. Er hingegen wirkte völlig entspannt.

»Was möchtest du essen?«

»Du kochst also doch?«

»Das habe ich nicht behauptet.« Er grinste. So frech, dass ihr Herz hüpfte. Mit einem Mann wie ihm konnte sie bestimmt etwas Verrücktes tun, wie nachts um drei ans Meer zu fahren und dort nackt zu schwimmen. Etwas, das sie Yestin so oft vorgeschlagen hatte, was er jedoch nie gewagt hatte.

»Soll ich etwa kochen? Keine meiner Stärken.«

»Ich habe dich eingeladen.« Darren trat einen Schritt zur Seite, was ihr einen Blick auf den riesigen silbernen Kühlschrank gewährte. An seiner Vorderfront hingen diverse bunte Prospekte. Es mussten alle Lieferdienste sein, die es in St. Bart gab. Sie lächelte, weil es in ihrer Küche so ähnlich aussah.

»Was möchtest du? Thai, chinesisch, indisch?«

»Thai wär gut. Am liebsten etwas mit Garnelen. Überrasch mich.« Langsam legte sich ihre Nervosität. »Wo ist Calico Jack?«

»Ich habe ihn in den Garten gelassen. Er buddelt gern.«

»Ich schau ihn mir mal an.«

»Einfach durch das Wohnzimmer durch. Lass dir Zeit. Das Essen kommt frühestens in einer halben Stunde.«

Auf dem Weg nutzte sie die Chance, sich das Zimmer anzuschauen, neugierig darauf, was es ihr wohl über Darren sagte. Auf jeden Fall war er ordentlicher als sie. Das Buch auf dem Couchtisch, ein Bildband über Afrika, war exakt ausgerichtet. Darren Thompson – sie stutzte. War das nur eine zufällige Namensgleichheit oder war das Buch von ihm? Möglich war das, schließlich plante er auch einen Bildband über Erinnerungsbänke.

Neugierig blätterte sie in dem Buch und staunte über die intensiven Gefühle, die die Fotos in ihr weckten. Das Bild eines wohl zehnjährigen Kindes, das sie direkt anschaute und fröhlich lachte, weckte ihr Mitgefühl. Erst auf den zweiten Blick hatte sie erkannt, dass dem Jungen beide Hände fehlten. Weiß hoben sich die Verbände vor der dunklen Haut ab.

Sie holte tief Luft und legte das Buch zur Seite. Später würde sie ihn fragen, wo er das Foto aufgenommen hatte und was es mit dem Jungen auf sich hatte.

Daneben lagen zwei Bücher über das Zusammenleben mit Hunden. Ein warmes Gefühl für Darren stieg in ihr auf, ein Gefühl, das sich extrem von dem unterschied, was sie für Yestin empfand. Konnte eine Frau zwei Männer lieben? War es nicht viel zu früh, sich diese Gedanken zu machen?

Genug gegrübelt. Ich muss mir noch Calico Jack anschauen, bevor das Essen kommt.

Während der Garten nach vorne heraus ordentlich und supergepflegt aussah, war der nach hinten nur wenig mehr als eine Rasenfläche mit zwei Bäumen und ein paar kümmerlichen Pflanzen. Kaum hatte sie ihn betreten, da rannte der Bullterrier auf sie zu und warf sich vor ihr auf den Boden, um ihr den Bauch zu zeigen.

»Du bist wirklich ein Süßer.« Chesten ging in die Knie, um

Calico Jack den Bauch zu streicheln. Der Schwanz des Hundes klopfte voller Begeisterung auf den dunklen Lehmboden. Dieselbe dunkle Erde klebte auch an seinen Pfoten.

»Na, bevor du wieder reindarfst, solltest du dir ordentlich die Füße abtreten.«

Sanft glitten ihre Finger über sein Fell, suchten nach den Verletzungen, die er bei dem Unfall erlitten hatte. Er ließ sich das brav gefallen. Alles war gut verheilt, was sie freute.

Nachdem sie ihn ein letztes Mal gekrault hatte, stand Chesten auf. Sofort verschwand der Bullterrier wieder, wohl um sich seinen Grabungen zu widmen. Sie ging zurück ins Wohnzimmer, zu den Bücherregalen. Ihrer Erfahrung nach konnte man viel über Menschen erfahren, wenn man sich ihre Bücher anschaute. Mit dem Finger wanderte sie an den Buchrücken entlang. Darren besaß viele Bildbände über Fotografie, ein paar Romane – meist Thriller und Science Fiction – und eine unglaubliche Anzahl von Sachbüchern, die sich mit Krieg und Krisen beschäftigten. Wie magisch angezogen, trat sie näher, um die Titel lesen zu können.

Dann fiel ihr Blick auf ein Foto und Chesten erstarrte.

KAPITEL VIERZEHN

Nachdem Chesten sich mit einem zweiten und dritten Blick versichert hatte, dass sie sich nicht getäuscht hatte, nahm sie den Bilderrahmen in die Hand, um sich das Foto von Nahem anzuschauen. Nein, das war kein Photoshop-Fake – aber was, verdammt noch eins, war es dann?

Zwei Handlungsoptionen fielen ihr auf die Schnelle ein: davonzulaufen, so schnell es ging und nie wiederzukehren, oder eine Erklärung dafür zu verlangen. Ihre Neugier siegte über den Selbsterhaltungstrieb.

Mit dem Bild in der Hand marschierte sie in die Küche, wo mehrere Plastiktüten auf dem Tisch gestapelt war. Es roch nach süßsauren Shrimps und gebratenem Reis. Aber Chesten hatte es den Appetit verschlagen.

Calico Jack hingegen hatte der Essensduft in die Küche gezogen. Auf dem hellen Boden zeichneten sich seine dunklen Pfotenspuren deutlich ab.

»Wer ist das?« Ihre Stimme klang rau, ihre Kehle fühlte sich trocken an. »Erklär mir das bitte.«

Sie hielt ihm das Foto vor die Nase, das Darren – einen wesentlich jüngeren Darren – neben einer Frau zeigte, die aussah wie sie. Natürlich ebenfalls jünger und mit einer Frisur, die Chesten noch nie getragen hatte. Was spielte sich hier ab? War sie auf einen Psychopathen hereingefallen, der den armen Hund benutzt hatte, um sie anzulocken? Das würde auch die Kriegsbücher erklären, oder? Hatte er womöglich Calico Jack absichtlich angefahren, damit er an sie herankam?

Nein, es war reiner Zufall gewesen, dass sie an dem Tag die Straße entlanggefahren war. Himmel, jetzt war sie wirklich kurz vorm Durchdrehen. Es musste – hoffentlich – eine vernünftige Erklärung dafür geben, dass ihr diese Frau so ähnlich sah.

Falls Darren, was sie nicht hoffte, ein Psychopath war, würde er sich wundern, wie entschlossen sie um ihr Leben kämpfen würde. Aber erst einmal wollte sie es mit Reden probieren.

»Ich warte auf deine Erklärung.« Sie stellte das Foto neben die Plastiktüten, so gedreht, dass es Darren anschaute.

Er sah zu Boden, was ihr Misstrauen noch verstärkte. Seine Schulterblätter zogen sich nach hinten und oben. Seine Anspannung war so deutlich, dass Calico Jack leise winselte.

Wie konnte ich nur so blöd sein? Sobald es um ein krankes Tier geht, vergesse ich meinen gesunden Menschenverstand.

Als Darren aufstand und auf sie zukam, hob sie abwehrend die zu Fäusten geballten Hände. Sofort blieb er stehen.

»Du brauchst keine Angst vor mir zu haben.«

»Wer ist sie, verflucht?«

Darren stieß einen Seufzer aus.

»Es ist nicht, wie du denkst.«

»Woher willst du wissen, was ich denke? Ich warte auf deine Antwort. Oder ich gehe.«

»Das ist Eleanor, meine Frau.«

»Verheiratet bist du also auch.«

Na prima. Liegt es an mir, dass sich nur gebundene Männer für mich interessieren? Oder sind fast alle in meinem Alter verheiratet? Er trägt keinen Ring – und darauf bin ich hereingefallen.

»Eleanor ist gestorben. Vor drei Jahren. Wir waren nur zwei Jahre verheiratet.«

Verdammt, das ist ja wie in einem der uralten Hitchcock-Filme, die Mum sich so gern anschaut. Alys und Bree werden sich totlachen, wenn ich ihnen davon erzähle. Falls ich hier lebend rauskomme.

Auf keinen Fall werde ich ihnen davon erzählen, sonst schreiben sie mich vollkommen ab. Reiß dich zusammen, konzentriere dich auf das aktuelle Problem. Alles andere kann ich mir später überlegen.

»Tut mir leid. Aber … meinst du nicht, du hättest es mir sagen können, dass sie aussieht wie meine Zwillingsschwester?«

Ich habe doch keine Schwester, oder? Mum und Dad haben kein Kind zur Adoption freigegeben, nicht wahr? Warum hätten sie das tun sollen? Alys wüsste bestimmt eine Erklärung, bei den vielen Krimis, die sie liest.

»Glaub mir, das … das hat mich auch ziemlich umgehauen.«

»Und jetzt verabredest du dich mit mir, um deine tote Frau wieder zum Leben zu erwecken. Das ist echt schräg.«

»Quatsch!« Darrens Reaktion überraschte sie. Er fing an laut zu lachen. »Du schaust anscheinend zu viel Krimis. Das ist der Plot von ›Vertigo‹.«

»Hallo!« Nun geriet Chesten in Rage. Anstatt sich zu entschuldigen, lachte er sie aus. Na, der würde sie kennenlernen. »Da muss man doch nur eins und eins zusammenzählen. Du tauchst plötzlich auf, immer wieder. Und ich sehe aus wie deine verstorbene Frau.«

»Was nicht unbedingt gut ist.« Darren zog den linken Mundwinkel hoch. »Ich wollte mich scheiden lassen.«

Oh!

Damit hatte sie nun überhaupt nicht gerechnet.

»Du musst zugeben, es ist seltsam.«

»Was meinst du, wie es mir ging, als du angehalten hast, um Calico Jack zu helfen? Ich fühlte mich wie in einer Story aus *Twilight Zone*.«

Das hatte sie schon mal im Nachtprogramm gesehen, nachdem Yestin sie für Stunden versetzt hatte und sie vor Langeweile durch die Kanäle des Hotelzimmers gezappt war. Ziemlich gruselig. Ja, Darren hatte recht. Ihre Geschichte passte da perfekt hinein.

»Warum hast du nichts gesagt? Wenn es dich so umgehauen hat.«

»Was denn? Danke, dass Sie dem Hund helfen. Übrigens sehen Sie aus wie meine tote Frau.«

»Okay. Das wäre auch schräg gewesen. Aber später hättest du es ansprechen können.«

»Damit du denkst, ich bin nur an dir interessiert, weil du aussiehst wie meine verstorbene Frau?«

Irgendwie klingt das alles logisch, was er sagt. Aber ist es nicht gerade typisch für Psychopathen, die Wahrheit zu verdrehen und aus dem Stegreif lügen können? Wenn das hier vorbei ist, leihe ich mir ein paar Krimis von Alys.

»Warum steht ein Bild von ihr hier, wenn du dich scheiden lassen wolltest?«

Ha! Jetzt hatte sie ihn. Dafür sollte er einmal eine vernünftige Erklärung liefern. Sie jedenfalls würde niemals Yestins Bild irgendwo aufstellen, wenn sie sich getrennt hätten.

»Sie war ein Teil meines Lebens. Wir hatten auch gute Zeiten, am Anfang.« Darrens Stimme klang etwas rau. »Ihr Tod kam viel zu früh.«

Was konnte sie darauf sagen? Chesten schaute zu Boden und suchte nach passenden Worten, die ihr einfach nicht einfallen wollten.

»Das Essen wird kalt«, sagte sie schließlich. *Wie unglaublich sensibel von mir.* »Am besten essen wir und beobachten dabei Calico Jack. Wo ist sein Schlafplatz?«

»Er schläft meist im Arbeitszimmer.« Darren hob die Schultern. »Das ist der kleinste Raum. Vielleicht hat er früher in einem Käfig leben müssen.«

»Dann lass uns dort hingehen.«

»Soll ich Calico Jacks Futter mitnehmen?«

Sie überlegte einen Moment.

»Besser nicht. Füttere ihn immer nur in der Küche. Er braucht jetzt Routinen.«

Darren überließ ihr den Stuhl am Schreibtisch, während er selbst das Essen auf den Knien balancierte. Der Bullterrier saß neben ihm und schaute ihn mit großen Augen an. Zu Chestens Erstaunen bettelte er nicht, sondern legte sich sofort auf sein Kissen, nachdem Darren das befohlen hatte. Jorys Hund Buddy hätte ihr bestimmt den Kopf aufs Knie gelegt und sie mit großen braunen Augen flehend angesehen. Bens verfressener Beagle Charlie Brown war ein ausgewiesener Essensdieb, der sicher schon mit einer Plastiktüte verschwunden wäre. Man musste immer aufpassen, wenn er in der Nähe war. Charlie sprang aus dem Stand zielsicher auf das Futter zu, meist, wenn man es nicht erwartete.

»Entweder ist er sehr gut erzogen oder sehr eingeschüchtert.« Sie schaute Calico Jack an, der sofort mit seinem Schwanz wedelte. »Ich habe ein Bild gesehen, von einem Jungen ohne Hände. Das ist auch von dir, nicht?«

»Lass uns bitte nicht darüber reden. Wenn ich nach St. Bart zurückkomme, möchte ich all die Bilder ausblenden, die mich sonst verfolgen.«

»Gut.« Sie widmete sich dem Essen, das schmeckte, wie sie es gewohnt war. Also hatte er wohl kein Schlafmittel oder Ähnliches hineingetan. Himmel, nun übertrieb sie aber.

Als sie aufgegessen hatten, hatte Calico Jack sich eingerollt und schlief.

»Schnarcht er immer so laut?«

»Ich dachte, das wäre normal?«

»Vielleicht hat er beim Unfall doch mehr abbekommen.« Chesten überlegte, ob sie das Thema noch einmal ansprechen sollte. »Deine Frau …«

»Eleanor.«

»Du musst zugeben, es ist schon seltsam.«

»Wirke ich auf dich wie ein Psychopath oder ein verzweifelter Ehemann?«

Was konnte sie schon darauf antworten? Zu ihrer Erleichterung jaulte Calico Jack plötzlich auf. Seine Pfoten bewegten sich rasend schnell, als liefe er panisch vor etwas davon. Sein Rückenfell zuckte.

»Himmel!«, sagte sie. »Wenn Hunde Albträume haben, dann erfährt er gerade einen furchtbaren.«

»Soll ich ihn wecken?«

Darren sah sehr besorgt aus, was sie gut verstehen konnte. So etwas hatte sie bisher noch nicht erlebt. Entweder durchlebte Calico Jack gerade noch einmal seinen Unfall oder aber er hatte eine üble Vergangenheit. Sofort fielen ihr illegale Hundekämpfe ein. Aber so etwas Entsetzliches gab es doch sicher nicht im beschaulichen St. Bart?

»Was hat er wohl erlebt?«, fragte Darren, der näher an den Bullterrier herangetreten war. »Ob man ihn zu Kämpfen gezwungen hat?«

Auch er hatte sofort daran gedacht, wahrscheinlich weil Bullterrier und Bulldoggen oft dafür missbraucht wurden.

»Lass ihn besser schlafen. Vielleicht verarbeitet er in seinen Träumen das, was ihm geschehen ist.«

Auch sie trat näher an den schlafenden Calico Jack heran, der nun leise winselte und langsam zur Ruhe kam.

»Nein«, sagte sie schließlich. »Er hat keine Narben, wie sie für Kämpfe typisch wären. Es gibt verblasste Striemen, als wäre er geschlagen worden, aber um sein Leben kämpfen musste er wahrscheinlich nicht.«

»Immerhin etwas.« Darren schaute sie an. »Du sagst, er wäre geprügelt worden. Wollen wir wirklich nach seinen Vorbesitzern suchen?«

»Sie müssen Calico Jack ja nicht zurückbekommen, aber sie

können uns etwas über seine Vorgeschichte erzählen. Über Krankheiten, über Angewohnheiten.«

»Ich könnte eine Annonce aufgeben und Plakate aufhängen.«

Es fiel ihm sichtlich schwer, dieses Zugeständnis zu machen. Auch sie war nicht angetan von der Idee, den armen Hund in ein wahrscheinlich schlechtes Zuhause zurückzugeben, aber die Vorbesitzer, wer immer sie auch waren, hatten ein Anrecht darauf zu erfahren, was mit Calico Jack geschehen war.

»Ich hätte ihm keinen Namen geben sollen«, sagte Darren so leise, dass es klang, als spräche er mit sich selbst und nicht mit ihr. »Ich hätte ihn nicht bei mir aufnehmen sollen. Wenn ich ihn dann wieder abgeben muss.«

»Vielleicht meldet sich niemand oder sie verkaufen dir Calico Jack.«

»Wie lange soll ich darauf warten? Vier Wochen, acht Wochen, ein Vierteljahr?«

Er klang anklagend, was sie ärgerte. Schließlich konnte sie nichts dafür, dass er sein Herz dem Hund geschenkt hatte. Gleichzeitig spürte sie Mitgefühl, weil sie diese Zeit der Ungewissheit nur zu oft in der Praxis erlebt hatte, wenn Menschen mit Fundtieren kamen.

»Acht Wochen sollten reichen.«

»So viel Zeit habe ich nicht.«

Was hat das zu bedeuten? Ist er todkrank? Wieso nimmt er dann den Hund bei sich auf?

»Entschuldige, das war jetzt etwas melodramatisch.« Darren hob die Hände. »Ich habe einen Auftrag in Afrika.«

Heißt das, er geht weg? Das kann mir egal sein. Ich liebe Yestin. Aber trotzdem hätte ich gerne mehr Zeit mit Darren, auch wenn er Geheimnisse vor mir hat. Wer bin ich denn, dass ich den ersten Stein werfen könnte?

»Was für einen Auftrag? Was bist du eigentlich von Beruf?«

»Fotograf.«

»In Afrika?«

»Ich bin kein Porträtfotograf. Ich mache Bilder von den Ereignissen, die die Welt gerne ignorieren möchte.« Er verdrehte die Augen. »Sorry, klingt schon wieder sehr dramatisch.«

»Bist du Kriegsfotograf?«

»Nicht nur. Ich reise in Krisengebiete, damit wir nicht vergessen, was alles auf der Welt geschieht.« Seine Augen verdunkelten sich. »Es gibt zu viele Länder, in denen Menschen leiden, und wir alle schauen weg.«

Das musste sie erst einmal verdauen. So eine Arbeit konnte sie sich nicht vorstellen. Er musste schreckliche Dinge sehen. Wie kam er damit klar?

Erklärte das seine coole, abgeklärte Fassade? Falls das wirklich nur die Oberfläche war. Vielleicht war er ja so ein Adrenalinjunkie, der das Abenteuer brauchte, um sich lebendig zu fühlen. Aber das war jetzt nebensächlich.

»Hast du eine Idee, wieso wir uns ähneln? Wie heißt … wie hieß Eleanor mit Nachnamen? Vielleicht sind wir ja über ein paar Ecken verwandt.«

»Reeves. Das hilft auch nicht wirklich weiter.« Darren stieß die Luft aus. »Ich sehe ihre Eltern in zwei Wochen. Da werde ich sie fragen.«

»Hast du noch mehr Fotos von ihr? Die könnte ich meiner Mum zeigen und meinen Großeltern. Vielleicht wissen die etwas.«

»Meinetwegen musst du dir nicht so viel Arbeit machen.« Darren zuckte mit den Schultern. »Für mich ist es nicht so wichtig.«

Konnte sie ihm das glauben? In ihren Ohren klang das sehr nach einer Ausrede, mit der er sie beruhigen wollte.

Sie jedenfalls wollte schon wissen, warum sie dieser Eleanor so unglaublich glich!

KAPITEL FÜNFZEHN

Mum?«, rief Chesten, die jetzt dringend Ablenkung brauchte. Ein wenig mit ihrer Mutter zu plaudern, würde sie von dem Abend und seinen überraschenden Offenbarungen ablenken. »Mum, wo bist du?«

»Oh, ich dachte, du kommst später.« Sichtlich ertappt kam ihre Mutter aus der Rumpelkammer. Quer über ihre Stirn zog sich ein dunkler Strich, in ihren Haaren entdeckte Chesten Staubflusen. Mehr Indizien brauchte es nicht.

»Wir hatten eine Vereinbarung getroffen.«

»*Du* hast mir Vorschriften gemacht, denen *ich* nicht zugestimmt habe.«

»Mum, ich liebe dich, aber ich bin erwachsen.« Nachdem sie ganz langsam bis zehn gezählt hatte, fuhr sie fort. »Wenn du länger bleiben willst, musst du dich an meine Regeln halten.«

Beinahe wäre ihr so etwas herausgerutscht wie »Solange du die Füße unter meinen Tisch streckst.« Wie peinlich war das denn?

»Du wirfst mich raus?«

Mum schniefte, ihre Augen glänzten – sofort fühlte Chesten sich als die mieseste Tochter der Welt. Dabei hatte sie nur versuchen wollen, Konflikten zu entkommen! Klare Regeln sorgten dafür, dass so etwas wie ständig umgeräumte Zimmer nicht mehr vorkamen.

Es musste doch möglich sein, einen Kompromiss zu finden. Schließlich hatten sie früher auch zusammengelebt, ohne dass es zu großem Knatsch gekommen war. Moment einmal – nur zu gut erinnerte sich Chesten an heftige Streits, die sich meist um unterschiedliches Ordnungsempfinden gedreht hatten. Allerdings hatte Mum damals nicht geweint.

»Natürlich nicht. Mum, du kannst so lange bleiben, wie du willst, aber …«

»Komm mir nicht damit, junges Fräulein!«

»Mum, lass das. Mach kein Drama. Ich will nur, dass wir beide ein paar Grenzen abstecken.«

»Du willst mich loswerden. Dann fahre ich zu deinen Brüdern.«

»Na, die werden auch begeistert sein, wenn du so drauf bist.«

Kaum hatte sie das gesagt, bereute sie ihre flapsigen Worte sofort. Wenn das Mum keinen Anlass zu Tränen lieferte, was dann? Wäre sie nicht so durcheinander wegen Darrens verstorbener Frau, wäre sie bestimmt souveräner mit allem umgegangen.

Ihre Mutter stutzte und fing dann an zu lachen.

»Oh, Chesten, es tut mir leid. Du hast ja so recht. Im Moment bin ich unausstehlich.«

Zur Antwort küsste Chesten ihre Mutter auf die Wange.

»Da müssen wir wohl alle mal durch.«

»Ich werde eine Rundreise zu deinen Brüdern machen.« Die Augen ihrer Mutter leuchteten auf und sie zwinkerte Chesten zu. »Wozu hat man zwei Schwiegertöchter, wenn man ihnen nicht das Leben schwermachen darf?«

»Soll ich sie vorwarnen?«

»Wehe!« Mum wuschelte ihr mit der Hand durch die Haare. »Lass ihnen die Überraschung.«

»Mit Vergnügen.« Chesten mochte ihre Schwägerinnen und

war sicher, dass die beiden Mum schon bremsen würden, sollte diese zu sehr aus dem Ruder laufen. Einerseits freute sie sich darauf, ihr Haus wieder für sich allein zu haben, andererseits würde sie die Gesellschaft ihrer Mutter auch vermissen. So war das wohl mit Müttern und Töchtern – nicht miteinander, aber auch nicht ohneeinander. Irgendwie musste man versuchen, eine Balance des Zusammenlebens zu finden.

»Aber Chesten, Liebes.« Die Worte begleitete ein tiefer, mütterlicher Seufzer. «Bevor ich fahre, müssen wir reden.«

Genau diese Ansprache hatte Chesten gefürchtet, seitdem ihre Mutter sich für einen längeren Besuch angemeldet hatte. Ihr war von Anfang an klar gewesen, dass der Besuch nicht nur dazu diente, ihr Haus aufzuräumen. Wenn es nach Mum ginge, würde diese auch gleich Chestens Leben in Ordnung bringen.

Was ihre Mutter so für Ordnung hielt. Eigentlich war es erstaunlich, dass die Predigt so lange auf sich hatte warten lassen. Chesten wollte heute weder über Yestin reden noch streiten. Nicht, nachdem sie Darren besser kennengelernt hatte und sich fragte, ob mehr zwischen ihnen sein könnte.

»Ich muss die Ponys und die Esel füttern.«

»Halt! So einfach kommst du mir nicht davon.« Diese Stimme kannte Chesten nur zu gut. Wenn ihre Mutter diesen Tonfall benutzte, gab es kein Entrinnen. »Setz dich.«

Mit einem lauten Seufzer ließ Chesten sich auf den Küchenstuhl gegenüber ihrer Mutter sinken.

Das nutzte der große schwarze Kater, um Chesten auf den Schoß zu springen. Mit einer unglaublich eleganten Bewegung.

»Na, Hugh, möchtest du etwas fressen?« Er stieß mit dem Kopf unter ihr Kinn und strich dort entlang, als wollte er ihr zustimmen.

»Du verwöhnst sie.«

»Wen soll ich sonst verwöhnen?«

»Weich mir nicht aus.«

»Ich kann mir denken, was du mir sagen willst, aber es ändert nichts. Ich liebe ihn. Punktum. Fertig.«

»Liebt *er* dich?«

»Irgendwann wird er seine Frau verlassen.«

»Chesten!« Ihre Mutter kam näher, legte ihr die Hände auf die Schultern, als ob sie sie schütteln wollte. »Er wird seine Ehefrau *nie* verlassen. Sonst hätte er das schon längst getan.«

»Ich will nicht weiter darüber reden.«

Sie schob Hugh auf den Boden und stand auf.

»Chesten Marie Gwynn, dreh dich sofort um und komm wieder her.«

So sehr sie es sich auch manchmal wünschte, Chesten war einfach nicht in der Lage, ihre Mutter stehen zu lassen. Also wandte sie sich um. Als Akt der Rebellion blieb sie jedoch in der Tür stehen und verschränkte die Arme vor der Brust.

»Mum, es ist alles gesagt.« Die Diskussion führten sie nicht zum ersten Mal.

»Hat das *wirklich* eine Zukunft, das mit euch?« Der Blick ihrer Mutter traf Chesten ins Herz. Traurigkeit, Mitgefühl und Liebe las sie in diesem Blick, was schwerer zu ertragen war als Vorwürfe.

»Ja. Nein. Ich weiß nicht. Eher nicht, fürchte ich.«

»Willst du den Rest deines Lebens allein sein?«

»Ich habe Alys und Bree, die werden immer für mich da sein.«

»Wo warst du heute Abend? Wer ist dieser Darren Thompson?«

Mum ist die Königin der abrupten Themenwechsel. Woher weiß sie das schon wieder? So winzig ist St. Bart nun auch nicht, dass man hier überhaupt nichts geheim halten kann. Wie haben Yestin und ich es nur geschafft, unter dem Radar der Klatschtanten zu bleiben?

»Ich habe in der Praxis angerufen, als du nicht nach Hause gekommen bist.«

Das hatte Chesten immer schon erschreckend gefunden.

Diese Fähigkeit ihrer Mutter, Gedanken zu lesen und auf Fragen zu antworten, die man selbst nur im Kopf gestellt hatte.

»Entschuldige, ich habe nicht gedacht, dass es so lange dauert. Darren ist ein Patient. Also sein Hund.«

Chesten konnte ihrer Mutter im Gesicht ablesen, dass diese nun auf einer neuen Fährte war. Warum nur hatte sie eben auch so gestottert, als sie von Darren sprach?

»Den du abends zu Hause besuchst?«

»Ich füttere die Tiere und dann erzähle ich dir alles.«

Das war das Einzige, das sie würde heraushandeln können – einen kleinen Aufschub. Auf jeden Fall konnte sie sicher sein, dass ihre Mutter dieses Thema nicht fallen lassen würde.

Während sie Heu und Pellets an die Ponys und Esel verteilte, legte Chesten sich zurecht, was sie ihrer Mutter sagen wollte, vor allem aber wie viel – oder besser: wie wenig – sie ihr sagen wollte.

Ich muss möglichst schnell auf die Ähnlichkeit mit Eleanor kommen. Das wird Mum von allem anderen ablenken. Hoffentlich!

»Es steht noch ein Gemüseauflauf im Ofen.« Ihre Mutter saß am Küchentisch. Ihre Finger trommelten einen Rhythmus, den Chesten sehr nervenzerrend fand. »Deshalb habe ich in der Praxis angerufen. Ich spioniere dir nicht nach.«

»Das habe ich auch nicht angenommen. Danke, aber ich habe schon gegessen.«

»Dieser Darren hat für dich gekocht?«

»Bringdienst. Möchtest du auch einen Tee?«

Ihre Mutter stand auf und holte eine Flasche Apfelsaft aus dem Kühlschrank. »Koch endlich den Tee und erzähl von ihm.«

»Da gibt es nicht viel zu berichten.« Das Gute am Teewasser aufsetzen war, dass sie ihrer Mutter den Rücken zuwenden konnte. »Darrens Hund ist mein Patient und hat Albträume. Das habe ich mir heute angesehen.«

»Das arme Tier. Konntest du ihm helfen?«

»Ich weiß nicht, ob ich die Richtige bin. Vielleicht braucht Calico Jack einen Tierpsychologen.«

»Fährst du zu all deinen Patienten nach Hause, wenn sie dich brauchen?« Mum stieß einen Seufzer aus. »Ach, was frage ich das. Du tust das, nicht wahr?«

Puh, da war sie ja noch einmal davongekommen. Sie hatte nicht erwartet, dass sich ihre Mutter so schnell ablenken ließ.

»Und warum hast du so herumgehampelt, als du von ihm erzählt hast?«

Mist! Irgendwie hätte ich ahnen können, dass Mum das merkt. Sie kennt mich einfach zu gut.

»Letzte Woche war ich mit ihm verabredet«, gestand Chesten. »Morgen wollen wir gemeinsam Erinnerungsbänke fotografieren.«

»Nicht wirklich?« Ihre Mutter lachte laut auf. »Chesten, wenn es so etwas wie einen Seelenverwandten gibt, hast du ihn wahrscheinlich gefunden.«

»Das ist nicht witzig.«

»Ach, komm, ein bisschen schon. Wie groß ist die Wahrscheinlichkeit, dass noch ein Mensch diese Bänke fotografiert? Und wie viel kleiner ist die, dass es ein Mann ist?«

Wenn man es so betrachtete, klang die Argumentation ihrer Mutter schlüssig. Darren, ihr Seelenverwandter? Der Mann, dessen verstorbener Frau sie täuschend ähnlich sah. Der Mann, der ein Foto seiner Frau in seinem Zimmer hatte – das sollte ihr Seelenverwandter sein? Immerhin mochte er Tiere.

»Ich glaube nicht, dass das ausreicht für ein gemeinsames Leben«, antwortete sie schließlich trocken. »Außerdem heißt es doch: Gegensätze ziehen sich an. Das war bei Dad und dir doch auch so.«

»Chesten Marie.« Auf einmal schaute ihre Mutter ernst. Sie nahm Chestens Hände in ihre. »Versprich mir eins. Versprich mir, dass du nicht dein Glück vorbeigehen lässt, während du auf einen verheirateten Mann wartest.«

»Apropos verheiratet. Darrens verstorbene Frau sieht aus … sah aus wie ich.« Chesten suchte in ihrer Tasche nach den Fotos.

Schweigend betrachtete Mum sie. Sie schaute von den Bildern hoch, musterte Chesten und dann wieder die Fotos.

»Die Frisur ist anders und sie wirkt etwas biestig«, sagte Mum und legte die drei Fotos nebeneinander auf den Küchentisch. »Ihre Augen sind nicht so lebendig wie deine.«

»Es sind Fotos.«

»Nein, trotzdem. Sie sieht aus wie jemand, der nie zufrieden ist.«

»Weißt du von Verwandten?«

»Bist du auf der Suche nach einem großen Familiengeheimnis?« Ihre Mutter verzog den Mund. »Also ich fände es unheimlich, mich mit einem Mann zu treffen, dessen tote Frau mir ähnlich sieht.«

»Das habe ich ihm auch gesagt.«

»Weißt du ihren Namen? Ich könnte Tante Jane anrufen. Die feilt seit Jahren an einem Stammbaum.«

»Danke. Wie war dein Tag?«

»Keine Männer mit toten Ehefrauen, denen ich ähnele.«

»Mum!«

»Ich war am Lizard's Point. Spazieren und nachdenken.«

KAPITEL SECHZEHN

Obwohl sie sich in den vergangenen Wochen oft gewünscht hatte, dass ihre Mum abreiste, fühlte sich das Haus ohne sie seltsam leer an. Chesten nutzte ihren freien Tag, um alles in der Küche wieder an seinen alten Platz zu stellen. Dann jedoch überlegte sie kurz und brachte alles wieder dorthin, wo ihre Mum es platziert hatte. Auch wenn ihre Mutter sie hätte fragen sollen, so musste Chesten eingestehen, dass ihre Küche nun besser organisiert war.

Ein Blick auf die Uhr zeigte ihr, dass sie es nicht mehr pünktlich nach Porthleven schaffen würde. *Vielleicht sollte ich zu Hause bleiben. Das Gespräch mit Mum hängt mir noch nach und ich weiß auch gar nicht, was ich von Darren will. Warum mache ich mir nur so einen Kopf? Es ist doch nur ein Fotografier-Date. Vollkommen harmlos.*

Ihre Handflächen fühlten sich feucht an und ihre Finger zitterten, als sie das Objektiv auf die Kamera schraubte.

Durchatmen. Tief durchatmen.

Chesten schnitt ihrem Spiegelbild, dessen Wangen gerötet waren, als wäre sie um ihr Leben gerannt, eine Grimasse. Wenn Darren sie so sehen würde, würde er ihre Verabredung bestimmt absagen.

Warum hatte sie nur zugesagt? Als wäre ihr Leben nicht bereits durcheinander genug! Das Zusammentreffen mit Stacey ging ihr nicht aus dem Sinn, außerdem hatte Yestin ihr gestern eine SMS geschickt, dass er sich in den nächsten Tagen nicht freinehmen konnte. Zu viel zu tun. Mit dem Frühling begann die Bauwirtschaft zu boomen. Die Firma seines Schwiegervaters war die größte in Cornwall. Kein Wunder, dass er Stacey nicht aufgeben wollte.

Nein, ich will jetzt nicht an Yestin denken. Auch wenn ich nicht sicher bin, was ich von Darren will, so hat er Besseres verdient, als nur der Trostpreis zu sein, wenn Yestin keine Zeit hat.

Einige Momente lang fragte sie sich, was Darren für sie bedeuten könnte, ohne zu einem Ergebnis zu kommen. Auch wenn sie es nicht sagen konnte, so freute sie sich doch auf ihren gemeinsamen Nachmittag. Yestin interessierte sich weder für Fotografie noch für Erinnerungsbänke, sodass Chesten überglücklich gewesen war, als Darren sie zu einem gemeinsamen Fotonachmittag eingeladen hatte.

»Schmeckt es dir wieder nicht?« Sie strich Hugh, dem schwarzen Kater mit der weißen Brust, über den Rücken. Er hat-te nicht einmal ein Drittel seines Futters aufgefressen, während Grant, sein schwarz-weiß gefleckter Bruder, alles verputzt hatte. Auch Orlando, dem kleinen schwarzen Kater, hatte die neue Sorte sichtlich geschmeckt. Hugh war immer etwas mäkelig. Es war schwer, eine Futtersorte zu finden, die er gerne fraß.

»Ich muss los. Prügelt euch nicht.«

Ob Alys und Bree auch so mit ihren Tieren sprachen? Seltsam, dass sie darüber nicht redeten. Oder vielleicht unterhielten sich ihre Freundinnen darüber und bezogen nur sie nicht mit ein?

Verflucht, was stimmte nicht mit ihr? Weder Bree noch Alys hatten ihr je Anlass geboten, ihnen gegenüber misstrauisch zu sein. Eher im Gegenteil – ihre Freundinnen hatten von der

Affäre gewusst, ohne Chesten zu verurteilen oder sie zu bedrängen, ihnen den Namen zu nennen.

Ein leichtes Grinsen konnte Chesten sich nicht verkneifen, als sie daran dachte. Alys und Bree hatten seit Jahren geglaubt, dass sie eine Beziehung mit einem Kollegen hatte. Die Gesichter ihrer Freundinnen, als Chesten ihnen die Wahrheit gesagt hatte – unbezahlbar. In ihrem Leben lief so vieles schief, dass sie sich über die kleinen Dinge freuen müsste, selbst wenn es auf Kosten der beiden geschah.

Schade, dass die Arbeit auf dem Hof ihr nicht mehr Zeit ließ. Sonst hätte sie mit Darren zu den Scilly Islands fahren können. Dort gab es sicher noch einige Bänke zu entdecken. Bisher war Chesten nur einmal mit ihrer Mutter dort gewesen, weil diese sich unbedingt die Blumenpracht der Insel anschauen wollte. Von der fast dreistündigen Überfahrt war Mum jedoch so übel gewesen, dass sie kaum etwas von der Insel gesehen hatten. »Vielleicht beim nächsten Mal mit Darren«, sagte sie zu sich selbst.

Andererseits war sie nicht sicher, ob ihr die Vorstellung gefiel, so viel Zeit mit Darren auf einem Schiff zu verbringen. Einem Ort, wo man sich nur schlecht ausweichen konnte. Da war Porthleven die bessere Wahl.

Dieses Mal wartete Darren bereits auf sie, als Chesten aus dem Bus stieg. Sie hatte sich den Stress der Parkplatzsuche sparen wollen.

Die Flut hatte eingesetzt und die kleinen Boote dümpelten auf bräunlich grauem Wasser vor sich hin. Der Hafen war gesäumt von Restaurants und Souvenirläden. Auf der linken Seite stand erhöht eine Reihe entzückender viktorianischer Häuser, deren weiße Fassaden durch hellgraue Fensterrahmen und Ornamente durchbrochen waren. Sie wirkten wie elegante Damen, die über den Pöbel der Kneipen zu ihren Füßen hinwegsahen, als gäbe es ihn nicht. Winzige Gärten trennten die Häuser von der Straße, die schmal und steinern zum Meer führte. Am

Ende der Mole ragte ein Kirchturm in den hellblauen Himmel, an dem vereinzelte Wolken wie Tupfen hingen.

Auf der rechten Seite erhob sich ein grüner Hügel, an dem sich hinter weißen Häusern tiefgrüne Bäume emporzogen. Porthleven war ein Bilderbuch-Fischerdorf, so wie es sich Touristen wünschten. Da es noch Vorsaison war, hatte es nur wenige Menschen in den kleinen Ort geführt, die an den Marktständen entlangschlenderten. Zwei rote Marktbuden stachen zwischen den grauen und weißen Fassaden der Häuser hervor.

»Alles, was das Herz begehrt.« Darren zwinkerte ihr zu. »Meer, Klippen, Grün und mehr Kitsch, als man kaufen kann.«

»Wenn ich nicht meine Tiere hätte, würde ich hier leben wollen«, sprach sie das Erste aus, das ihr in den Sinn kam. »In einem wunderschönen alten Haus mit Blick auf Hafen und Meer.«

»Ich habe eine Überraschung für dich.« Darren schnalzte mit der Zunge. »Wir sind nicht nur wegen der Bänke hier.«

»Etwa wegen Rick Stein?«

Sie hätte nicht erwartet, dass jemand wie Darren sich für das Restaurant des durch das Fernsehen bekannten Küchenchefs begeisterte. Chesten hatte einmal auf dessen Internetseite gestöbert und fand das Essen ansprechend, aber nicht so herausragend, dass sie unbedingt so viel Geld dafür ausgeben würde. Nun gut, um die Wahrheit zu sagen, fürchtete sie, dass sie sich in diesem Ambiente unwohl fühlen würde. Vor allem heute, wo sie eher für eine Fotosafari als für ein vornehmes Dinner gekleidet war. Sie schaute an sich herunter: Jeans, feste Schuhe, ein bunter Wollpullover.

»Nah dran, aber nicht getroffen.«

Wie selbstverständlich griff Darren nach ihrer Hand und zog sie hinter sich her, weg vom Hafen, in eine kleine Gasse, deren Kopfsteinpflaster sich den Hügel hinaufschlängelte. Auf einmal blieb er stehen und schüttelte den Kopf. Chesten stoppte ebenfalls und versuchte herauszufinden, was ihm an dem Fish-&-

Chips-Imbiss nicht gefiel. Der sah aus wie viele andere auch, also kein Grund für so eine düstere Miene.

»Hast du etwas anderes erwartet?«

»Hier sollte *Roland's Happy Plaice* sein.« Darren runzelte die Stirn. »Der Reiseführer hat in den höchsten Tönen davon geschwärmt.«

Er holte ein schmales Buch aus seiner Jackentasche und blätterte darin.

»Hast du nicht im Internet geschaut?«, entschlüpfte Chesten, bevor sie darüber nachdenken konnte. »Sorry.«

Darren grinste schief.

»Nein, du hast recht.« Er zuckte mit den Schultern. »Da hätte ich dran denken können.«

»Was ist so Besonderes an *Roland's Happy Plaice?*«

»Roland, der Besitzer, hält immer einen Stuhl für Olly frei. Den Nachbarkater.« Erneut dieses wunderbare Lächeln. »Ich dachte, das gefällt dir.«

»Vielleicht ist er umgezogen.«

»Das finde ich heraus.«

Bevor Chesten etwas sagen konnte, sprach ihr Begleiter eine Frau an.

»Entschuldigen Sie.« Sein Lächeln war so ansteckend, dass die Frau stehen blieb und ihren Kopf leicht neigte, was bei Chesten ein Gefühl von Eifersucht hervorrief, das sie irritierte. »Wissen Sie, was mit Roland passiert ist?«

Die Frau nickte. »Er ist weggezogen und wird schmerzlich vermisst.«

»Was ist mit dem Kater?«, mischte Chesten sich in das Gespräch ein. »Hatte er wirklich einen reservierten Sitzplatz im Restaurant?«

Die Frau musterte sie kurz, bevor sie ihre Aufmerksamkeit erneut auf Darren konzentrierte. »Der Kater gehörte eigentlich einem Nachbarn von Roland. Aber Olly hat sich entschlossen, sein Leben mit Roland zu verbringen.«

»Der Fisch muss wirklich gut gewesen sein.«

Meine Güte, dachte Chesten, *was kann dieser Mann charmant lächeln, wenn er will.*

»Oh ja. Olly ist auch mit ihm weggezogen.« Nun lächelte sie Darren und Chesten an. »Alle Katzen in der Nachbarschaft haben aufgeatmet. Olly war hier der Chef. Und meist schlecht gelaunt.«

»Vielen Dank und einen schönen Tag.« Darren nickte ihr zu.

»Ihnen auch«, erwiderte die Frau. Sie sah von Chesten zu Darren und wieder zurück. »Sie sind ein schönes Paar, wissen Sie das?«

»Danke«, stotterte Chesten. »Aber wir sind …«

»Danke schön. Komm, Darling«, unterbrach sie Darren und zog sie hinter sich her, zurück zum Hafen. »Lass ihr doch die Illusion. Und mir auch.«

Obwohl die Luft noch frisch war, insbesondere, als der Wind aufwehte, sprangen Kinder ins Hafenbecken. Erst auf den zweiten Blick erkannte sie, dass die Kleinen Neoprenanzüge trugen, die sie vor der Kühle des Meeres schützten.

Darren und sie schlenderten schweigend die Mole entlang, an Männern vorbei, die ihre Angeln ins Meer hängen ließen und keinen Blick für die Fremden übrig hatten.

Kraftvoll brandete die See an die verwitterten Steine des Stegs, der weit ins Meer hineinführte. Immer wieder blieb Darren stehen, um mit der Kamera die Macht und Schönheit der Brandung einzufangen. Weiße Strudel aus Gischt hoben sich vor dem dunklen Grau der Steine und dem tiefen Blau des Meeres ab. Auch ohne Alys' Blick einer Künstlerin zu haben, konnte Chesten sich nicht sattsehen an dem Schauspiel.

»Die Kirche sieht trotzig aus, als will sie dem Meer zeigen, dass sie sich seiner Gewalt niemals beugen wird.«

»Fast richtig. Mit dem hochaufragenden Turm sieht es zwar so aus, aber es ist das *Bickford-Smith Scientific & Literary Institute.*«

»Wie peinlich. Ich war schon ein paarmal hier und habe es immer für eine Kirche gehalten.«

»Wir sollten noch einmal hierherkommen, wenn es stürmt«, sagte Darren, auf dessen Gesicht und Jacke die aufsteigende Gischt ihre Spuren hinterlassen hatte. »Ich will unbedingt ein Foto, wenn die Brandung hoch bis zum Turm steigt.«

»Gibt es davon nicht schon genug?« Bilder, auf denen eine gewaltige Woge das Gebäude zu verschlingen drohte, kannte sicher jeder in Cornwall.

»Ja, aber nicht von mir.« Er wischte sich Wasser aus dem Gesicht und säuberte sorgfältig die Kamera. »So ein Motiv gibt es nur eins in einer Million.«

Seine Begeisterung ließ sich förmlich mit den Händen greifen, was ihr ein warmes Gefühl im Bauch bescherte.

»Lass uns nach Bänken schauen«, versuchte sie, sich von diesem ungewollten Gefühl abzulenken. »Deshalb sind wir doch hier.«

»Ich hoffe, sie sind nicht so eine Enttäuschung wie *Roland's Happy Plaice*.«

»Schauen wir uns die an, die direkt am Hafen sind?«

IN LOVING MEMORY OF
MAUREEN AND JOHN CULVERWELL
AND NOW THESE THINGS REMAIN:
FAITH, HOPE AND LOVE.
BUT THE GREATEST OF THESE IS LOVE

Warum musste die Inschrift sie gerade jetzt daran erinnern, wie wichtig Liebe war? Chesten schoss ein paar Bilder, aber sie war nicht wirklich mit dem Herzen dabei.

Als sie Darrens tiefes, dunkles Lachen hörte, verließ sie Maureen und John, um sich die Bank anzusehen, vor der Darren stand.

In loving memory of
David Frederick John Hocking
Who was proud to be Cornish
And loved visiting this spot

»Was ist so lustig?«

»Schau nur, eine ungewöhnliche Freundschaft. Oder vielleicht sogar Liebe?«

Er zeigte über die Brüstung des Piers auf eine Stelle in der Nähe der Hafenmauer. Dort zog ein junger schneeweißer Schwan seine Kreise, gefolgt von einem braunen Erpel, der den Schwan nicht aus den Augen ließ. Der große Vogel hingegen gab vor, die Ente nicht zu bemerken, die in seinem Kielwasser schwamm.

»In St. Ives und Penzance habe ich schönere Bänke entdeckt«, sagte Darren schließlich. »Vielleicht zeige ich dir eines Tages meine Lieblingsbank.«

»Die ist bestimmt nicht besser als meine.« Sie wollte ihm keine Hoffnung machen. »Ich muss bald nach Hause, die Tiere füttern.«

»Lass uns noch etwas bleiben«, bat Darren. »Der Sonnenuntergang verzaubert den Hafen.«

»Ich habe Hunger.«

»Ich hole uns Fish & Chips, wenn du bleibst.« Er zwinkerte ihr zu. »Der Bus fährt stündlich.«

Noch während sie die heiße, nach Essig und Salz schmeckende Leckerei in sich hineinschlang, näherte sich die Sonne dem Horizont. Das Schauspiel war so atemberaubend, dass Chesten die Tüte mit Fish & Chips sinken ließ und staunte.

Im Licht der untergehenden Sonne leuchteten die viktorianischen Häuser auf wie Gold. Ein sanfter Schimmer lag über ihnen und schuf eine träumerische Atmosphäre.

Vielleicht war sie schuld daran, dass Chesten das Essen auf einer Bank ablegte, ihre Hände an der Jeans abwischte und

Darren zu sich heranzog. Mit trockenen Lippen küsste sie ihn. Nach einem kurzen Moment des Zögerns erwiderte er den Kuss.

»Entschuldige. Dafür ist es noch zu früh.« Sie trat einen Schritt zurück, um Distanz zwischen ihnen zu schaffen. Der Kuss hatte sich viel zu gut angefühlt.

Plötzlich quietschten Bremsen hinter ihnen, so laut, dass Darren zusammenzuckte. Sein Blick irrte umher, als ob er Deckung suchte. Das alles brachte sie dazu, sich nach der Ursache der Störung umzudrehen.

Chesten stutzte. Hatte sie eben wirklich Yestin gesehen? Nein, das konnte nicht sein. Was sollte er in Porthleven zu tun haben? Trotzdem hätte sie schwören können, dass es sein Auto gewesen war.

KAPITEL SIEBZEHN

Wie Yestin das alles hasste. Diese wichtigen Abendveranstaltungen, zu denen seine Schwiegereltern Stacey und ihn stets mitschleppen mussten. Eigentlich wollte er nur Häuser entwerfen, die innovativ aussahen und eine hohe Wohnqualität boten. Selbst in seinen dunkelsten Träumen hätte er nicht gedacht, dass er mehr Zeit mit Papierkram und Dinnerpartys verbringen würde als mit Konstruktionsplänen.

»Es ist gut fürs Geschäft«, pflegte Graham stets zu sagen, wenn Yestin es wagte, dagegen aufzubegehren. »Und was gut für die Firma ist, ist auch gut für uns.«

»Du hast nicht nur Stacey geheiratet, sondern auch das Geschäft. Das musste dir doch klar sein.« Louise gelang es, in diesen Worten einen deutlichen Vorwurf mitschwingen zu lassen, dass er sich weigerte, seinen Pflichten nachzukommen.

Also war Yestins Protest auch dieses Mal so ausgegangen wie alle seine winzigen Revolutionsversuche zuvor: Er gab nach und stand nun vor dem Spiegel, um seinem Äußeren den letzten Schliff zu geben. Mit zwei Fingern rieb er sich die Stirn. Allein die Vorstellung, wie viel unsinnigen Small Talk er heute ertragen müsste, brachte Kopfschmerzen hervor.

Dabei wollte er eigentlich nur eins: Chesten anrufen und sie fragen, wer dieser Typ war, der sie gestern geküsst hatte. Seitdem er das gesehen und beinahe einen Auffahrunfall verursacht hatte, hatte er nicht eine Minute für sich gehabt, um mit ihr zu telefonieren. Es war, als hätte sich die Welt gegen ihn verschworen.

Gestern hatte er den Wagen nicht anhalten können, um sich sofort zu vergewissern, was er dort erblickt hatte. Dummerweise hatte sein Schwiegervater neben ihm gesessen.

»Pass doch auf, Junge. Du siehst aus, als hättest du einen Geist gesehen.«

Abends war Stacey einfach nicht müde gewesen, sodass sie – was selten vorkam – gemeinsam ins Bett gegangen waren. Kurz hatte Yestin überlegt, sich auf die Toilette zu schleichen, nachdem sie eingeschlummert war, um dort mit Chesten zu telefonieren. Aber unglücklicherweise war er vor seiner Ehefrau eingeschlafen.

Und heute war sein Tag auf einer Baustelle gewesen, sodass er ständig von Menschen umgeben war. Yestin hatte es nicht gewagt, sich in eine stille Ecke zu stehlen, um seine Geliebte anzurufen. Zu viele neugierige Ohren drohten sein Geheimnis aufzudecken.

Also fühlte er sich kribbelig und zornig und ängstlich. Wer war dieser Kerl? Hatten Chesten und er sich wirklich geküsst? Hatte *sie* ihn geküsst? Würde er sie an einen anderen verlieren, weil er bisher nicht den Mut gehabt hatte, sich für sie zu entscheiden?

Am liebsten würde er alles hinwerfen, würde diesen verdammten Anzug ausziehen und sich ins Auto setzen, um zu Chesten zu fahren und sie zu fragen, ob sie für immer miteinander leben wollten. Nun, wo ihre Liebe gefährdet war, bemerkte er erst, wie viel sie ihm bedeutete.

Doch anstatt seinen Gefühlen zu folgen, gehorchte er – wieder einmal – den Konventionen und seinem Verstand. Falls er sich von Stacey trennte, verlor er alles: Ehefrau, Job und

Wohnung. Doch das war nicht das Schlimmste. Er war sich sicher, dass Graham so rachsüchtig wäre, ihm jede Jobchance in Cornwall, möglicherweise sogar im gesamten England, zu verderben.

Das musste man seinem Schwiegervater lassen. All diese wichtigen gesellschaftlichen Anlässe, zu denen er ging, hatten dazu beigetragen, ein immens stabiles Netzwerk beruflicher Kontakte zu entwickeln. Wenn Graham Prowse einen Konkurrenten fertigmachen wollte, dann hatte dieser keine Chance. Yestin hatte das mehr als einmal erleben können und wollte sich auf gar keinen Fall dem Zorn seines Schwiegervaters aussetzen. Auch wenn das bedeutete, Chesten verloren zu haben.

Zornig zerrte er die ungewohnte Fliege zurecht und seufzte. Blöde Traditionen! Warum erforderten diese Treffen einen Smoking? Reichte es nicht aus, einen Anzug zu tragen? In Abendgarderobe kam er sich immer wie ein Hochstapler vor und fürchtete, dass irgendwann einmal jemand bei ihm einen Drink bestellte, weil er ihn mit einem Kellner verwechselte.

»Ist irgendetwas?«, fragte Stacey, die sich vor dem hohen Spiegel in ihrem Ankleidezimmer drehte. Gut sah sie aus, das musste er zugeben. Hochgewachsen und schlank, die dunklen Haare in einem schmeichelnden Bob geschnitten. Ihr klassischschönes Gesicht war faltenfrei, ein Ergebnis all der Tiegel und Töpfchen und Tuben, die sich auf ihrer Seite des Badezimmers stapelten.

Er trat neben sie und zerrte weiter an der Fliege, die einfach nicht sitzen wollte. Ihr Blick traf seinen im Spiegel und sie lächelte. Zusammen waren sie ein schönes Paar, das die Blicke auf sich zog.

»Ich fühle mich wie Marshmallow, wenn du ihn für eine Hundeshow vorbereitest.« Kritisch schaute Yestin in den Spiegel. Auch wenn er sich beschwerte, fand er doch, dass er im Smoking gut aussah. »Wollen wir nicht zu Hause bleiben und uns einen schönen Abend machen?«

»Ach, das sagst du jedes Mal.« Sie schüttelte den Kopf und schaute ihn an, als wäre er ein verwöhntes Kind und nicht ihr Ehemann. »Und dann genießt du es doch, von allen Frauen angehimmelt zu werden. Mein attraktiver Mann.«

Sie schnitt ihm eine Grimasse, die man als liebevoll oder spöttelnd verstehen konnte. Er konnte es nicht sagen. So geschwätzig Stacey sich über alles und jeden äußerte, so wenig redete sie über sich selbst.

Wieder einmal fragte er sich, was er seiner Ehefrau gegenüber empfand. War es wirklich Liebe gewesen, die ihn zur Heirat mit ihr gebracht hatte, oder wollte er ein Sprungbrett in die Welt der Reichen und Mächtigen? Ein Freund hatte ihm einmal vorgeworfen, dass er den leichtesten aller Wege gewählt und sich hochgeschlafen hatte.

»Neidisch?«, hatte Yestin spöttisch geantwortet.

Aber ein Stachel war hängen geblieben und piesackte ihn bei solchen Gelegenheiten, wo er zu spüren bekam, dass er nur der Sohn eines Ladenbesitzers war, der das Glück gehabt hatte, bei *ihnen* einzuheiraten. Selbst Stacey vermittelte ihm das Gefühl, dass sie sich für etwas Besseres hielt. Vielleicht war das der Grund, warum er sie nicht lieben konnte, warum sein Herz nach all den Jahren immer noch an Chesten hing, obwohl sie keine Chance auf ein gemeinsames Leben hatten.

»Was denkst du?«

Wie ihn diese Frage nervte.

Wenn ich dir das sagen wollte, wüsstest du es.

»Ich versuche nur, mich an die Namen all der bedeutenden Menschen zu erinnern, die wir gleich treffen werden.« Wie einfach ihm das Lügen fiel. Er redete weiter über den bevorstehenden Abend, während seine Gedanken um Chesten kreisten. Sollte er sie verlieren? Wenn er ehrlich war, wunderte es ihn, dass sie nicht schon vor Jahren gegangen war.

Was bin ich nur für ein Feigling! Zerrissen zwischen zwei Frauen, unfähig, eine Entscheidung zu treffen.

»Nächste Woche habe ich einen Termin in einer Praxis in London.«

Damit gewann Stacey seine Aufmerksamkeit zurück. Yestin unterdrückte den Stoßseufzer, der in ihm aufstieg, denn der hätte nur zu einem Streit und schließlich zu Heulerei geführt.

»Noch ein Wunderdoktor?«

Kaum hatte er ausgesprochen, bereute er seine Worte. Sie blinzelte und ihr Mund verzog sich. Verdammte Hormone. Nicht nur, dass Stacey strikte Diät lebte, nein, ihre Stimmungsschwankungen ließen selbst das Wetter in Cornwall beständig wirken. Wenn sie wenigstens endlich schwanger wäre und sich ihr sehnlichster Wunsch erfüllt hätte. Bisher hatte keine der teuren, heilversprechenden Therapien angeschlagen. Also musste der arme Marshmallow als Kindersatz herhalten und sich frisieren und einkleiden lassen. Ein echtes Hundeleben war das nicht.

»Es tut mir leid, Sweetheart.« Warum nur klang das so formelhaft? »Erzähl mir mehr.«

»Nein. Wir müssen gleich los.«

»Stacey, Honey.« Wie er das hasste, ihre beleidigte Tour. »Ich … du weißt, wie sehr ich mir ein Kind mit dir wünsche.«

Sofort wurden ihre Gesichtszüge weich und sie lächelte, was die Erinnerung an die schönen Zeiten mit ihr weckte. Sicher, er liebte sie niemals so sehr wie Chesten, aber ihre gemeinsamen Jahre verbanden sie, im Guten wie im Schlechten. Sanft zog er sie in seine Arme, spürte ihre Rundungen, küsste ihr Haar, das nach Haarspray roch, und flüsterte: »Gemeinsam schaffen wir das.«

»Yestin«, begann sie, um dann innezuhalten. »Ich … es …«

»Stacey! Yestin! Wo bleibt ihr?«, erklang Louises unverkennbare Stimme. »Pünktlichkeit ist die Höflichkeit der Könige.«

Ihre Ehe wäre viel besser, wenn sie sich endlich eine eigene Wohnung nähmen. Doch Yestin wusste nur zu gut, wie Stacey an ihrer Mutter hing.

»Auf geht's.« Er bot Stacey seinen Arm und kam sich vor wie

in einer Jane-Austen-Verfilmung. »Wir wollen deine Eltern nicht weiter warten lassen.«

Zu seiner Überraschung hielt sie ihn am Arm zurück.

»Yestin.« In ihren Wimpern hatten sich Tränenspuren verfangen. »Wenn … wenn wir ein Kind bekommen, dann in unserem Haus.«

Bevor er sich von der Überraschung erholen und ihr antworten konnte, erklang erneut Louises Stimme, begleitet von lau-tem Pochen an ihrer Wohnungstür.

»Nun kommt doch endlich. Wir wollen auf keinen Fall die Letzten sein.«

»Wir dürfen Mum keinesfalls den großen Auftritt verderben.« Stacey zog den Mundwinkel hoch. »Sonst ist sie den ganzen Abend beleidigt.«

»Mylady.« Yestin verbeugte sich und öffnete ihr die Tür. Vielleicht wäre ein gemeinsames Kind wirklich die Lösung all ihrer Probleme.

KAPITEL ACHTZEHN

Nachdem Chesten die SMS bekommen hatte, versuchte sie, ihre Hoffnungen nicht zu hoch werden zu lassen. Die letzten beiden Treffen hatte Yestin so kurzfristig abgesagt, dass sie sich einfach nicht mehr freuen konnte.

Wie groß die Furcht vor der Enttäuschung inzwischen war, merkte sie daran, dass sie trödelte. Nachdem der letzte Patient, ein Kaninchen mit Zahnschmerzen, gegangen war, räumte sie die Praxis auf, erstellte die Berichte für den heutigen Tag und schaute sich die Wochenplanung an.

»Warten deine Ponys nicht auf dich?«, fragte Chloe, die ihren Kopf durch die Tür steckte. »Ich dachte, du wärst schon längst weg.«

»Der Papierkram«, log Chesten. »Es ist so viel liegen geblieben …«

»Ich jedenfalls mache jetzt Feierabend. Bleib nicht zu lange.«

»Warte. Ich komme mit.« Chesten griff sich ihre Ledertasche – man wusste ja nie, was kam – und folgte ihrer Assistentin. »Viel Spaß heute Abend.«

»Dir auch.«

Täuschte sie sich oder begleitete Chloe ihre Worte wirklich

mit einem mitleidigen Blick? Chesten wusste nur zu gut, dass die Assistentinnen sie für eine einsame Frau hielten, die außer ihrer Arbeit und ihren Tieren nichts im Leben hatte. Keine Partys, keinen Spaß, keinen Mann. Obwohl sie sich einredete, dass ihr die Meinung der jüngeren Frauen egal sein konnte, fühlte Chesten einen Stich. Lagen die Assistentinnen denn so falsch mit ihrer Einschätzung?

Was gab es schon in ihrem Leben? Überstunden, die Ponys, die Esel, die Kater – und ab und zu ein verstohlenes Tête-à-Tête in einem Hotel. So wie heute. Falls Yestin nicht wieder absagte. Sollte das ihre Zukunft sein?

Na prima, wenn sie so weitermachte, würde sie ihren Geliebten sicher vergraulen. Kein Mann fand es sexy, wenn seine Freundin/Affäre/Teilzeit-Liebe muffelig war und ihm ein Gespräch über die Zukunft aufdrängen wollte. So viel hatte Chesten begriffen, auch wenn sie keinesfalls eine Expertin in Liebesdingen war.

Wenn ich wirklich einmal diejenige sein will, die eine Verabredung platzen lässt, sollte ich es heute tun. Nicht nur aus Rache, sondern auch wegen Stacey. Soll ich Yestin von unserer Begegnung erzählen? Kann ich unsere Affäre einfach so weiterführen, nachdem ich Alys und Bree davon erzählt habe? Will ich sie weiterführen?

Ein lautes Hupen riss sie aus ihren Gedanken. Vor lauter Grübelei hatte sie nicht auf die Straße geachtet und nicht bemerkt, dass ihr ein anderes Auto entgegenkam. Entschuldigend hob sie die Hand und setzte den Range Rover zurück.

Ein Gutes brachte der Zwischenfall mit sich: Sie konzentrierte sich nun darauf, den Wagen über die schmalen Straßen zu lenken, und dachte nicht weiter über ihr bevorstehendes Treffen nach. So war sie nun einmal: eine Frau, die wenig plante und eher spontan entschied, was zu tun war. Jedenfalls in ihrem Privatleben.

Als sie auf den Parkplatz des Hotels bog, sah sie Yestins dunkelblauen Aston Martin bereits dort stehen. Trotz aller

Fragen und Zweifel schlug ihr verräterisches Herz schneller. In ihrem Bauch stieg das vertraute wohlig-warme Gefühl auf, das sie immer noch, nach all den Jahren, mit ihm verband.

Sie rannte an der Rezeption vorbei, die Treppen hoch, zwei Stufen auf einmal nehmend, weil sie es nicht erwarten konnte, ihn endlich wiederzusehen. Ihr letztes Treffen schien so unendlich weit entfernt zu sein. Die Sehnsucht nach ihm überwältigte sie, sodass sie vor der Tür des Hotelzimmers stehen blieb, um Atem zu schöpfen.

Auch er schien ihr Wiedersehen kaum erwarten zu können. Sofort, nachdem sie geklopft hatte, öffnete er die Tür, ein Lächeln auf dem vertrauten, so sehr geliebten Gesicht.

»Es tut mir so leid.« Yestin zog sie in seine Arme. »Das weißt du, my Love.«

Bereits seine Stimme zu hören, hatte ihre Wut und ihren Frust verschwinden lassen. Nur er übte so einen Zauber über sie aus. Egal, wie zornig sie war, wie stark ihre Vorsätze waren, alles zu beenden, sobald sie ihn sah, sobald sie ihn hörte, sobald sie seine Arme spürte, vergaß sie alles andere. Nur das Zusammensein mit Yestin zählte. In all den Jahren waren diese Liebe und auch ihre Leidenschaft niemals geringer geworden. Immer wieder hegte sie die Hoffnung, dass ihre Zuneigung eines Tages verschwände, so wie eine Erkältung, die sich entsetzlich anfühlte, aber nach der Gesundung schnell vergessen war.

Doch ihre Liebe zu Yestin war nicht so – die war eher wie Malaria, die höchstens einmal ruhte, aber immer wieder aufflammen konnte, sodass man niemals wieder gesund werden würde. Für immer und ewig musste man sich mit dieser Krankheit plagen und konnte nur wünschen, dass die Medizin einmal ein Mittel dagegen fände.

»Chessie, vergibst du mir?«

Würde es etwas ändern, wenn sie Nein sagte? Chesten seufzte, so leise, dass er es nicht hören würde. Dann schloss sie die Augen, atmete seinen Duft ein und genoss das Gefühl seiner Finger, die über ihren Hals und durch ihr Haar strichen.

»Weißt du, dass ich vor jedem Treffen fürchte, dass du nicht auf mich wartest?« Yestin winkelte seinen Arm an und stützte seinen Kopf in die Hand. »Das Schlimme ist, ich könnte dich verstehen.«

Chesten zog die Bettdecke höher, dieses Gespräch wollte sie nicht mit nackten Brüsten führen. Eigentlich wollte sie es überhaupt nicht führen. Zu oft schon hatten Yestin und sie dieses Thema von einem Ende zum anderen besprochen, mit dem stets gleichen Ergebnis: Er blieb bei Stacey und sie musste sich entweder damit arrangieren oder gehen.

Bisher war es für sie leichter gewesen, sich mit allem abzufinden und den größten Teil ihres Lebens ohne Mann zu verbringen. Wenn sie ehrlich zu sich war, genoss sie die Freiheit, die eine Affäre mit einem gebundenen Mann mit sich brachte. Sie fürchtete, dass die meisten Männer sie eines Tages vor die Wahl stellen würden: deine Tiere oder ich?

Da war es mit Yestin einfacher. Er forderte wenig und war bereit, zurückzustehen, wenn Hugh und Grant sich wieder einmal mit Orlando prügelten oder die Esel und die Ponys einen ihrer Weidekriege austrugen, was allzu oft mit Verletzungen einherging.

»Warum sollte ich gehen? Ich liebe dich.«

»Ich habe dich vorgestern gesehen. In Porthleven.«

Also hatte sie sich nicht geirrt. Er war es gewesen, der in dem Moment vorbeifuhr, als Darren sie küsste. Nein, als *sie* Darren küsste.

»Das war Darren, der Besitzer eines Patienten. Er hat wohl etwas missverstanden.«

»Ich könnte dich verstehen.«

»Da gibt es nichts zu verstehen.« Sie setzte sich auf, die Bettdecke weiterhin vor den Brüsten. »Ein Kuss. Ein Missverständnis.«

»Hättest du mir davon erzählt?«

»Das hätte der ganzen Sache zu viel Bedeutung eingeräumt.«

Hätte sie ihm davon erzählt? Warum hatte sie bisher über Darren geschwiegen?

Weil ich nie über meine Patienten spreche. Nein, so einfach ist das nicht. Weil ich nicht weiß, was Darren mir bedeutet und Yestin auf jeden Fall nicht der richtige wäre, das zu besprechen.

»Was denkst du?«, fragte Yestin.

Ich überlege, ob es nur noch Bequemlichkeit und Gewohnheit sind, die mich an dich binden.

»Ich würde niemals einfach so verschwinden«, antwortete sie stattdessen. »Das solltest du wissen. So ein Mensch bin ich nicht.«

»Das meine ich nicht.« Yestin pustete in ihre Schlüsselbeinbeuge, bevor er sie dort küsste. Sanft wie ein Hauch, der Chesten ein Kribbeln im Bauch bescherte. »Ich habe Angst, dass du einen anderen findest, weil ich dir nichts bieten kann.«

»Habe ich je etwas von dir gefordert?«

»Du bist so eine wunderbare Frau.«

»Obwohl ich nach Pferd stinke. Hast du das nicht vorhin gesagt?«

»Du bist wunderbar, selbst wenn du nach deinen Ponys müffelst.«

Nun küsste er ihre Nasenspitze, während seine Finger ihren Arm hinaufwanderten.

Allzu ernst scheinen seine Sorgen nicht zu sein, jedenfalls halten sie ihn nicht davon ab, die Zeit mit mir zu nutzen.

Oh nein, wo war das jetzt hergekommen? So zynisch kannte Chesten sich nicht. So eine Frau hatte sie niemals werden wollen. Hoffentlich lag das nur daran, wie hart ihr heutiger Tag gewesen war. Sie litt immer mit den Besitzern, deren Lieblinge sie einschläfern musste. Das Kaninchen, dem sie heute die Spritze geben musste, kannte sie seit dem Tag, an dem es in die Familie gekommen war. Als die Eltern gemeinsam mit ihrem zehnjährigen Sohn um Bunny geweint hatten, hatte auch Chesten die Tränen nicht zurückhalten können.

»Du siehst so traurig aus. Etwa meinetwegen?«

Es gibt mehr in meinem Leben, auch wenn du dir das nicht vorstellen kannst.

»Ich musste nur gerade an die Arbeit denken.«

Kurz überlegte sie, ihm von ihrer Traurigkeit zu erzählen, aber Yestin würde das nicht begreifen. Früher einmal hatte sie alles mit ihm teilen wollen, aber erkennen müssen, dass er kein Herz für Tiere hatte. Erstaunlich, dass Stacey sich einen Hund hielt. Die wenigen Male, wo ihr Liebhaber Chesten besucht hatte, konnte er weder mit den Katzen noch mit den Ponys viel anfangen. Die Esel waren ihm von Anfang an suspekt gewesen.

»Stur und dumm«, lautete sein Urteil, ohne dass er Frodo, Samwise und Pippin (die Namen verdankten sie ihrem Vorbesitzer) auch nur eine Möhre gereicht hatte.

»Esel sind nicht stur, nur vorsichtig«, hatte sie entgegnet, aber eingesehen, dass sie ihn nie für ihren Zoo begeistern würde. Bei jedem anderen Mann wäre das wahrscheinlich ein Grund für die Trennung gewesen, aber Yestin war zuerst da gewesen, sodass Chesten sich damit abgefunden hatte. So wie sie sich mit viel zu vielem abgefunden hatte.

»Kann ich etwas für dich tun?« Nun wusste sie wieder, warum sie trotz allem an ihm festhielt. Yestin spürte ihre Stimmungen und versuchte, sie in jeder Lebenslage aufzufangen. Wenn sie ihm von dem Hasen erzählte, würde er zuhören und sie in den Arm nehmen, selbst wenn er niemals nachvollziehen könnte, was dieser Abschied für die Familie und sie bedeutete.

»In sechs Wochen habe ich einen Kongress in London. Willst du mich begleiten?«

Würde sie in der Praxis freibekommen? Genug Urlaubstage und Überstunden hatten sich in den letzten Jahren angesammelt.

Wer sollte sich um ihre Tiere kümmern? Ach, für alles würde sich eine Lösung finden.

»Wann? Wie lange?«

Obwohl sie London nicht mochte, wie eigentlich alle Großstädte, würde sie das auf sich nehmen, um ein Wochenende mit Yestin zu verbringen. Vielleicht hatte sie ja Glück, und das Hotel lag in der Nähe des Hyde-Parks, von dem Bree ihr immer vorschwärmte.

»Freitag bis Sonntag. Mitte März.« Yestins Finger glitten tiefer, sein Kuss wurde stürmischer. »Du weißt, wie sehr ich dich liebe.«

Leidenschaft ließ seine Stimme dunkler und rauer klingen, was ihr sehr gefiel.

»Ich liebe dich auch«, antwortete sie und schob allen Zynismus und alle Zweifel zur Seite, als er sie an sich drückte, sie drehte und seinen Kopf in ihren Haaren vergrub.

KAPITEL NEUNZEHN

Rein zufällig führte Darrens Weg an Chestens Haus vorbei. Ach, wem wollte er etwas vormachen? Bereits heute Morgen hatte er sich Szenarien überlegt, die ihn zu ihrem Hof brachten. Fünf oder sieben Ausreden hatte er als zu offensichtlich, zu dämlich oder zu bedürftig abgetan, bis nur noch eine übrig blieb. Dass dieser eine Kuss ihn so durcheinanderbrachte. Sollte er sie darauf ansprechen? Nein, besser wohl nicht. Das musste von ihr kommen.

Aber sehen wollte er sie auf jeden Fall. Also hatte er sich Calico Jack geschnappt und war mit ihm zu Chesten gefahren. Hoffentlich hatte sie nicht wieder Wochenenddienst – dann hätte er sich seine ganzen Überlegungen sparen können. Obwohl, eigentlich wäre das nicht schlecht. Dann könnte er mit dem Bullterrier in ihre Praxis fahren – die perfekte Erklärung für ein Wiedersehen.

Doch als Darren auf den Hof einbog, sah er ihren Range Rover dort stehen. Als sein Blick in den Rückspiegel fiel, entdeckte er zu seinem Schrecken ein breites Grinsen auf seinem Gesicht. Verdammt, warum ging sie ihm so unter die Haut? War er wirklich schon wieder bereit für eine neue Liebe? Stand der Afrika-Auftrag dem nicht im Weg?

Ganz zu schweigen davon, dass er immer noch unter den Bildern litt, die ihn seit dem Auftrag in Syrien verfolgten. Gestern Nacht war er wieder schweißgebadet aus dem Schlaf hochgeschreckt, hatte im Traum die Erde beben gespürt, als eine Bombe einschlug, hatte wieder das Haus zusammenstürzen sehen, die Schreie der verwundeten und sterbenden Menschen gehört – und gleichzeitig Dankbarkeit gespürt, dass er davongekommen war.

Vielleicht sollte ich ein Jahr aussetzen. Entweder bin ich kriegsmüde oder die Kämpfe werden wirklich grausamer. Nein, ich will jetzt nicht daran denken. Ich bin hierher geflohen, um in der Ruhe Cornwalls wieder meine Mitte zu finden.

Darren parkte seinen Wagen neben Chestens, stieg aus und ließ Calico Jack heraus. Der Bullterrier schaute sich einen Moment neugierig um, bevor er brav neben Darren in Richtung des Hauses ging.

»Ich bin im Stall«, hörte er sie rufen. Erneut musste er sich gegen das Grinsen wehren, das in ihm aufsteigen wollte. Er war doch keine siebzehn mehr. Selbst bei Eleanor war er nie so verliebt gewesen – und das alles für eine Frau, die mehr Interesse an seinem Hund hatte als an ihm.

Wie das Farmhaus war auch der Stall aus den graubraunen Feldsteinen gemauert, wie man sie hier oft fand. Es gab mehrere große Boxen und einen Heuboden, auf dem Stroh und Heu lagerten. Chesten stand in einer der Boxen und mistete sie aus. Der Geruch frischer Pferdeäpfel stieg Darren in die Nase. Sie stützte sich auf die Mistgabel und lächelte.

»Willst du mir helfen?«

»Ich wollte mit Calico Jack spazieren gehen und dich fragen, ob du mitkommen magst.« Selbst in einer alten Jeans, mit Stroh im Haar und ominösen dunklen Streifen auf der Wange fand er sie begehrenswert. »Ich fürchte, ich überfordere ihn manchmal.«

Chesten stieß die Gabel in die Einstreu und schüttelte sie, während sie überlegte. So lange nachdachte, dass Darren fürchtete, sie würde ihn mit einer durchsichtigen Begründung wieder davonschicken.

»Kannst du reiten?«

Das hatte er nicht erwartet.

»Gelernt habe ich es nicht, aber wenn man so viel herumkommt wie ich, landet man auch auf dem Rücken eines Pferdes oder Esels.«

»Das betrachte ich als ›Ja‹. Colin und Firth brauchen Bewegung. Calico Jack kann neben uns herlaufen.«

»Dir hat bestimmt schon jemand gesagt, wie seltsam es ist, seine Tiere nach Helden romantischer Komödien zu nennen?«

»Nee, du bist der Erste.«

»Wirklich?«

Sie schüttelte den Kopf und schnitt eine Grimasse, die einfach nur zum Küssen war. Musste er sich ausgerechnet jetzt verlieben? Chesten würde ihn niemals nach Afrika begleiten, wo er Fotos des Bürgerkriegs schießen sollte. Und selbst wenn sie es wollte, würde er sie diesen Gefahren nicht aussetzen wollen.

Aber dich selbst bringst du immer wieder in Gefahr. Vielleicht hat Eleanor ja recht gehabt, als sie mir vorwarf, dass ich ein Adrenalinjunkie bin.

»Erde an Darren. Willst du mit oder nicht?«

»Sind die Pferde nicht zu schnell für den Hund?«

»Wir müssen ja keine langen Galoppstrecken einlegen. Wenn es gar nicht mehr geht, nehme ich ihn zu mir. Die Ponys kennen das.«

Wenn es nach Darren ging, mussten sie überhaupt keine schnellere Gangart als Schritt einlegen. Vielleicht hatte er seine Reiterfahrung ein wenig übertrieben, um sie zu beeindrucken. Höchstens zehnmal hatte er sich auf Eseln im Gebirge tragen lassen. Allzu viel größer sollten Ponys doch nicht sein, oder?

»Komm mit. Ich hole die Ponys von der Koppel.«

Darren folgte ihr, während Calico Jack seine dicke Nase im Pferdemist hatte und wirkte, als hätte er den Hundehimmel auf Erden gefunden. Das Vergnügen wollte Darren ihm nicht verderben und was sollte dem Bullterrier hier schon passieren? Chesten hatte schließlich keine Hunde.

»Colin! Firth!« In Chestens dunkler Stimme klangen selbst die Namen wie eine Melodie, die sich direkt in sein Herz schlich.

Als sie von Ponys sprach, hatte er Bilder dieser niedlichen kleinen Shettys im Kopf gehabt. Die Pferde, die sich ihnen näherten, waren zwar nicht groß, aber kräftig, viel kräftiger, bedrohlich viel kräftiger, als er es erwartet hatte. Wollte er für eine Frau sein Leben riskieren?

Calico Jack hatte zu ihnen aufgeschlossen und wirkte ebenso überrascht wie Darren, Colin und Firth zu sehen.

»Hast du nicht *Ponys* gesagt?« Misstrauisch beäugte Darren das braune Pferd, das ebenso skeptisch zurückschaute.

»Colin ist ein Dartmoor-Pony.« Sie grinste breit. »Er ist deutlich langsamer und ungefährlicher als dein Motorrad.«

»Das hat keine Zähne.«

Würde sie ihn für einen Feigling halten, wenn er jetzt zurücksteckte? Darren betrachtete das Pferd noch einmal genauer. Große Zähne, große Füße – nicht sehr vertrauenerweckend.

Ach, was sollte es? Er war sicher nicht der erste und würde sicher nicht der letzte Mann sein, der eine Dummheit beging, um das Herz einer Frau zu gewinnen. Aber musste es so ein Fehler sein? Sollte er unglücklich stürzen und sich einen Arm oder ein Bein brechen, konnte er den Auftrag in Afrika vergessen. Genau, das war doch eine hinreichende Begründung.

»Ich meine, er ist kräftig, aber ziemlich klein.« Darren kratzte sich am Kopf. »Das sieht bestimmt albern aus, wenn meine Füße am Boden schleifen.«

»Du kannst auch zu Fuß neben mir gehen.«

Diese Worte gaben den Ausschlag. Vor seinem inneren Auge

spielte sich die Szene ab: Chesten auf dem Rücken des Ponys, die auf ihn und Calico Jack herabsah. Never!

»Wenn es ohne Galopp geht, bin ich dabei.«

Sie zwinkerte ihm zu und grinste. Nichts deutete darauf hin, dass ihr der Kuss irgendetwas bedeutet hatte, was ihn kirre machte. Aber warum hatte sie ihn dann geküsst?

Sie öffnete das Gatter, nahm die Ponys am Zaumzeug oder wie immer das hieß, und führte sie zu zwei Eisenringen mit Stricken. Dort band sie die beiden an. Darren folgte ihr, darauf bedacht, außer Reichweite der Hufe und Zähne zu bleiben.

»Dein Wunsch ist mir Befehl. Hoffentlich spielen die Ponys mit.«

Bevor er antworten konnte, kam ein riesiger schwarzer Kater aus dem Stall und ging zielsicher auf Calico Jack zu.

»Wird das gut gehen?« Darren deutete auf den Kater, der sich dem Hund furchtlos näherte.

»Vielleicht solltest du Calico Jack besser wegholen.« Chesten legte die Bürste beiseite und ging auf den Kater zu.

»Hugh, bitte geh ins Haus.« In ihrer Stimme schwang Besorgnis mit. »Der Hund ist nur zu Besuch.«

Für Darren sah es aus, als wäre der Kater einfach nur neugierig. Ebenso wie Calico Jack, der seine breite Nase nach vorn streckte und plötzlich aufjaulte. Unerwartet hatte Hugh seine Krallen ausgefahren und sie dem Bullterrier über die Nase gezogen.

»Hugh, nein!« Nun hatte Chesten die Kontrahenten erreicht und hob den Kater auf ihren Arm. Der zischte und strampelte, wovon sie sich nicht beeindrucken ließ. Während sie mit ihm zum Haus ging, konnte Darren sie schimpfen hören: »Böser Kater. Der arme Calico Jack hat dir gar nichts getan. Auch wenn du Hausherr bist, gibt dir das nicht das Recht, dich schlecht zu benehmen.«

»Na, mein Großer. Das war ja eine fiese Miezekatze«, redete Darren auf den Bullterrier ein, der äußerst verdutzt wirkte.

Glücklicherweise hatten die Krallen ihn nur oberflächlich gekratzt. Drei rote Striemen, aus denen winzige Blutstropfen austraten, zogen sich über das Weiß von Calico Jacks Schnauze.

»Ist es schlimm? Es tut mir so leid.« Chesten kniete sich neben Calico Jack, so nahe bei Darren, dass er ihren Geruch nach Pferd, Lederfett und Desinfektionsmittel wahrnahm. Calico Jack begann zu jammern, als spürte er ihre Sorge.

An dir ist wohl ein Schauspieler verloren gegangen, mein Freund. Aber mach nur weiter. Wenn sie ein schlechtes Gewissen hat, kann sie uns beide heute zum Essen einladen.

»Soll ich die Wunde desinfizieren?« Sie deutete auf das Spray, das sie in der Hand hielt. »Das ist etwas schmerzhaft, aber beugt Infektionen vor.«

»Tief sind die Spuren nicht.« Als ob er davon etwas verstünde. »Sicher ist sicher.«

»Halt ihn bitte fest.« Chesten schüttelte das Spray. Sanft strich sie über Calico Jacks Kopf. »Tut mir leid, mein Hase, das wird gleich ein bisschen wehtun.«

Calico Jack gab ein Wuff von sich und leckte ihr die Hand.

Dieser Hund ist einfach unglaublich. Obwohl er Chesten mit Schmerzen verbinden muss, bleibt er freundlich. Selbst wenn seine Besitzer sich melden, werde ich ihn behalten. Für Afrika finde ich eine Lösung.

»Calico Jack ist wirklich ein besonderer Hund.« Sie klopfte ihm die Schulter. »Alles überstanden, mein Großer. Hugh kommt heute nicht mehr raus.«

KAPITEL ZWANZIG

Nachdem Darren und Calico Jack weggefahren waren, ging Chesten ins Haus, wo die Katerschaft bereits auf ihr Futter wartete und nicht besonders erfreut wirkte, dass sie sich so sehr verspätet hatte.

»Es gibt ja gleich etwas.« Chesten öffnete eine Dose des teuren Lieblingsfutters ihrer Stubentiger. »Obwohl du eigentlich nichts verdient hast, Hugh. Warum hast du den armen Calico Jack angegriffen?«

Der schwarze Kater schaute sie mit seinen grünen Augen so unergründlich an, als verstünde er zwar jedes Wort, gedachte aber nicht, sie einer Antwort zu würdigen. Nachdem der eher schüchterne Grant sie nachdrücklich gegen den Unterschenkel gestupst hatte, gab sie das Futter in die Schalen und verteilte es an die Kater. Sie setzte sich an den Küchentisch und schaute den Stubentigern zu.

Irgendetwas stimmte mit Hugh nicht. Chesten beobachtete den riesigen schwarzen Kater, der an seinem Futter schnupperte, um sich dann mit angeekelter Miene abzuwenden. Grant und Orlando hingegen schlangen die Pampe – angeblich Thunfisch – begeistert in sich hinein.

»Ach, Hugh, so geht das nicht.« Sie räumte den dreiviertel vollen Fressnapf zur Seite. »Das ist normalerweise dein Lieblingsfutter.«

Der schwarze Kater schaute sie erneut an, als verstünde er jedes Wort. Nicht, dass es ihn wirklich interessierte, was sie zu sagen hatte.

»Bist du nur mäkelig oder muss ich mir Sorgen machen?« Sie nahm Hugh auf den Arm. Sofort schmiegte er sich an sie und stieß seinen Kopf unter ihr Kinn. »Sicherheitshalber werde ich dir Blut abnehmen.«

Sofort begann der Kater zu strampeln und sprang ihr vom Arm. Sie versuchte, ihn zu ergreifen, doch er duckte sich und verschwand unter dem Schrank. Nur seine grünen Augen leuchteten hervor.

»Komm sofort her.« Manchmal bedauerte sie es, keinen Hund zu haben, der aufs Wort gehorchte. Kater kamen dann, wenn es ihnen passte, aber niemals, wenn man ihnen etwas befehlen wollte.

Als sie auf die Knie ging und ihre Hand nach dem Kater ausstreckte, nutzte der die Gelegenheit, unter dem Schrank hervorzuschlüpfen und seelenruhig und vollkommen gelassen davonzustolzieren, während sie sich noch aufrichtete.

»Böser Kater, ganz böser Kater.«

Hugh zuckte nicht einmal mit einem Ohr, Grant hingegen, sein schwarz-weißer Bruder, zog den Kopf ein, als hätte Chesten mit ihm geschimpft.

»Alles ist gut, Grant.« Vorsichtig streckte sie die Hand aus, aber der Kater machte sich klein, als wollte sie ihn schlagen. Also erhob sie sich vorsichtig und ließ ihn in Ruhe fressen.

Hugh und Grant waren ihre ersten eigenen Katzen. Nachdem sie das Studium abgeschlossen hatte, hatte Chesten es nicht erwarten können, nach St. Bart zurückzukehren, um den Hof von ihrer Mutter zu übernehmen. Nach dem viel zu frühen Tod des Vaters hatten sie das meiste Weideland verkauft. Auch die

Kühe und Schafe hatte ihre Mutter abgegeben, sodass der Hof Chesten verwaist vorkam, als sie ihn übernahm. Ohne Tiere wollte sie nicht leben, auch wenn diese viel Arbeit mit sich brachten. Als Erstes kamen die beiden Kater, dann die Ponys und schließlich die Esel. Als Letzter hatte sich der schwarze Winzling Orlando zu ihnen gesellt.

»So einfach kommst du mir nicht davon.« Chesten lief dem schwarzen Kater nach, den sie schließlich einfangen konnte, kurz bevor er nach draußen entwischte. Sie nahm ihn auf den Arm, obwohl er wild zappelte und zu entkommen versuchte. Dann stellte sie ihn auf den Tisch und schaute ihm ins Maul.

Statt der Zahnprobleme, die sie erwartet hatte, entdeckte sie eine Wucherung an der Zunge. Einen Moment lang weigerte sich ihr Gehirn zu akzeptieren, was sie dort sah. Dann jedoch setzte ihre Professionalität ein. In ihrem Arbeitsleben hatte Chesten zu viele Tumore gesehen, um diesen nicht zu erkennen.

»Verdammt. Ausgerechnet an der Zunge.« Vorsichtig tastete sie die Wucherung ab, was Hugh mit einem Grollen quittierte. »Tut mir leid.«

Ihr Kopf weigerte sich noch immer, sich mit der Frage zu beschäftigen, was für Konsequenzen ihre zufällige Entdeckung hatte. Aber ihr Körper reagierte. Ihre Finger, mit denen sie mechanisch über das schwarze Fell streichelte, zitterten. Ihr Magen bäumte sich auf und ihr Herz schmerzte. Chesten rang nach Luft. Sie presste die Lippen fest zusammen, aber trotzdem traten ihr Tränen in die Augen.

»Miörgh«, machte Hugh, als spürte er ihre Traurigkeit.

»Vielleicht ist es nicht so schlimm«, flüsterte sie, während ihre Gedanken in die Vergangenheit wanderten, zu ihrer ersten Begegnung. »Vielleicht ist es gutartig.«

Emily Warren, die Leiterin des kleinen Tierheims in Hayle, hatte ihr Tom und Jerry gezeigt, als Chesten dort war, um Katzen zu impfen.

»Wir haben hier zwei Kater, für die ich wenig Hoffnung

habe.« Sie sah Chesten bittend an. »Auf deinem Hof hast du genug Platz, oder?«

»Was stimmt mit ihnen nicht?«

»Der Schwarze ist wählerisch, beim Futter und bei den Menschen; der Weiß-schwarze fürchtet sich vor seinem eigenen Schatten und hat endokrine Pankreatitis.« Emily seufzte. »Wir haben so viele süße Kitten, da gehen die beiden Alten unter. Vor allem mit der Bauchspeicheldrüsenstörung.«

Chesten sah sich den schwarzen Kater an, der damals noch Tom hieß. Er schaute sie an, traurig und ohne Hoffnung – und damit war die Entscheidung gefallen. Für ihn und seinen Bruder Jerry, der sich in einer Wohnhöhle versteckt hielt und sich weigerte, Chesten auch nur mit einem Auge zu betrachten.

So niedlich die Kitten waren und so schön es gewesen wäre, eines oder zwei von ihnen aufwachsen zu sehen, diese beiden besonderen Kater brauchten einen besonderen Menschen, der ihnen zur Seite stand. Das hatte Emily richtig erkannt und ihre Hoffnung auf Chesten gesetzt.

Hugh hatte sich von Anfang an eng an sie angeschlossen, während Grant stets im Schatten seines Bruders blieb.

»Was wird aus Grant, wenn du …« Sie konnte die Worte nicht aussprechen. Zu sehr schmerzte die Vorstellung, dass Hugh sterben könnte.

In ihrem Beruf hatte Chesten schon viele Tiere einschläfern müssen, aber trotzdem war es nicht leichter geworden. Die weinenden Menschen, der Hund oder die Katze, die sie vertrauensvoll anschauten, während sie ihnen die tödliche Spritze geben musste.

Sicher, sie war nicht so naiv, dass sie gedacht hatte, ihre Tiere würden ewig leben, aber sie war davon ausgegangen, dass Hugh noch viele gute Jahre blieben. Er war viel gesünder als sein Bruder. Bis heute.

Ich will es nicht wissen. Ich darf den Kopf nicht in den Sand stecken. Es zählt nicht, was gut für mich ist, sondern, was gut für den Kater ist.

Chesten wischte sich mit dem Handrücken die Tränen ab, bevor sie mit Hugh in ihr Arbeitszimmer ging. Hier standen die Transportkörbe. Sie musste mit ihm in die Praxis fahren, um ihm dort eine Probe der Geschwulst – sie weigerte sich, »Tumor« zu denken – zu entnehmen. Die Ausrüstung, die sie zu Hause hatte, reichte nicht aus, diese Operation durchzuführen.

»Es tut mir leid«, flüsterte sie dem Kater zu, bevor sie ihn mit geschickten Handgriffen in den Korb setzte. Kaum hatte sie die Tür des Transportkorbs geschlossen, fing er an zu jaulen. Grant und Orlando waren bereits verschwunden, als fürchteten sie, ebenfalls in eine Kiste gesteckt zu werden.

»Hallo Hannah. Wie lange bist du noch in der Praxis?«

Gut, dass ihre Lieblingskollegin dieses Wochenende Notdienst hatte. Ihr würde Chesten nicht erklären müssen, warum sie keinen Tag warten wollte, bis sie die Diagnose erhielt. Ihr gemeinsamer Chef hätte niemals begriffen, warum sie am Wochenende für einen Kater in die Praxis käme.

Sobald er im Auto saß, hörte Hugh auf zu jaulen und schaute stattdessen interessiert aus dem Fenster. Immer wieder warf sie einen Blick in den Innenspiegel, um nach ihm zu sehen. Wie konnte es sein, dass sein Fell so glänzte, dass seine Augen so klar waren, wenn er doch eine tödliche Krankheit in sich trug?

Nein. Es muss nicht Krebs sein. Es kann etwas Harmloses sein.

Auch wenn sie sich diese Worte wie ein Mantra immer wieder sagte, konnte sie nicht daran glauben. Was hatte sie nur getan, dass ein Tag, der so schön begonnen hatte, so furchtbar endete? War das die Strafe des Lebens dafür, dass sie eine Affäre mit einem verheirateten Mann hatte, dass sie immer noch an Yestin festhielt, obwohl sie sich vorgenommen hatte, sich von ihm zu trennen?

So ein Quatsch! Das Leben ist niemals fair und gerecht. Außerdem hat Hugh niemandem etwas getan und er ist schließlich der, der krank ist. Ich muss aufhören, mir so einen Blödsinn einzureden. Wenn ich es für so falsch halte, Yestin zu lieben, muss ich endlich Konsequenzen ziehen.

»Darling, wie geht es dir?« Hannah stand in der Tür, ihre dunklen Locken waren zerzaust, als wäre sie sich häufig mit der Hand hindurchgefahren. Ihre braunen Augen sahen müde aus. »Ich habe alles für die Blutabnahme bereitgelegt.«

»War heute viel los?« Mit der Frage hoffte Chesten, etwas Normalität zu schaffen. Nur nicht über Hughs Krankheit reden, als könnte man sie so wegzaubern.

Als Hannah Hughs Maul öffnete und sich die Geschwulst anschaute, sah Chesten einen Moment des Entsetzens auf dem Gesicht ihrer Kollegin. Ihr Herz krampfte sich zusammen, am liebsten hätte sie sich in einer Ecke verkrochen, um zu weinen, aber sie musste stark sein. Für ihren Kater.

KAPITEL EINUNDZWANZIG

Als sie auf den Hof bog, fragte sich Chesten, wie sie den Weg hierher ohne Unfall überstanden hatte. Beim besten Willen konnte sie sich nicht erinnern, wie sie zurückgefahren war. Dass sie durch den Tränenschleier überhaupt etwas sehen konnte, grenzte an ein Wunder. Nicht einmal das Licht hatte sie eingeschaltet, als die Sonne untergegangen war. Sie legte die Arme aufs Lenkrad und ließ ihren Kopf darauf sinken, während Schluchzer ihren Körper schüttelten.

Ich muss mich zusammenreißen. Für Hugh. Der arme Kater weiß ja nichts von seinem Schicksal. Vielleicht ist es nicht Krebs, vielleicht ...

Alys! Bree! Ich brauche sie jetzt. Nein, erst einmal muss ich meine Fassung zurückgewinnen. Ich ... ach, ich weiß einfach nicht, was ich will. Tief Luft holen und einen Schritt nach dem nächsten.

»Komm, mein Schöner.« Sie schniefte. »Wir sind zu Hause.«

Sie öffnete die Autotür, nahm die Transportkiste heraus und öffnete deren Tür. Wie ein schwarzer Pfeil schoss Hugh heraus und verschwand in den Büschen. Langsam schob sich sein dunkler Kopf unter einem Strauch hervor. Sein Gesichtsausdruck war so skeptisch, dass sie trotz ihrer Traurigkeit lächeln musste.

»Nein, ich stecke dich heute nicht mehr in die Kiste«, versprach sie ihm. »Du kannst ruhig rauskommen. Komm, ich habe etwas Leckeres für dich.«

Obwohl sie die Melodie pfiff, mit der sie die Katzen zum Fressen rief, blieb Hugh unter dem Strauch sitzen, nur seinen Kopf streckte er Millimeter um Millimeter heraus.

Pfeifend öffnete sie die Haustür und wartete dort, bis er an ihren Beinen vorbei in die Küche galoppierte. Erst einmal ließ sie den Transporter im Flur stehen, um Hugh – und auch Grant und Orlando – nicht noch mehr zu verschrecken.

Als sie in die Küche kam, saßen Hugh und Grant auf dem Tisch und blickten ihr erwartungsvoll entgegen. Sofort kehrten die Tränen zurück, die sie jedoch niederkämpfte.

»Ich will die Zeit, die uns bleibt, genießen.«

»Miarf«, antwortete Hugh wie zur Bestätigung, gefolgt von einem »Mack«, was bedeutete, dass er jetzt zu speisen wünschte.

Das Ploppen der Dose beim Öffnen, die Nase über den fischigen Gestank zu rümpfen, die Pampe auf drei Schüsseln zu verteilen, wobei Hugh den Löwenanteil bekam – das war genau die Normalität, die sie jetzt benötigte.

Nachdem sie den Katern das Futter hingestellt hatte, griff Chesten nach ihrem Telefon, atmete tief durch und ließ ihren Zeigefinger unschlüssig über der 1 – Kurzwahl für Alys – und der 2 – Kurzwahl für Bree – schweben. Bevor sie sich entscheiden konnte, blendeten Scheinwerfer in das Küchenfenster hinein. Überrascht ließ sie das Smartphone sinken und blinzelte aus dem Fenster.

Yestin! Es war sein Auto.

Hatte er gespürt, dass es ihr schlecht ging? War ihre Verbindung so stark, dass er ihr in der Not beistehen wollte? Erneut kamen ihr die Tränen, die sie eilig wegwischte. Verheult wollte sie ihm nicht entgegentreten. Sie schöpfte Wasser in die hohle Hand, um ihr Gesicht zu kühlen, bevor sie ihm entgegentrat.

Bereits, als sie die Tür öffnete, wusste Chesten, dass Yestin nicht gekommen war, um sie zu unterstützen. Sie hätte nicht sagen können, woran sie es erkannte, aber sie wusste es. Wusste mit bitterer Gewissheit, dass es vorbei war. Vielleicht waren es seine gesenkten Schultern, so tief, als müsste er wie Atlas die Last der Welt tragen, oder die kummervolle Miene, die er zur Schau trug.

Zorn und Hass überwältigten sie, ebenso stark wie die Gewissheit, dass er nur hergekommen war, um sich von ihr zu trennen. Am liebsten hätte sie ihm die Tür vor der Nase zugeschlagen, um sich nicht anhören zu müssen, welche Entschuldigungen und Ausreden er gefunden hatte. Doch selbst voller Wut brachte sie das nicht über sich. Noch immer besaß er diese Macht über sie – Yestin zu sehen, bedeutete, den Verstand über Bord zu werfen. Stattdessen trat sie zurück und ließ ihn in ihr Haus. Allein, dass er zu ihr gekommen war, hätte ihr schon Indiz genug sein können. In den vergangenen fünf Jahren war er nur zwei- oder dreimal bei ihr gewesen – und das auch nur, weil sie darauf bestanden hatte.

»Du willst dich von mir trennen, nicht wahr?«, sprach sie es als Erste aus. Die Worte zu sagen, gab ihr das Gefühl, ein wenig Kontrolle zu besitzen. Auch wenn das nur eine Illusion war. So wie das, was sie in den letzten Jahren mit Yestin gehabt hatte. Während sie ihn liebte und alles für ihn aufgegeben hätte, hatte er sie nur als Spielzeug betrachtet, dessen er heute überdrüssig geworden war.

Das Einzige, was ihr noch blieb, waren die winzigen Reste ihres Stolzes, die nicht zulassen würden, dass sie vor ihm in Tränen ausbrach.

Ich schaffe das. Ich schaffe das. So lange habe ich gewusst, dass dieser Moment kommt. Ich werde nicht weinen. Nicht vor ihm.

»Bringen wir es hinter uns. Sag, was du zu sagen hast.«

»Es tut mir leid, Chessie.« Yestin war der Einzige, der sie so nannte. Er sah aus wie das personifizierte Elend. Dunkle Ringe betonten seine hellen blauen Augen. Normalerweise wäre ihr Herz vor Mitgefühl übergeflossen, doch jetzt fühlte es sich kalt an. Kalt und leer.

»Sei ruhig. Ich will es nicht hören«, wollte sie sagen, aber sie schwieg, weil sie ahnte, dass Verleugnen nicht helfen würde. Warum nur hatte sie die Affäre nicht beendet, wie sie es vorgehabt hatte? So hatte sie ihm die Möglichkeit gegeben, ihr furchtbar wehzutun. Der, der geht, ist immer im Vorteil. Wo hatte sie das nur gelesen?

»Bitte, Chessie …«

»Nenn mich nicht so, ich heiße Chesten.«

»Es tut mir so unglaublich leid.«

»Jetzt sag, was du zu sagen hast.«

Schon als Kind war es ihr lieber gewesen, ein Pflaster schnell und heftig abzureißen, anstatt daran herumzupulen und so den Schmerz unnötig zu verlängern. Beinahe wäre sie in ein haltloses Kichern ausgebrochen, weil sie sich Yestin als Heftpflaster vorstellte, das sie mit einem Ruck abzog.

»Ich wollte Stacey verlassen. Ehrlich.«

»Aha, aber …« Dieser Satz erforderte doch bestimmt ein »aber«.

»Sie ist schwanger. Da kann ich sie nicht allein lassen.«

»Vorher wohl auch nicht. Ich erinnere mich jedenfalls nicht, einen Kometen gesehen zu haben.«

Sein belämmerter Gesichtsausdruck zeigte nur zu deutlich, dass er sie nicht verstand. Da konnte sie ihm auch nicht helfen. Humor war noch nie Yestins Stärke gewesen. Was waren eigentlich seine Stärken, fragte sie sich. Es fühlte sich an, als hätte ihr jemand die berühmte rosarote Brille von der Nase gezogen, sodass sie Yestin sah, wie er wirklich war. Was sie entdeckte, gefiel ihr nicht besonders.

Er ist ziemlich armselig, wie er dort steht und sich windet. Erwartet er ernsthaft, dass ich ihn tröste? Armer Yestin, musst du deine Geliebte verlassen?

»Chessie … Chesten, ich liebe dich immer noch.« Diese Worte begleitete er mit einem waidwunden Blick, der sie die Augen verdrehen ließ. »Aber ich muss zu meinen Vaterpflichten stehen.«

Himmel, wie pathetisch er sich anhörte. Zu ihrer Überraschung fühlte sie weder Trauer noch Wut. Sie fühlte … nichts, überhaupt nichts. Hätte eine ihrer Freundinnen ihr gesagt, dass Yestin sie endgültig verlassen würde, hätte sie sicher geweint. Jetzt jedoch, wo ihr Langzeit-Geliebter vor ihr saß und mit wenigen Worten ihre gemeinsame Zukunft zerschmetterte, fühlte sie gar nichts. Vielleicht … Erleichterung, dass nun endlich eine Entscheidung gefallen war, dass das hoffnungslose Warten endlich ein Ende hatte.

»Du verstehst mich doch, Chesten, nicht wahr?« Sein Blick erinnerte Chesten an Orlando, wenn der versuchte, ihr eine Leckerei abzuluchsen. »Chessie, bitte.«

War er immer schon so gewesen? Ein Junge, der von allen geliebt werden wollte und nicht bereit war, die Konsequenzen seines Handelns zu tragen? Glaubte er wirklich, sie würde ihm großherzig verzeihen, dass er ihr jahrelang falsche Versprechungen gemacht hatte? Kannte Yestin sie überhaupt? Hatte er sich je gefragt, was es für sie bedeutete, »die andere Frau« zu sein, die Geliebte, die immer zurückstehen musste hinter der echten Frau, der Ehefrau?

»Natürlich verstehe ich das.« Hatte sie wirklich diese Worte gesagt? Überraschenderweise war ihr Tonfall frei von Sarkasmus. »Ich wünsche euch alles Gute. Ehrlich.«

»Chessie, lass es mich erklären.« Er griff nach ihrer Hand, die sie ihm entzog. »Lass uns Freunde bleiben.«

Diese Plattitüde meinte er nicht wirklich ernst, oder? In diesem Moment war es ihr, als stände an ihrer Stelle eine stärkere Chesten, eine, die Yestin kritisch betrachtete. Nicht die Frau, die ihn seit Jahren, nein sogar seit Jahrzehnten, hoffnungslos liebte, sondern eine kluge und reife Chesten.

Bei dieser Betrachtungsweise kam Yestin nicht gut weg. Er war attraktiv, aber auf eine Peter-Pan-Art, frei von jeglicher Verantwortung. Vielleicht hatte sie sich nur so lange an ihn geklammert, weil er ihre erste große Liebe war. Oder möglicherweise, weil er bequem war. Yestin hatte sich damit arrangiert, dass sie viel Zeit für ihre Arbeit und ihre Tiere brauchte. Es war für beide Seiten überaus passend gewesen: Chesten hatte einen Mann, der sie gerne mit ihrer Menagerie teilte. Yestin bekam eine Geliebte, die sich damit abfand, dass seine Frau an erster Stelle stand. All das ging ihr durch den Kopf, während sie sich eine Antwort überlegte.

Er stand vor ihr, in ihrer Küche, und trat von einem Fuß auf den anderen, als müsste er dringend zur Toilette und traute sich nicht. Himmel, wollte sie ihn wirklich so in Erinnerung behalten?

»Ich hasse dich nicht, Yestin«, sagte sie schließlich, »aber ich will garantiert nicht mit dir befreundet sein.«

Auch diese harschen Worte sprach sie gelassen aus, so ruhig, als redete sie darüber, dass der Frühling in diesem Jahr überraschend früh und blütenprächtig gekommen war.

Verdattert schaute er sie an, sichtlich überrascht davon, wie hart sie klang. So kannte er sie nicht. Bisher hatte sie sich ihm gegenüber stets fröhlich, locker und anspruchslos präsentiert.

Schau her, ich bin die ideale Geliebte. Ich fordere nichts und gebe so viel. Bei mir kannst du entspannen und du selbst sein. Ich will nicht mehr von dir, als du geben willst – das war ihr Credo gewesen. Immer mit der Hoffnung verbunden, dass er sie eines Tages genau aus diesem Grund wählen würde. Weil sie es nicht forderte. Diese Strategie hatte nicht funktioniert.

»Ich … ich hoffe, irgendwann siehst du das anders.«

»Das glaube ich nicht. Nein, ich bin mir sogar sicher. Mach's gut.«

Er schaute sie weiterhin irritiert an. Wahrscheinlich hatte Yestin auf das große Drama gehofft, auf Tränen, auf Ausbrüche unendlicher Liebe. Tja, da musste sie ihn wohl enttäuschen. Sie blieb stehen und erwiderte gelassen seinen Blick, bis er sich endlich umdrehte und ging.

Aus ihrem Haus. Aus ihrem Leben. Für immer.

KAPITEL ZWEIUNDZWANZIG

Kaum hatte Yestin die Haustür hinter sich zugezogen, tanzten Chestens Finger über die Tasten des Smartphones. »Hugh ist krank. Wahrscheinlich … Krebs.« Chesten wunderte sich, dass ihre Stimme sich so normal anhörte. »Und Yestin hat mich verlassen.«

»Ich hole Bree ab und wir sind gleich bei dir.« Alys klang erschüttert, als fürchtete sie, dass Chesten sich etwas antun könnte. »Wie … wie geht es Hugh? Und dir?«

»Lasst euch Zeit. Mir geht es gut.« Chesten horchte in sich hinein und fühlte nur Leere. »Jedenfalls, was Yestin betrifft. Das mit Hugh – das nimmt mich mit.«

»Geht es dir seinetwegen *wirklich* gut?« Obwohl Alys es nicht aussprach, wusste Chesten, was ihre Freundin ihr sagen wollte. Wie oft hatten Bree und Alys sie trösten müssen, wenn Yestin wieder einmal seine Versprechen nicht eingehalten oder sich kurzfristig von ihr getrennt hatte. Obwohl die beiden damals noch nicht gewusst hatten, dass es Yestin war.

»Ja, ehrlich. Macht euch deshalb keine Sorgen.«

Während sie auf ihre Freundinnen wartete, suchte Chesten nach einer Beschäftigung, um sich abzulenken. Sie räumte die

Küche auf, setzte Teewasser auf und suchte in der Kühltruhe nach einem Kuchen, den sie auftauen konnte. Warum eigentlich? So wie sie Bree kannte, würde diese etwas mitbringen. Immer wieder glitt ihr Blick zu Hugh, der auf der Fensterbank lag und in den Garten hinausschaute.

Vielleicht haben es Tiere besser, weil sie nicht ahnen, wie krank sie sind. Hugh lebt in den Tag hinein und macht sich keine Sorgen um morgen, fragt sich nicht, was Orlando und Grant wohl von ihm denken.

Putenschinken für Hugh kaufen, schrieb sie auf ihre Notiztafel. Das gepökelte Fleisch war nicht gesund, aber der Kater liebte es nun einmal. Wahrscheinlich hatten Vorbesitzer ihn daran gewöhnt. Und nun machte es auch nichts mehr, dass Schinken nicht die optimale Katernahrung war. Wie viel Tage ihm noch blieben? Wann die Ergebnisse aus dem Labor kämen?

Wenn Yestin wüsste, dass ich mich mehr um den Kater als um ihn sorge, wäre er sicher schwer gekränkt. Warum bin ich seinetwegen so gelassen? Ist das der Schock oder die Anspannung, die von mir abgefallen ist, weil mein geheimes Leben nun ein Ende hat?

Nach dem Tod ihres Vaters hatte Chesten sich mit den Phasen der Trauer beschäftigt. Auch wenn das inzwischen fünf Jahre her war, so erinnerte sie sich noch gut, dass die erste Phase das Nicht-wahrhaben-wollen war. Galt das auch allgemein für Abschiede, ob Tod oder Trennung? War das Sterben eines geliebten Haustiers wichtiger als das Ende einer unglücklichen Affäre? Das musste sie nachlesen.

Bevor ihre Gedanken noch wildere Wege beschreiten konnten, sah sie Brees Vauxhall Combo auf den Hof einfahren. Ziemlich rasant. Sie musste mit ihrer Freundin reden, dass sie etwas vorsichtiger sein musste, weil die Kater sich gerne auf dem Kopfsteinpflaster in die Sonne legten.

Einmal tief durchatmen. Chesten kämpfte gegen den Kloß in ihrer Kehle und die aufsteigenden Tränen an. Wenn sie erst einmal zuließ zu weinen, würde sie so schnell nicht aufhören können.

Als sie die Tür öffnete, überwältigten sie ihre Gefühle und sie war nicht in der Lage, ein Wort der Begrüßung zu sagen. Chesten konnte ihre Freundinnen nur ansehen, während ihre Unterlippe zitterte und ihre Augen sich mit Tränen füllten.

»Ach, Love, wenn es kommt, dann dicke.« Bree zog Chesten in ihre Arme. Sie umwehte ein Duft nach frisch gebackenem Kuchen und Tomatensoße, sodass Chesten trotz ihrer Traurigkeit Hunger verspürte.

»Ches, es tut mir so leid.« Auch Alys umarmte sie, sodass Chesten sich geborgen und aufgehoben fühlte. Auf ihre Freundinnen würde sie sich immer verlassen können, während Yestin gegangen war, als sie ihn am dringendsten gebraucht hätte. Er hatte nicht einmal bemerkt, wie traurig sie gewesen war. Und wenn, hatte er wahrscheinlich gedacht, dass es seinetwegen war.

»Ich habe Tee gekocht«, sagte Chesten, nachdem sie tief Luft geholt und ihre Fassung ein wenig zurückgewonnen hatte. »Kuchen habe ich keinen, ich dachte, dass du …«

»Wir haben Kuchen dabei und eine Lasagne.« Bree schob sie ein wenig von sich. Unter ihrem prüfenden Blick fühlte Chesten sich unwohl. »Für den Notfall sogar Gin und Tonic.«

Orlando und Grant galoppierten aus der Küche, als die drei dort eintrafen. Die Kater waren nie begeistert über Besuch. Bree schob Chesten auf einen Stuhl, packte den Kuchen aus und goss Tee ein, während Alys die Lasagne im Kühlschrank verstaute. Es tat gut, so umsorgt zu werden, was Chesten schon wieder Tränen in die Augen trieb.

»Womit wollen wir anfangen?« Wie immer preschte Bree forsch nach vorn, während Alys nur lächelte und Chestens Hand streichelte. »Mir ist Hugh wichtiger. Wie geht es ihm? Was hat er?«

»Wahrscheinlich Zungenkrebs. Ich habe heute Nachmittag eine Biopsie erstellen lassen.«

»Kann man das operieren?« Alys' Streicheln verwandelte sich in ein sanftes Drücken. »Du kannst ihm helfen, nicht wahr?«

»Wenn es wirklich Krebs ist, kann man nichts machen. Inoperabel.« Jetzt, wo sie die tödlichen Worte aussprach, drückte die Nachricht sie vollkommen nieder. Nicht einmal der Duft des Rhabarber-Kuchens konnte sie aufmuntern.

»Wir sind für dich da. Das weißt du.« Alys presste die Lippen zusammen und schniefte. Seitdem sie mit Helyer und Buddy zusammenlebte, konnte sie Chestens Liebe zu ihren Tieren besser verstehen.

»Ich weiß noch nicht … Noch hoffe ich auf etwas Harmloses.« Aber sie wusste, wie trügerisch diese Hoffnung war. Hannahs Blick hatte Bände gesprochen. Hugh war todkrank und es lag in ihrer Verantwortung, sein Leiden nicht zu verlängern.

»Das wird das Schlimmste«, sagte sie leise, mehr zu sich selbst als zu ihren Freundinnen. »Den richtigen Moment zu finden. Ich will nicht, dass er leidet. Ich will ihn nicht verlieren.«

Bree drückte ihre Hand. »Wenn ich eines sicher weiß, Love, dann, dass du eine verantwortliche Entscheidung treffen wirst. Wie Alys gesagt hat, zähl auf uns.«

»Danke.« Auch wenn die Trauer sie immer noch belastete, fühlte sich der Trost ihrer Freundinnen an wie die Frühlingssonne, die durch dunkle Wolken brach.

»Und Yestin, der Idiot.« Typisch Bree. Sie musste noch herausfinden, was es mit der Trennung auf sich hatte. Ebenso wie sie eindeutig Position bezog. »Hätte er nicht etwas Rücksicht nehmen können? Muss er gerade jetzt gehen?«

»Er weiß nichts von Hugh«, fiel Chesten automatisch in den Yestin-Verteidigungsmodus. »Ich habe es ihm nicht gesagt. Außerdem …«

Puh, das zu sagen, erwies sich als schwerer, als sie erwartet hatte.

»Außerdem ist Stacey schwanger.«

»Was für ein Scheißkerl.« Bree sprang auf. »Sooo schlecht kann die Ehe ja nicht gewesen sein.«

Sie lockerte die zu Fäusten geballten Hände und setzte sich wieder.

»Sorry, aber das regt mich auf. Hat er dir nicht gesagt, dass er nur dich liebt?«

»Das ist jetzt egal. Das Kind hat Vorrang.«

Ja, das war richtig, aber trotzdem fühlte es sich unfair an. Diese Entscheidung hätte Yestin auch schon vor Jahren treffen können, aber er hatte so das Beste aus zwei Welten bekommen. Ihre Liebe und den Job und die berufliche Anerkennung durch Staceys Familie. Bitterkeit durchzog die Trauer. Bitterkeit und Zorn auf sie, dass sie nicht das Ende ihrer Beziehung bestimmt hatte.

All diese Gefühle wirbelten durcheinander und verlangten danach, verarbeitet zu werden. Sonst würde sie daran zerbrechen, erkannte sie. Sonst würde sie nie wieder der Liebe vertrauen.

Nein! So viel Macht will ich Yestin nicht zugestehen. Wenn ich seinetwegen nicht mehr lieben kann …

»Soll ich ihn anrufen und beschimpfen?« Brees Miene war so wütend, dass Chesten beinahe lachen musste. Nur zu gut konnte sie sich vorstellen, wie ihre Freundin Yestin mit Flüchen überschüttete.

»Es ist besser, dass es vorbei ist. Aber …« Sie suchte nach Worten, die ihr immer wieder entglitten, weil so ein Chaos in ihrem Kopf herrschte.

»Es würde sich besser anfühlen, wenn du das Ende gesetzt hättest«, sagte Alys zu ihrer Überraschung. »Das hat mich bei Craig damals am meisten gewurmt. Dem, der geht, geht es immer besser.«

Bree konnte nur mit den Schultern zucken. Bisher war sie noch nie verlassen worden – jedenfalls, soweit Chesten wusste. Vor Ben hatte es für Bree nur unverbindliche Affären gegeben, die sie beendet hatte, sobald die Männer sie gelangweilt hatten.

Hugh sprang auf den Tisch und stupste Alys an, mit der für

ihn so typischen Eleganz und Freundlichkeit. Es war einfach unvorstellbar, ihn zu verlieren. So wie es undenkbar gewesen war, dass Yestin ohne Vorwarnung aus ihrem Leben verschwinden würde.

Wenn er denn nur verschwände. Die Vorstellung, ihm und Stacey zu begegnen, die einen Kinderwagen schoben, raubte ihr die Luft. Konnte sie wirklich mit ihm gemeinsam in dem kleinen St. Bart leben, wo die Gefahr bestand, dass man sich unvermutet traf? Aber was wäre die Alternative? Erneut fiel ihr der Flyer ein – als Tierärztin im Ausland arbeiten. Was würde aus den Ponys, aus den Katern?

Sie konnte nicht jetzt gehen, wo Hugh so krank war. Aber nach seinem Tod – allein der Gedanke kam ihr falsch vor, als würde sie darauf warten. Wäre es feige, wenn sie St. Bart verließe, oder war es der einzig kluge Weg, sich endgültig von Yestin zu trennen und sich so die Chance auf ein neues Leben zu schaffen?

»Ches?« Bree klopfte ihr auf den Arm. »Ist alles okay?«

Auf den Gesichtern ihrer Freundinnen lag so viel Sorge, dass Chesten fürchtete, mit dem Wirrwarr herausgeplatzt zu sein.

»Ich möchte jetzt lieber allein sein. Könnt ihr das verstehen? Ich benötige Zeit zum Nachdenken.«

»Wenn du uns brauchst, Love, ruf an, egal zu welcher Uhrzeit.«

Nachdem ihre Freundinnen sie verlassen hatten, ging Chesten zurück ins Haus. Hugh saß auf dem großen Holztisch in der Küche und blickte sie erwartungsvoll an. Das Vertrauen, das sie in seinen grünen Augen sah, brach ihr das Herz. Genauso würde er sie an dem Tag ansehe, an dem sie ihm die Spritze geben müsste, die sein Leben beenden würde.

»Hallo mein Schöner.« Sie hielt ihm die Hand entgegen, an der er mit seinem Kopf entlangstrich. »Weißt du was, morgen kaufe ich dir dein Lieblingsfutter.«

Auch wenn sein heiß geliebter Putenschinken ungesund war.

Als Chesten die Kater bekommen hatte, litt Hugh unter Harnsteinen, die sehr schmerzhaft gewesen sein mussten. Der Schinken hatte sicher seinen Teil dazu beigetragen. Die Struvitsteine erklärten seine Unsauberkeit, die seit der Therapie nie wieder ein Problem gewesen war. Geblieben war allerdings eine Gier auf Schinken. Chesten aß nur wenig Fleisch, aber wenn sie sich Putenschinken gönnte, musste sie aufpassen, dass der Kater ihn nicht stahl.

Hugh und Grant hatten ein System entwickelt: Grant versteckte sich im Haus und miaute lauthals, bis sie ihn suchte. Das gab Hugh die Chance, die Leckerei zu stehlen. Ob er ihn mit seinem Bruder teilte, hatte sie noch nicht herausfinden können.

Wie würde Grant es überstehen, seinen Bruder zu verlieren? Der schüchterne schwarz-weiße Kater stand immer in Hughs Schatten und verließ sich darauf, dass dieser sich um ihn kümmerte.

»Armer Grant, du musst lernen, allein zu leben. So wie ich.«

KAPITEL DREIUNDZWANZIG

Darrens Kehle fühlte sich an wie eingeschnürt, als er sein Motorrad in die schmale Straße lenkte, die er nur zu gut kannte. Seit zwei Jahren kam er zu diesem Datum hierher, obwohl sich alles in ihm sträubte. Ahnte er doch, wie dieser Tag verlaufen würde, weil er immer so verlaufen war.

Kurz hatte er überlegt, mit dem Auto zu fahren und Calico Jack mitzunehmen. Der Hund hätte es vielleicht geschafft, die Situation zu entspannen. Oder er hätte furchtbar unter der Spannung gelitten, die der sensible Bullterrier sicher gespürt hätte.

»Sei dankbar, dass ich dir das nicht antue.« Darren strich Calico Jack zum Abschied über den Rücken. »Du kannst hinten in den Garten. Falls Einbrecher kommen sollten, verjag sie bitte.«

Natürlich hatte er nicht auf die Wachsamkeit des Hundes allein vertraut, sondern Mrs. Craddick, seine Nachbarin, gebeten, ein Auge auf sein Haus zu haben und den Hund am Abend hereinzuholen.

»Ich gehe mit Calico Jack gerne spazieren«, hatte sie ihm angeboten. Wie die meisten Menschen war sie dem Charme des hässlichen Hundes verfallen und freute sich über jede Gelegenheit, Zeit mit ihm zu verbringen. »Er ist groß und braucht viel Auslauf.«

»Danke, aber sie sind klein und … zart.« Eigentlich hatte er »alt« sagen wollen, aber das erschien ihm unhöflich. »Calico Jack würde sie mit sich ziehen, wenn es ihm in den Kopf käme, loszupreschen. Der Garten reicht für heute.«

So früh war er losgefahren, dass er selbst bei einem 10-Meilen-Stau pünktlich gewesen wäre. Natürlich hatte es keinen gegeben, sodass er zwei Meilen vor seinem Ziel angehalten hatte.

Vielleicht wäre es gar nicht so dumm, zu spät zu kommen. Damit kann ich die Diskussion auf meine Unzuverlässigkeit lenken und erspare mir die obligatorische Debatte über meinen Job.

Trotz dieses Gedankenexperiments war er natürlich auf die Minute genau pünktlich. Nachdem er von seiner Maschine abgestiegen war, nahm er den Helm ab, schüttelte seine Haare und ärgerte sich, dass er nicht mit dem Auto gekommen war. Die Lederkombi wäre sicher der erste Anlass zur Diskussion.

Ihm blieb nicht einmal die Zeit, tief durchzuatmen, nachdem er geklingelt hatte, so schnell wurde die Tür aufgerissen. Wie jedes Jahr erschrak Darren darüber, wie sehr Melissa und Stuart gealtert waren. Lag es daran, dass er sie nur selten sah oder wurden sie frühzeitig grau, weil sie ihr einziges Kind verloren hatten?

»Du bist zu spät«, sagte Eleanors Vater statt einer Begrüßung. Dann drehte er Darren den Rücken zu und ging ins Wohnzimmer. Dort warteten bestimmt Tee und Melissas selbst gebackener Kuchen, so wie jedes Jahr.

»Hallo Melissa.« Darren beugte sich nach unten, um seiner Schwiegermutter zwei Küsse auf die Wangen zu geben. Ihre Haut fühlte sich trocken und spröde an. »Wie geht es dir?«

Er zog seine Jacke aus und hängte sie an die Garderobe. Gern hätte er ein paar Minuten für sich allein gehabt, aber Melissa blieb neben ihm stehen, als fürchtete sie, dass er sonst flüchten würde.

»Du kennst ihn ja.«

Er brummte etwas Undefinierbares und folgte ihr durch den dunklen Flur ins Wohnzimmer. Dort sah es immer noch so aus wie in einem Schrein für Eleanor. Dutzende Fotos, die seine verstorbene Frau in diversen Altern zeigten: vom Baby bis zu einem Bild, das zwei Wochen vor ihrem Tod aufgenommen worden war. Das Hochzeitsfoto, das einzige Bild, das ihn gemeinsam mit Eleanor zeigte, stand etwas abseits.

Darren fühlte sich stets von den Eleanor-Inkarnationen beobachtet, wenn er mit ihren Eltern an dem niedrigen Tisch saß.

»Hättest du dich nicht passender kleiden können?« Stuart musterte die Lederkombi, als trüge Darren nur ein Baströckchen. »Schließlich wollen wir auf den Friedhof gehen.«

»Ach, Stuart. Lass ihn doch erst einmal ankommen.«

»Reist du immer noch in Krisengebiete?« Stuarts Miene zeigte, was er von Darrens Arbeit hielt. Darren war sich sicher, dass Stuart ihm eine große Mitschuld an Eleanors Tod zuschrieb. Weil er an dem Tag nicht bei ihr gewesen war, weil er an so vielen Tagen nicht bei ihr gewesen war. Darren wollte nicht über seinen Job diskutieren, denn es war beiden Seiten klar, dass sie einander nicht verstanden.

»Ich habe einen Auftrag in Afrika«, hielt er seine Antwort bewusst vage. Afrika war groß und die meisten Menschen wussten wenig über den Kontinent, hörten nur ab und zu etwas von aufflammenden Kriegen oder Gräueltaten. »Im März geht es los.«

»Du weißt schon, wie makaber es ist, mit dem Elend anderer Menschen sein Geld zu verdienen?« Heute schien Stuart nicht gewillt zu sein, das Thema fallen zu lassen. »Gibt es nichts Vernünftiges für dich zu tun?«

»Mir ist meine Arbeit wichtig.«

»Stuart, lass Darren in Ruhe«, mischte sich Melissa ein. Als Eleanor noch lebte, hatte Melissa auch immer versucht, jeden Streit zu schlichten, was ihre Tochter gehasst hatte. »Es ist sein Leben und geht uns nichts an. Nicht mehr.«

Noch eine von Melissas Stärken: etwas so zu sagen, dass man nie sicher sein konnte, ob es gut gemeint war oder ob sich darin eine Spitze verbarg.

Eleanors Eltern und er hatten sich nie besonders verstanden. Der fragile Waffenstillstand zwischen ihnen war sofort nach dem Tod seiner Ehefrau zerborsten. Nur zu gut erinnerte sich Darren daran, wie Stuart nach der Beerdigung auf ihn zugeschossen kam.

»Wo warst du, als unsere Tochter überfahren wurde? Sie hat dich gebraucht und du warst weg. Auf deinen wichtigen Reisen.«

Darren hatte ihm nicht widersprochen. Welchen Sinn hätte es gehabt, Melissa und Stuart zu erzählen, dass er nur auf dem Weg nach Hause gewesen war, um die Scheidung zu besprechen?

Vielleicht wäre es damals besser gewesen, ihnen die bittere Wahrheit zu sagen. Jedenfalls hätte er sich dadurch dieses jährliche Ritual erspart. Darren hätte Eleanors Eltern auch später noch die Wahrheit sagen können, aber er brachte es nicht über sich. Möglicherweise sah er diesen Tag als seine Buße für das Scheitern ihrer Ehe an. Er wusste es nicht und wollte auch nicht allzu intensiv darüber nachdenken.

»Sagt mal, gibt es noch Verwandte von euch, die ich nicht kenne?«

Melissas und Stuarts Reaktion auf die harmlose Frage zeigten ihm, dass er lieber den Mund hätte halten sollen. Wie hatte er sich das vorgestellt? Wollte er Eleanors Eltern sagen: »Hallo, nicht wundern, aber ich habe eine Frau kennengelernt, die genauso aussieht wie eure Tochter. Habt ihr sie damals zur Adoption freigegeben?«

»Was ist das denn für eine Frage?«, polterte Stuart los.

Eine ziemlich blöde, wenn man sie ohne Kontext lässt. Zum ersten Mal muss ich dir zustimmen. Blöd, dass ich Chesten versprochen habe, mich bei euch zu erkundigen, noch blöder, dass ich vorher nicht nachgedacht habe.

»Wieso fragst du das?« Melissa, die nach der Teekanne greifen wollte, stockte.

»Tut mir leid, ist mir so eingefallen.«

»Warum willst du das auf einmal wissen?«

Wie heißt es so schön: ehrlich währt am längsten. Probieren wir mal im Praxistest, ob das stimmt.

»Meine Tierärztin sieht Eleanor zum Verwechseln ähnlich. Ich dachte …«

»Tierärztin! Seit wann hast du eine Tierärztin?«

»Sie sieht wirklich aus wie unsere Eleanor?«

Ich hätte nicht damit anfangen sollen. Was habe ich denn erwartet? Das große Familiengeheimnis, das nun endlich gelüftet wird?

»Sie sieht Eleanor auffällig ähnlich. Sie heißt Chesten Gwynn. Gwynns gehören nicht zufällig zu eurer Verwandtschaft?«

»Nein.« Melissas Hand zitterte, als sie ihm den Tee einschenkte. »Was für ein Zufall.«

»Wer weiß, wie die Frau wirklich ausschaut. Bestimmt hat er vergessen, wie unsere Tochter ausgesehen hat.«

Bleib ruhig. Warum habe ich nicht den Mund gehalten?

»Der Kuchen ist vorzüglich.« Hastig schob er sich das letzte trockene Stück in den Mund und schluckte. »Wollen wir jetzt zum Friedhof? Ich fahre euch hinterher.«

Ihm wäre es lieber gewesen, Eleanors Wunsch nach einer anonymen Bestattung zu erfüllen. Das war eines der wenigen Dinge, über die sie sich einig gewesen waren: Nach dem Tod wollten sie keine Spuren hinterlassen. Aber ihre Eltern hatten auf einem Grab bestanden und er hatte nachgegeben.

»Findest du den Weg dorthin überhaupt noch?«

»Stuart. Darren ist beruflich nun einmal sehr eingespannt.«

»Deshalb besucht er unsere Eleanor nur einmal im Jahr.«

»Wir können auch mit eurem Wagen fahren, wenn euch das lieber ist.«

»Aha, der Herr will also Sprit sparen.«

Nicht zu verkennen, von wem Eleanor die Fähigkeit geerbt hatte, Darren die Worte im Mund zu verdrehen.

Die Fahrt gewährte ihm die dringend benötigten ruhigen Minuten für sich. Darren spürte das Vibrieren der schweren Maschine und fühlte sich wieder frei und mit sich im Reinen. Stuart und Melissa warteten bereits am Tor auf ihn. Melissa hielt einen gewaltigen Strauß weißer Lilien in der Hand.

Verdammt! An Blumen hätte ich denken müssen.

Schweigend gingen sie zum Grab. Auf dem gewaltigen Grabstein aus Granit hatte der Steinmetz noch Platz gelassen. Darren hatte nie gefragt, ob es für ihn oder für Eleanors Eltern gedacht war.

»Wir hätten doch den Byron nehmen sollen«, sagte Melissa zu seiner Überraschung. Nur zu gut erinnerte Darren sich an die ewigen Stunden, in denen sie um den passenden Grabspruch gerungen hatten. Er war sich sicher gewesen, dass sich Eleanor etwas Kurzes gewünscht hätte, ihre Eltern hatten auf einem klassischen Zitat bestanden.

Melissa hatte sich *She walks in beauty like the night of cloudless climes and starry skies* von Lord Byron ausgesucht, was Darren gefallen hatte. Aber wie zu erwarten gewesen war, hatte sich Stuart durchgesetzt. Nun stand *To live in the hearts of those we love is not to die,* das Thomas Campbell zugeschrieben wurde, auf dem grauen Stein.

»Eleanor mochte Byron nicht.«

Darren zupfte ein kleines Unkraut vom Grab, um sich zu beschäftigen. An dieser Auseinandersetzung würde er sich nicht beteiligen.

»Wir haben uns überlegt, eine Stiftung für Eleanor ins Leben zu rufen.« Melissas Stimme klang dünn. »Was hältst du davon?«

Darren presste die Lippen zusammen, damit er nichts Unbedachtes sagte. Eine Stiftung? Eleanor hatte sich nie für etwas Karitatives eingesetzt, sie hatte auch keine Interessen oder Hobbys gehabt, die einen Stiftungszweck abgeben würden. Aber ihre Eltern würden sicher etwas finden, das ihnen angemessen erschien.

»Das ist eine … schöne Idee«, sagte er schließlich, weil ihm nichts Besseres einfallen wollte.

Erneut schwiegen sie. Melissa arrangierte die Lilien in einer Vase, was Darren traurig machte. *Wenn Eleanor noch lebte, wären wir jetzt geschieden. Vielleicht würden wir uns nicht einmal Geburtstags- und Weihnachtskarten schreiben. Seltsam, dass sie mir trotzdem fehlt.*

»Tut mir leid. Ich muss zurück. Ich habe seit Kurzem einen Hund.«

Stuart öffnete den Mund, aber ein Blick von Melissa ließ ihn schweigen.

»Ich melde mich, bevor ich nach Afrika abreise.«

»Danke, Darren.« Melissa nahm ihn in die Arme. Von Mal zu Mal wurde sie weniger, kam es ihm vor.

»Wenn etwas ist, bin ich für euch da.«

»Auf Wiedersehen.« Stuart streckte ihm die Hand entgegen, die Darren drückte. »Wir kommen sehr gut ohne dich klar.«

»Das weiß ich. Aber Eleanor hätte sicher gewollt, dass wir uns verstehen.«

KAPITEL VIERUNDZWANZIG

Auch wenn Chesten sich nur in ihrem Bett verstecken wollte, konnte sie die Tiere nicht darunter leiden lassen. An Tagen wie heute verfluchte sie es, sich die Arbeit aufgehalst zu haben, gleichzeitig wusste sie jedoch, dass ihr ihr Zoo mehr Freude als Frustration brachte.

»Tiere sind eben ehrlicher und zuverlässiger als Menschen«, sagte sie zu sich selbst, während sie Wasser in einen Eimer füllte. »Jedenfalls männliche Menschen.«

Yestin hatte sich nicht gemeldet, während sowohl Alys als auch Bree mehrfach angerufen und gesimst hatten. Von ihren Freundinnen hatte sie auch nichts anderes erwartet, während sie sich über ein Lebenszeichen von Yestin gefreut hätte. Das ärgerte sie unglaublich. Warum hatte er immer noch so viel Macht über sie? Warum bangte und hoffte sie auf eine SMS, obwohl sie sich selbst immer wieder einredete, es wäre besser so, wie es war?

Selbst wenn er ihr eine Nachricht geschickt hätte, hätte sie nicht sagen können, ob sie ihm geantwortet hätte. Wahrscheinlich hätte sie zurückgeschrieben, einfach aus Höflichkeit. Aber sie war sich nicht sicher, was sie ihm zu sagen hatte.

Es gab Momente, erstaunlich viele Momente, in denen sie

froh war, dass es mit Yestin endlich vorbei war, dass sie nun die Möglichkeit bekam, die wahre Liebe zu finden. Aber es gab auch die dunklen Augenblicke, in denen sie ihm nachtrauerte und sicher war, nie einen besseren Mann zu finden. Dann verfluchte sie ihn dafür, dass er ihre Chance auf Glück geopfert hatte.

Aber was wäre das für ein gemeinsames Glück gewesen, auf dem Rücken seines Kindes? Selbst wenn sie ihre gesamte Fantasie aufbot, konnte Chesten sich keine Zukunft vorstellen, in der Yestin und sie eine Patchwork-Familie bildeten.

Doch über allem schwebte die Sorge um ihren Kater. Sie beobachtete Hugh, suchte nach Anzeichen, dass er Schmerzen hatte, aber er verhielt sich wie immer. Hugh ließ sich von Orlando bewundern, stritt sich mit seinem Bruder und lief elegant durchs Haus, wenn sie nach ihm rief. Sie widmete ihm jetzt mehr Aufmerksamkeit, was der Kater sich bereitwillig gefallen ließ, hauptsächlich weil dies für ihn mit seinem geliebten Putenschinken verbunden war.

Daher hielt er sich noch mehr als früher in ihrer Nähe auf, was ihr jedes Mal ins Herz schnitt, denn Grant folgte ihm wie ein schwarz-weißer Schatten. Neben die Sorge um Hugh trat die Frage, ob sein Bruder ohne ihn überleben könnte.

»Kommt her«, lockte sie beide Kater zu sich, aber die fauchten und galoppierten ins Haus. Irgendetwas auf der Straße schien sie zu irritieren. Chesten schaute sich um und sah Darrens Motorrad in die Auffahrt einbiegen.

Mist! Sie wollte niemanden sehen, ihn am allerwenigsten, obwohl er nichts dafür konnte, wie es ihr ging. Nur weil er ein Mann war, durfte sie ihn nicht mit Yestin in einen Topf werfen.

Verdammt, sie hatte jedes Recht der Welt, unglücklich und ungerecht zu sein. Wenn es Darren traf, so war es sein persönliches Pech. Manchmal wünschte sie sich, so eine Frau zu sein, die sich nicht um die Gefühle anderer scherte, aber so hatte Mum sie nicht erzogen. Sie würde Darren freundlich, aber bestimmt abwimmeln.

Er stieg von seinem Motorrad, setzte den Helm ab und kam lächelnd auf sie zu. Eben noch hatte sie ihn hinauskomplimentieren wollen und nun hüpfte ihr albernes Herz bei seinem Anblick. Und was war mit Yestin? Irgendwie fühlte es sich falsch an, sofort von einem Mann zum anderen zu wechseln. Bree konnte das, Chesten niemals. Oder?

»Ich habe in der Praxis nach dir gefragt. Sie sagten, du habest dich krankgemeldet.« Er musterte sie durchdringend. »Was ist nicht in Ordnung?«

»Bitte geh.« Sie hob abwehrend die Hände.

»Du hast geweint.«

»Tolle Beobachtungsgabe.«

Nach einem weiteren Blick, bei dem Chesten sich am liebsten in seine Arme geworfen hätte, drehte er sich um. Als er seinen Motorradhelm aufsetzte, drohte Einsamkeit über ihr zusammenzuschlagen wie Wellen an einem stürmischen Tag. Als sie auf ihn zulief, zog er den Helm vom Kopf.

»Bitte bleib.« Jedes Wort schmerzte in ihrer Kehle, als wären sie aus Stacheldraht. »Magst du einen Tee?«

»Hast du auch Kaffee?«

»Irgendwo bestimmt. Mum trinkt auch lieber Kaffee. Sie ist Deutsche.«

Das hatte sie mit Alys gemeinsam – wenn sie nervös wurde, plapperte sie ohne Punkt und Komma vor sich hin. *Ruhig, nur ruhig, sonst hält er dich noch für vollkommen überdreht.*

Nachdem sie endlich den Kaffee gefunden hatte – Mum hatte ihn hinter dem Zucker versteckt -, beruhigte sie sich etwas. Das Kaffeekochen lenkte sie von Darrens Gegenwart ab.

Als sie die Kühlschranktür öffnete, um Milch herauszunehmen, kamen Hugh und Grant in die Küche getrabt. Orlando schlief wahrscheinlich irgendwo. Sie gab den beiden Katern etwas Putenbrust, wusch sich die Hände und setzte sich zu Darren. Hugh zog sich mit den Vorderpfoten an ihrem Stuhl hoch.

Grant funkelte Darren aus dem Hintergrund an. Er mochte

keine Fremden, eigentlich mochte er keinerlei Veränderungen in seinem Leben.

»Es tut mir leid, dass ich so kurz angebunden war.«

»Ist das der Kater, der Calico Jack verdroschen hat?«

»Das ist Hugh.« Gedankenverloren streichelte Chesten den Kater, der es sich auf ihrem Schoß bequem machte. »Er … er ist krank. Krebs.«

Darren, der die Hand nach dem Kater ausgestreckt hatte, ließ sie sinken. Er schwieg. Chesten war ihm dankbar, dass er nicht mit Plattitüden kam.

»Kannst du ihm helfen?«, fragte er schließlich.

»Nein. Es … es gibt keine Rettung.« Erneut spürte sie die Tränen zurückkehren. Erstaunlich, dass ihre Augen überhaupt noch Flüssigkeit aufbrachten. »Ich …«

Hugh, der ihre Stimmung wohl spürte, schlug irritiert mit dem Schwanz, bevor er von ihrem Schoß sprang und davonstolzierte.

»Das klingt vielleicht blöd, aber er sieht gesund aus.«

»Seine Werte sind wunderbar, für einen Kater seines Alters.« Chestens Stimme klang gepresst, wie sie es nicht kannte. »Sein Herz ist stark. Ich werde die Entscheidung treffen müssen.«

Auch beim zweiten Mal war es nicht weniger schmerzhaft, die Worte auszusprechen.

»Wenn du Unterstützung brauchst, bin ich für dich da.« Darren legte ihr die Hand auf den Unterarm. Seine Wärme hatte etwas Tröstliches, selbst in ihrer Traurigkeit spürte Chesten sie. »Wenn du willst.«

»Danke.«

Sie schwiegen, ein überraschend beruhigendes Schweigen.

»Was wolltest du eigentlich?«, fragte Chesten schließlich, nachdem sie relativ sicher war, dass sie ihre Tränen unter Kontrolle hatte.

»Ich war bei Eleanors Eltern. Sie sind sicher, nicht mit dir verwandt zu sein.«

»Dann wird es wohl ein Rätsel bleiben, warum deine Frau und ich uns ähneln.«

Schweigen folgte ihren Worten.

»Außerdem wollte ich dir sagen, dass es Calico Jack besser geht. Anscheinend hat er keine Albträume mehr.«

»Das freut mich. Ehrlich.«

Normalerweise hätte es sie mehr gefreut, aber Hughs Krankheit lag wie ein dunkler Schatten über ihrem Leben. Trotzdem bemühte Chesten sich um ein aufmunterndes Lächeln.

»Gib dir keine Mühe. Es ist okay, wenn du trauerst.«

Wenn du wüsstest. Ich kann dir nicht alles erzählen.

»Es ist nicht nur der Kater.« Warum sagte sie das? »Mein Freund … wir haben uns getrennt. Ich bin nicht bereit für etwas Neues.«

Mechanisch rührte sie in ihrer Teetasse, wagte nicht, Darren anzusehen. So, nun waren sie draußen, die Worte, die sie so gefürchtet hatte. Die Vorstellung, Darren nie wiederzusehen, schmerzte. Überraschenderweise tat sie mehr weh als der Gedanke, Yestin für immer verloren zu haben.

»Ich kann warten.« Darren lächelte schief. »Außerdem müsstest du auch auf mich warten.«

»Ach ja, Afrika, nicht wahr?« Es tat gut, über etwas Normales zu sprechen.

»Somalia. Der Südsudan.«

»Ist es schlimm, wenn ich nichts darüber weiß?«

»Dann geht es dir wie den meisten. Armut, Bürgerkriege, Hunger.«

»Wie lange bleibst du dort? Ist es nicht gefährlich?«

Und ich habe ein schlechtes Gewissen, weil ich mit Darren ausgegangen bin, obwohl ich einen anderen liebe. Na toll – er wird mich verlassen. Immerhin hat er es mir rechtzeitig gesagt.

»Mitte März.« Darren wich ihrem Blick aus. »Für ein Vierteljahr. Oder länger. Ich war schon an schlimmeren Orten.«

Während sie noch nach einer Antwort suchte, ertönte auf dem Hof eine laute Hupe.

Alys? Bree?

Ihre Freundinnen hatten sich nicht angekündigt. Erleichtert, dass ihr nun mehr Zeit blieb, ihre Worte zu überlegen, stand sie auf und ging zur Tür. Darren folgte ihr.

Das hatte wirklich noch gefehlt.

»Wie geht es dir, Darling?« Ihre Mum schob Chesten ein wenig von sich, um sie mit diesem typischen Mutterblick zu betrachten. Diesem Blick, vor dem man nichts geheim halten konnte. »Und Sie sind?«

»Mum, ich dachte, du bist bis Ende der Woche bei Pawly. Das ist Darren Thompson. Du erinnerst dich, dass sein Hund ein Patient von mir ist?«

»Hallo Darren Thompson.«

Wie schaffte ihre Mutter es nur, diese drei Worte gleichzeitig wie einen Vorwurf und wie eine Frage klingen zu lassen.

»Ihre Tochter hat Calico Jack das Leben gerettet. Daher kennen wir uns.«

»Nein, Darren hat ihn gerettet. Der arme Hund lag angefahren an der Straße. Er war der Einzige, der angehalten hat.«

»Warum haben Sie das getan?«

»Müsste die Frage nicht eher lauten: Warum sind alle anderen weitergefahren?«

Obwohl ihre Mum Widerspruch überhaupt nicht mochte, grinste sie zu Chestens Überraschung.

»Sie passen gut zu meiner Tochter.«

»Mum!« Das war so typisch. »Darren ist nur ein Bekannter.«

»Der gerne mehr wäre.« Nun lächelte auch Darren.

Chesten wandte sich ab. »Ich muss jetzt die Pferde und Esel reinholen.«

KAPITEL FÜNFUNDZWANZIG

Darren schaute Chesten nach. Sie hielt den Rücken sehr gerade, ihre Stiefel wirbelten Staub auf und ihre Hände hatte sie zu Fäusten geballt. Warum hatte er auch diesen blöden Spruch bringen müssen, dass er gern mehr für sie wäre? Und das vor ihrer Mutter, sie hatte wirklich jedes Recht der Welt, sauer auf ihn zu sein.

»War das eben nur ein Witz, um meine Tochter zu ärgern?«, fragte Mrs. Gwynn, nachdem Chesten davongestapft war. »Oder meinen Sie das ernst?«

Überrascht von ihrer Offenheit überlegte Darren einen Moment, wie ehrlich seine Antwort ausfallen sollte.

»Nein. Ich mag Ihre Tochter sehr.« Er zog einen Mundwinkel hoch. »Das klingt wie aus einem Austen-Roman. Muss ich jetzt sagen, ich habe ehrliche Absichten?«

»Sie wissen, dass Chesten … nicht frei ist?«

Darren nickte nur. Dann jedoch sagte er: »Mir hat sie gesagt, sie habe sich getrennt.«

»Das ist mir neu. Sie wissen mehr als ich.«

Hätte er nur den Mund gehalten! Keine Frau – diese Erfahrung hatte er gemacht – mochte es, wenn man ihrer Mutter ein gut gehütetes Geheimnis verriet.

»Vielleicht habe ich es falsch verstanden.«

»Ich würde mich freuen, wenn meine Tochter jemand Besseren findet.« Mrs. Gwynn fuhr sich durch das hellblonde Haar, das sie Chesten vererbt hatte. »Entschuldigen Sie, normalerweise mische ich mich nicht in die Angelegenheiten meiner Kinder ein.«

Ein Seufzer. Sie beugte sich herunter, um Hugh zu streicheln, der neugierig auf den Hof gekommen war. Als sie sich wieder aufrichtete, meinte Darren, Tränen in ihren Augen zu sehen.

»Ich ertrage es nur schwer, Chesten so unglücklich zu sehen.«

»Sie hängt eben sehr an Hugh. Er ist auch ein besonderer Kater.«

»Diese Trauer kann ich verstehen.« Chestens Mutter schaute ihn an, ohne zu blinzeln. Darren spürte, wie seine Schulterblätter verkrampften. »Meine Tochter verschwendet ihre Liebe an den Falschen. Das macht sie traurig. Und mich wütend.«

Mich auch. Mit dem Kerl würde ich gern ein paar Worte sprechen. Wie kann er eine Frau wie Chesten verlassen? Na ja, immerhin steigen damit meine Chancen ... hoffentlich.

»Wir sollten so nicht über Chesten reden.«

»Sie haben recht. Aber denken Sie darüber nach. Bleiben Sie zum Essen?«

»Ich muss weiter.« Darren nickte ihr zu. »Sagen Sie Chesten, ich melde mich.«

Nachdem Chestens Mum ins Haus gegangen war, blieb er noch einen Augenblick sitzen, ohne die Harley zu starten. Das Gespräch ließ ihn sich fühlen, als hätte er Chesten verraten. Es kam ihm falsch vor, dass ihre Mutter so offen mit ihm gesprochen hatte, wo sie sich gerade ein paar Minuten kannten. Chesten wäre kaum begeistert zu wissen, dass ihre Mutter sie für so unglücklich hielt, dass sie es jedem Fremden auf die Nase band. Er startete den Motor und fuhr vom Hof. Ein letzter Blick in den Rückspiegel, aber Chesten war noch nicht von der Weide zurückgekehrt.

Vielleicht wäre es am besten, wenn er sie vergaß. So wie ihre Mutter sie beschrieben hatte, klang Chesten nach einer komplizierten Frau – und davon hatte er in seiner unglücklichen Ehe mehr als genug gehabt. Eleanor war kompliziert genug für zwei oder sogar drei ihrer Geschlechtsgenossinnen gewesen.

Nein, das war Chesten gegenüber unfair. Auch wenn er sie erst kurz kannte, so war sie Eleanor nur äußerlich ähnlich. Chesten wirkte wie eine patente, kluge Frau, die für sich selbst sorgen konnte und einfach nur das Pech hatte, den falschen Mann zu lieben. Oder geliebt zu haben. Schließlich hatte sie gesagt, dass es vorbei wäre. Es musste doch etwas zu sagen haben, wenn sie ihm davon erzählte. Genau wie der Kuss in Porthleven. Chesten wirkte nicht wie eine Frau, für die ein Kuss nichts zu bedeuten hatte. Er seufzte. So war es bei seiner Ehefrau auch gewesen. Immer hatte er versucht, ihre Stimmungen zu erraten.

Als er sie auf einer Party eines Freundes das erste Mal gesehen hatte, war er sofort von ihr fasziniert gewesen, von ihrer feenhaften Schönheit, von ihrer Reserviertheit. Sie flirtete nicht, sondern nahm die Aufmerksamkeiten der Männer, die sie umschwärmten, mit einer absoluten Selbstverständlichkeit hin, die Darrens Interesse weckte.

Denn Eleanor hatte auf den ersten Blick selbstsicher und mutig gewirkt, doch damit kaschierte sie eine Frau, die sich in die Abhängigkeit eines Mannes begeben wollte, um keine Entscheidungen mehr treffen zu müssen. Schon kurz nach der Hochzeit hatte sich Darren gefragt, wie ihm das verborgen geblieben sein konnte. Aus Angst, dass sie sich für einen der vielen der anderen Männer entscheiden könnte, hatte er ihr bereits nach sechs Monaten einen Antrag gemacht. Um festzustellen, dass er die Frau, die er für seine große Liebe gehalten hatte, kaum kannte.

Aber auch sie hatte ihn ihm offensichtlich einen Mann gesehen, der er nicht war – oder gehofft, dass sie ihn ändern könnte. Zu Anfang war sie so liebevoll gewesen, dass jeder Abschied geschmerzt hatte. Nach einem Jahr jedoch ersetzten Wut und Ohnmacht die Liebe.

Immer wieder hatten sie über seine Reisen gestritten, was ihn noch weiter weggetrieben hatte, was sie noch mehr verärgert hatte, bis die Streits schärfer und lauter wurden und ihre Liebe übertönten.

Bis Darren sich entschied, einen großen Job in Afghanistan anzunehmen und die Scheidung einzureichen. Heute war er froh, dass er es Eleanor nicht gesagt hatte, bevor sie ihren Unfall gehabt hatte. Irgendwie war es tröstlich zu denken, dass sie bis zum Schluss an ihre Ehe geglaubt hatte.

Je mehr er sich darüber klar wurde, dass er nicht noch einmal eine komplizierte Frau in seinem Leben brauchte, desto stärker wurde die Gewissheit, dass der Auftrag in Somalia und dem Südsudan das Beste wäre. Nur – warum konnte sein Herz sich nicht damit abfinden?

~

Nachdem sie die Ponys und die Esel hereingeholt hatte, war ihr Zorn schon wieder verraucht. Normalerweise hätte Chesten viel entspannter auf das kleine Geplänkel zwischen Mum und Darren reagiert, auch wenn die Witze auf ihre Kosten gegangen waren. Im Moment jedoch reagierte sie extrem dünnhäutig.

Vielleicht war es Zeit für einen Urlaub – doch wohin? Bisher hatten Reisen sie nur nach London, Schottland und in die norddeutsche Heimat ihrer Mutter geführt. Für Ferien in ferne Länder fehlten ihr sowohl Geld als auch Zeit. Wer sollte sich um die Tiere kümmern? Wer sollte sie in der Praxis vertreten? Zum Glück hatte sie eine Vereinbarung, dass sie ihren Urlaub übertragen konnte.

Wie erwartet saß ihre Mutter am Küchentisch, eine Tasse

Kaffee vor sich. Chesten setzte sich ihr gegenüber, was Hugh ausnutzte, um ihr auf den Schoß zu hüpfen. Sie streichelte den Kater, der sich zusammenrollte und die Augen schloss.

»Mum, entschuldige, das mit Hugh geht mir nahe.«

»Ich weiß, Liebes. Ich hätte vorher anrufen sollen.«

»Wie lange bleibst du?«

»Keine Sorge, ich will mich nicht einnisten.«

»Mum!«

»Schatz, ich wollte nur kurz vorbeischauen, um zu sehen, wie es dir geht.«

»Ich ... ich fürchte mich vor ...«

»Du weißt, dass du mich immer anrufen kannst. Auch nachts.« Ihre Mutter strich Chesten über die Wange, so wie früher, als sie noch ein Kind gewesen war. »Bree und Alys sind bestimmt auch für dich da?«

»Ja.«

»Darren – das ist doch der, dessen Frau du so ähnlich siehst?«

»Hast du mit Tante Jane gesprochen?«

»Sie hat versprochen, nachzuforschen. Du kennst sie.«

Chesten überlegte, ob sie ihrer Mutter auch von Yestin erzählen sollte, entschied sich aber dagegen. Mum würde ihr nur wieder eine Predigt halten, dass das Leben eben kein Mills-&-Boon-Roman wäre.

»Und wie geht es dir wegen *ihm*?«

Hatten Alys oder Bree mit Mum telefoniert? Nein, so etwas taten ihre Freundinnen nicht, selbst wenn sie sich noch so sehr um Chesten sorgten. Niemals die Eltern in etwas mit hineinziehen, lautete eine unausgesprochene Absprache zwischen ihnen.

Wer also sonst konnte es ihrer Mutter gesagt haben? Das würde er nicht wagen, oder?

»Was hat Darren dir erzählt?« Chesten ballte die Hände zu Fäusten, sicher war sie blass vor Zorn.

»Nur, dass du dich getrennt hast. Was längst überfällig war.«

»Er hat mich verlassen.«

»Dann eben so rum. Ist doch egal. Ich habe ihm gesagt, dass du einen Besseren verdient hast.«

»Du hast was?« Ihre Stimme überschlug sich. »Mum, du hast was?«

»Ihm die Wahrheit gesagt.«

Mechanisch streichelte Chesten Hugh, der irritiert aufgestanden war und nun seinen Kopf unter ihr Kinn drückte. Das sanfte Schnörcheln des Katers wirkte beruhigend, aber längst nicht beruhigend genug.

»Das ist selbst für dich ein starkes Stück. Ich kenne ihn kaum. Was wird er jetzt von mir denken?«

»Ist dir das wichtig?«

»Darum geht es nicht.«

»Doch, genau darum. Er scheint ein guter Mann zu sein.« Ihre Mutter zog einen Mundwinkel hoch. »Er hat den Hund gerettet – also genau dein Typ.«

»Ich bin nicht auf der Suche. Gerade jetzt nicht.«

»Sei nicht dumm. Lass ihn dir nicht entgehen, nur wegen *ihm*.«

»Was hast du dir dabei gedacht? Meinst du, irgendein Mann findet es attraktiv, wenn die Mutter ihre Tochter anbietet?«

»Er hat gesagt, dass wir nicht über dich reden sollten.«

»Wenigstens einer, der vernünftig ist. Wäre es dir recht, wenn ich allen Leuten erzähle, dass du immer noch an Dad hängst?«

»Dein Darren ist nicht alle Leute.«

»Versuch nicht, abzulenken. Außerdem ist er nicht *mein* Darren.«

»Es stimmt nicht, dass ich wegen Tomas allein bin.« Ihre Mutter sah Chesten nicht an. »Es gibt einfach wenig interessante Männer in meinem Alter. Eigentlich keine. Jedenfalls ungebundene.«

Auch wenn ihr Vater schon seit fünf Jahren tot war, traf es sie dennoch unvermutet, dass Mum auch nur an andere Männer dachte. Irgendwie fühlte es sich sehr seltsam an, sich ihre Mutter mit einem anderen Mann vorzustellen. Niemals würde sie Dad zu ihm sagen.

»Suchst du einen?«

»Ich weiß nicht. Manchmal bin ich schon einsam.«

»Du kannst jederzeit zu mir kommen. Oder zu Pawly oder Margh. Das weißt du.«

»Ja, aber das ist nicht dasselbe.« Mums Gesicht verschloss sich. »Also warum hat er dich verlassen? Trauerst du ihm etwa nach?«

KAPITEL SECHSUNDZWANZIG

Einen Moment blieb Chesten stehen, um sich zu sammeln. Sie wollte sich vor Alys nicht schwach und verletzlich zeigen. Auch wenn Hugh sterben würde, auch wenn Yestin ein Leben ohne sie führte, der Alltag ging weiter. Und zu ihrem Tagesgeschäft gehörten eben auch Hausbesuche bei besonders herausfordernden Patienten.

Als sie daran dachte, wer sie drinnen erwartete, musste sie lächeln. Wie gut, dass es ihre Freundinnen, deren Lebensgefährten und Tiere gab – etwas Stabiles in Chestens Leben.

Beim Eintreten in die Galerie, die nur aus einem lichtdurchfluteten Raum bestand, fiel ihr Blick sofort auf das große Porträt von Alys' grau-weißem Kater Helyer, das über dem Verkaufstresen hing. Unglaublich, wie lebendig er aussah. Alys hatte den typischen Gesichtsausdruck ihrer Samtpfote perfekt eingefangen: eine Mischung zwischen betteln um Futter und Groll auf die Welt. Nun, bald hätte er noch mehr Grund zum Grollen.

»Meinst du, er fällt auf den Trick herein?« Chesten runzelte zweifelnd die Stirn, nachdem sie Alys umarmt hatte. »Er ist doch ein schlaues Kerlchen.«

»Wenn ich nur an einen Besuch in der Praxis denke, ist er sofort verschwunden.« Alys hob entschuldigend die Hände.

Für jemanden, der Tiere so sehr mochte wie Chesten, war es schwer zu ertragen, dass die meisten bei ihrem Anblick stiften gingen. Selbst wenn sie nicht aus der Praxis kam, musste sie etwas an sich haben, dass Hunde und Katzen sie sofort als Tierärztin erkannten.

Wahrscheinlich ergeht es ihnen mit mir so wie mir mit meiner Zahnärztin. Die ist eine wirklich nette Frau, aber ich sehe sie lieber selten und freue mich jedes Mal, wenn ich den Besuch bei ihr überstanden habe.

»Wie läuft es bei euch?«, fragte sie Alys und schaute sich um. Das große Helyer-Porträt schien sie nun vorwurfsvoll anzustarren. »Ich mag deine Meerbilder.«

Ich darf Alys keine Gelegenheit geben, nach einem der traurigen Themen zu fragen, sonst breche ich hier zusammen, wodurch ich die drei Touristen vertreiben würde, die von Bild zu Bild schlendern.

Es war, als könnte Alys ihre Gedanken lesen.

»Ach, die.« Alys machte eine abwehrende Geste mit der Hand. »Das sind doch nur Studien. Wirklich genial sind die abstrakten Bilder daneben.«

Chesten ging zu den großflächigen Gemälden, auf die ihre Freundin deutete. Sie konnte mit diesen Farbklecksen wenig anfangen.

»Die finde ich leblos, deine hingegen haben Kraft.« Sie deutete auf die Aquarelle, die die See vor Penzance zeigten.

»Wenn nur die Kritiker und Käufer das auch so sehen würden.«

Eine kleine Melodie ertönte, als ein Tourist die Galerie verließ, leider ohne etwas zu kaufen. Das Paar schlenderte weiter von Bild zu Bild.

»Das kommt bestimmt noch.«

»Hoffentlich hast du recht. Jory und ich sind nicht auf das

Geld angewiesen, aber irgendwie fühlt es sich nicht gut an, nur in das Geschäft reinzubuttern.«

Alys hatte Geld von ihrer Grandma geerbt und Jory hatte vor Jahren eine App entwickelt, die sich immer noch gut verkaufte, sodass beide zumindest für die nächsten Jahre abgesichert waren.

»Das kann ich verstehen.« Chesten zog die Nase kraus. »Ich überlege auch immer, meine Stelle aufzustocken, damit ich nicht von der Hand in den Mund lebe, aber …«

»Wer sollte sich um deinen Zoo kümmern?«

»Für die Ponys finden sich bestimmt Mädchen und die Kater …« Sie stockte einen Moment bei dem Gedanken, dass es bald nur noch zwei Kater wären. »Nun, die kommen tagsüber gut alleine klar.«

»Bree und ich sind auch immer für dich da.«

»Ich weiß.«

»Wenn du reden willst oder dich ausheulen möchtest …«

»Bitte nicht.«

»Schon gut. Komm, schau dir deinen widerspenstigen Patienten an.«

Schnell, als fürchtete sie Widerstand von Chesten, nahm Alys sie in die Arme und küsste sie auf die Wange. Chesten ließ sich diese beiläufige Freundschaftsbekundung gern gefallen. Es tat ihr wohl, umarmt zu werden, auch wenn sie über ihr Unglück lieber schweigen wollte.

Nur gut, dass ihre Freundinnen sie so nahmen, wie sie war, obwohl sie nicht mit allem einverstanden waren, was Chesten angestellt hatte. Dieser Gedanke reichte aus, um erste Tränen hervorzurufen. Chesten schniefte und beugte sich über ihre große Ledertasche, in der sie ihre Instrumente und Medikamente aufbewahrte.

»Moment. Ich muss mich erst vorbereiten.« Die Konzentration auf die Aufgabe, die vor ihr lag, half, die Tränen zurückzudrängen.

Chesten zog sich die Arbeitshandschuhe an, die ihre Bewegungsfreiheit zwar einschränkten, sie aber vor Helyers Zähnen und Krallen schützen würden. Obwohl er gemütlich wirkte, war der Kater blitzschnell, wenn er meinte, sich verteidigen zu müssen. Chesten hatte Narben, die das bewiesen.

»Lass uns warten, bis die beiden gegangen sind.« Alys deutete auf das Paar, das sichtlich daran interessiert war, was sich hier abspielte.

»Kann ich Ihnen helfen?«

Nachdem sie die beiden hinauskomplimentiert hatte, wandte sie sich Chesten zu: »Bereit?«

»Jetzt oder nie.«

Als Alys und sie sich dem kuscheligen Kissen näherten, auf dem Helyer leise schnarchte, schien der Kater die drohende Gefahr zu spüren. Schlagartig war er wach, sprang auf und versuchte abzuhauen. Doch Chesten trat ihm in den Weg, ergriff ihn am Nackenfell und drückte ihn zu Boden.

»Ööörgh«, grollte er drohend und versuchte, eine Pfote zu befreien, doch sie hielt ihn fest.

»Nur ein kurzer Pikser.« Sie nahm das Plastik des Spritzenschutzes zwischen die Zähne, zog es ab, verstärkte ihren Griff und spritzte ihm das Impfserum. Dann stand sie auf, um sich aus der Reichweite seiner Krallen zu bringen, bevor sie ihn losließ.

Der Kater schien zu erkennen, dass er sich nicht an ihr rächen konnte, und verzog sich schmollend auf sein Kissen, wo er Chesten den Rücken zuwandte, aber seine Ohren auf sie richtete, als erwartete er eine weitere Attacke.

»Das war leichter, als ich erwartet hätte.« Sie drehte sich zu Alys um. »Er merkt wohl, dass es sein musste.«

»Vorsicht!«, rief ihre Freundin, aber zu spät. Helyer war hochgesprungen und warf sich mit ausgestreckten Krallen gegen Chestens linke Kniekehle. Zum Glück war die Jeans stabil genug, sie vor seinem Zorn zu schützen. Trotzdem knickte sie unter seinem Gewicht ein.

»Erinnere mich daran, dich nie in Shorts oder im Rock zu

besuchen.« Chesten schaute über die Schulter. »Pech gehabt, Dicker.«

»Magst du einen Tee oder Cappuccino?« Alys schien noch etwas sagen zu wollen, aber beließ es bei dem Angebot.

»Ich muss noch zu einer schwangeren Stute und hustenden Schafen.« Chesten packte ihre Utensilien ein. »Ich melde mich, wenn ich … wieder ich selbst bin.«

»Du bist nicht allein.«

»Danke. Grüß Jory. Und Buddy.«

Ja, ihre Freundinnen mochten immer für sie da sein, aber es ließ sich nicht leugnen, dass beide glücklich liiert waren. Alys lebte mit Jory und seinem schwarzen Mischlingsrüden Buddy, der trotz Hundeschule einen Hang zur Zerstörung hatte. Erst vor Kurzem war Bree mit Ben zusammengezogen und hatte *Nanni's Cup of Tea* übernommen. Ben hatte einen hyperaktiven Beagle namens Charlie Brown in die Beziehung mit eingebracht, Bree einen überaus höflichen und charmanten Kater namens Linus.

Nur sie hatte niemanden. Yestin war – wie es alle prophezeit hatten – zu seiner Ehefrau zurückgekehrt und nun würde sie auch noch Hugh verlieren. Aber da war noch Darren – mit Calico Jack. Wenn sie auf seine Flirts einginge, hätte sie auch einen Mann mit Hund so wie Alys und Bree.

Schon seltsam, dass sie drei Frauen mit Katzen waren, die ihre große Liebe in Männern mit Hund fanden. Dabei hieß es doch immer, dass Katzenmenschen und Hundemenschen sich nicht vertrügen.

Ihr gingen die Nachmittage, die sie mit Darren verbracht hatte, nicht aus dem Kopf. Er war so anders als Yestin, so wie ihre Gefühle ihm gegenüber anders waren. Konnte sie sagen: erwachsener? Für Yestin hatte sie vom ersten Tag an geschwärmt. Als er 15 Jahre alt war, war seine Familie nach St. Bart gezogen und er kam in ihre Klasse – in ihre und Staceys. Ungelenk, mager und leider vollkommen ohne frauliche Formen himmelte sie ihre Liebe von ferne an und weinte

Nächte durch, nachdem sie ihn Hand in Hand mit Stacey gesehen hatte.

Nachdem sie das erste – und auch letzte – Mal in ihrem Leben Alkohol getrunken hatte, fand sie den Mut, sich ihm zu offenbaren, was er mit einem leidenschaftlichen Kuss erwiderte. Wie wunderbar waren die wenigen Wochen gewesen, in denen er sich für sie entschieden hatte. Er hatte ihr das Gefühl gegeben, schön und begehrenswert zu sein.

Wie unendlich tief war das Loch gewesen, in das sie gefallen war, nachdem er zu Stacey zurückgekehrt war, nur um bald heimlich wieder mit ihr anzubändeln. So hatte es angefangen, so war es viele Jahre gelaufen.

Yestin war der, in dem sie ihren Seelenverwandten gesehen hatte. Allerdings hatte sie nie besonders tief geforscht, ob dieser Glaube an die Seelenverwandtschaft auf beiden Seiten existierte.

Wenn sie ehrlich zu sich war, verband sie nicht viel mit Yestin. Er interessierte sich für Fußballübertragungen, für schnelle Autos, für Krimis. Sie bevorzugte es, Sport selbst zu betreiben, mochte Pferde und liebte Liebesromane.

Vielleicht war es gut, dass wir immer nur wenige gestohlene Stunden zusammen hatten. Sonst wäre uns noch der Gesprächsstoff ausgegangen.

Vielleicht lag in dieser Erkenntnis der Grund dafür, dass sie viel weniger litt als früher. Noch im vergangenen Herbst war sie ein Häufchen Elend gewesen, nachdem Yestin sich wieder einmal von ihr getrennt hatte. Heute, das gestand sie sich selbstkritisch ein, fehlte es ihr eher, jemanden zu haben, mit dem sie ein paar entspannte Stunden teilte, vermisste den Sex, aber nicht Yestin. Sie mochte es, wenn seine Finger über ihre Haut streichelten, wenn sie Kreise auf ihren Bauch malten oder durch ihr Haar wühlten.

KAPITEL SIEBENUNDZWANZIG

Am nächsten Tag verspottete der Himmel sie mit einem wunderbaren Blau und leuchtendem Sonnenschein, was Chesten angesichts der Düsternis, mit der sie sich plagte, unfair fand. Wo war der verdammte Regen oder Nebel, wenn man ihn brauchte?

Hughs Schicksal drückte so sehr auf ihre Stimmung, dass sie Chloe anschnauzte, wofür sie sich allerdings sofort entschuldigte, und in Tränen ausbrach, als eine Frau ihr von einer überfahrenen Katze erzählte, die einsam am Straßenrand lag.

»Was ist mit dir?«, fragte Hannah sie in der Mittagspause, als sie beide sich einen Tee kochten und ein Sandwich herunterschlangen. »Du stehst heute absolut neben dir.«

»Hughs Krebs.« Erneut kämpfte Chesten gegen Tränen an. »Er frisst kaum noch. Selbst den Schinken muss ich in kleinste Bröckchen zerreißen.«

»Sag mir Bescheid, wenn du so weit bist.«

»Ich weiß. Danke. Obwohl ich es besser wissen sollte, hoffe ich …«

»Du bist auch nur ein Mensch, auch wenn du vom Fach bist.«

»Brauchen die Damen noch lange?« Dr. Ellery stand in der

Tür zu ihrer kleinen Küche und tippte demonstrativ auf seine protzige goldene Uhr. »Patienten warten.«

Nachdem er sich umgedreht hatte und im OP 1 verschwunden war, flüsterte Hannah Chesten zu: »Irgendwer sollte ihm mal sagen, dass Entspannung wichtig ist für eine gute Arbeit.«

»Willst du die Mutige sein?« Chesten zwinkerte ihrer Kollegin zu und stand auf. »Auf mich warten drei Kastrationen und eine Zahnsanierung.«

»Du Glückliche.« Hannah zog die Nase kraus. »Ich habe einen Hund, der eine Plastiktüte gefressen hat. Das wird dauern.«

Obwohl sie nur eine Halbtagsstelle hatte, war es schon wieder drei Uhr geworden, bis sie endlich aus der Praxis kam. Selbst mit ihrer miesen Laune brachte Chesten es nicht über sich, Patienten und deren Menschen stehen zu lassen. Inzwischen hatte sie etliche Stammkunden, die ausdrücklich nach ihr fragten, was sie freute, aber auch bedeutete, dass sie mehr arbeitete, als sie bezahlt bekam. Dr. Ellery hatte ihr gesagt, sie könne ihre Überstunden aufschreiben und abbummeln, wenn wenig zu tun wäre. Also nie, hatte sie antworten wollen, aber geschwiegen. Auch wenn ihr Chef ihr nicht sonderlich lag, mochte sie die Kolleginnen und Helferinnen. Außerdem gab es nur noch eine zweite Praxis in St. Bart, deren Chef noch übler war, wie Chesten von Kolleginnen wusste, die von dort zu Dr. Ellery geflohen waren.

Natürlich hatte das für seine Wechselhaftigkeit berüchtigte Wetter gedreht und es regnete, als sie endlich Feierabend hatte. Da mussten sich die Ponys auf der Weide selbst bewegen.

»Und ich lege mich mit einer Riesentasse heißer Schokolade ins Bett. Mit Marshmallows. Das volle Programm.«

Zu ihrer großen Freude entdeckte sie in der Buchhandlung den neuen Roman von Mills & Boon, der schon heute und nicht erst, wie angekündigt, in drei Tagen erschienen war.

Unter dem Label *Love Your Me Time* versammelten sich dort weiße Buchrücken, rote, lilafarbene und dunkelblaue, die der Kennerin sofort sagten, um welche Reihe es sich hier handelte, auch wenn das Design Anfang des Jahres überarbeitet worden war. Sie liebte die Happy-End-Garantie, die ihr die Romane boten, vor allem jetzt, wo ihr Liebesleben das genaue Gegenteil davon war. Wie nannte man das? Unhappy-End?

Ein neuer Roman – das schrie geradezu nach Pralinen. Chesten stand vor dem Regal, wog ihre Finanzen und ihre Stimmung ab und kaufte eine große Schachtel Zartbitter-Pralinen. Damit waren Nachmittag und Abend gerettet. Ihre Laune stieg ein wenig an, nur um sich zu verdüstern, als sie auf die Einfahrt zu ihrem Hof einbog.

Dort stand Darren neben seinem Motorrad und schaute ihr entgegen. Nein! Der heutige Tag sollte ganz ihr und ihrer Auszeit gehören.

Mit den vollen Einkaufstüten in den Händen, aus denen natürlich die Pralinenschachtel und die Marshmallows herausragten, stapfte sie auf ihn zu, den Kopf gesenkt wegen des pfeifenden Windes, der immerhin den Regen vertrieben hatte.

»Hallo Darren«, muffelte sie. »Tut mir leid. Heute ist es schlecht.«

Verfluchte gute Erziehung! Warum sage ich »Tut mir leid«, wenn ich doch meine: »Lass mich bloß allein.« Manchmal wäre ich gern Bree, die immer geradeheraus sagt, was sie denkt.

»Ich wollte wissen, wie es dir geht – und natürlich Hugh.«

»Ihm geht es schlechter. Mir auch, also komm bitte ein anderes Mal wieder.«

»Wenn ich unglücklich bin, hilft nur eins.« Sein Lächeln brachte eine Saite in ihr zum Klingen, die sie beinahe vergessen hatte. »Komm mit, ich zeige es dir.«

Einen Moment zögerte sie. Noch mehr Chaos in ihrem Leben konnte sie nicht gebrauchen – und das würde es geben, wenn sie sich noch weiter auf ihn einließ.

»Was habe ich schon zu verlieren?«, sagte sie, mehr zu sich selbst, aber er hatte es gehört und zuckte mit den Achseln.

»Hier.« Er öffnete eine Satteltasche und holte einen Helm heraus. »*Safety first*. Ist immer mein Motto.«

»Mir ist heute nicht nach schlechten Witzen.«

»Ich zeige dir meinen Lieblingsort. Es dauert nicht lange.«

»Dafür bin ich jetzt nicht in Stimmung. Außerdem mag ich keine Motorräder.«

»Deinetwegen bin ich auf ein Pony geklettert. Da kannst du für mich auch mit auf dem Motorrad fahren.«

»Ich muss mich um die Ponys und die Esel kümmern.« Sie deutete zum Himmel. »Außerdem regnet es bestimmt gleich wieder.«

»Wenn wir zurück sind, helfe ich dir im Stall.« Darren schaute sie an und ging vor ihr auf die Knie. »Bitte, bitte, begleite mich. Du wirst es nicht bereuen.«

Als er zu ihr aufschaute, entdeckte sie die Fältchen um seine Augen, bemerkte zum ersten Mal, was für dunkle und dichte Wimpern er hatte. Ob die goldenen Sprenkel in seinen Augen sich wohl verdunkelten, wenn er mit ihr im Bett wäre? Himmel, wo kam nur dieser Gedanke her?

Sie seufzte gespielt auf. »Ich bringe nur meinen Einkauf rein und ziehe mir eine andere Jacke an.«

»Ich warte auf dich. Sehr gerne.«

Sie schnitt ihm eine Grimasse und ging auf das Haus zu, sich seiner Blicke, die ihr folgten, nur zu bewusst.

»Hugh! Grant! Orlando!« Keiner der Kater ließ sich sehen, selbst das Näpfeklappern lockte sie nicht hervor. Also verstaute Chesten den Einkauf, warf einen letzten sehnsüchtigen Blick auf die Pralinen und den Roman. »Bis später, ihr Süßen, ich freue mich auf euch.«

KAPITEL ACHTUNDZWANZIG

Die Fahrt machte ihr mehr Spaß, als sie erwartet hatte, was daran lag, dass sie sich eng an Darren schmiegte. Zu ihrer Verwunderung hatte sie keine Angst verspürt, sondern den Fahrtwind und die Geschwindigkeit genossen. Beinahe bedauerte sie es, als sie auf den Parkplatz fuhren.

»Zu dieser Touristenfalle willst du mit mir?« Chesten schüttelte ihre Haare aus und deutete dann auf das strahlende Weiß des Gebäudes, das auf weißen Säulen stand und von einem grauen Dach gekrönt war, auf dem in weißen Lettern *Land's End* geschrieben stand. »Ich hatte mehr von dir erwartet.«

»Urteile nicht vorschnell.« Er griff nach ihrer Hand und zog sie mit sich, an dem Gebäude vorbei, auf die Klippen zu.

»An das hier erinnere ich mich.« Chesten blieb vor einem ebenfalls weiß gestrichenen, altmodischen Wegweiser stehen, auf dessen Fingern in schwarzer Schrift unterschiedliche Entfernungen standen:

- Isles of Scilly 28
- Longships Lighthouse 1 ½
- New York 3147

Wie schön es hier war. Noch überraschender erschien es Chesten, wie ruhig es war. Vor Jahren, nein, inzwischen vor Jahrzehnten, war sie mit ihrer Familie in Land's End gewesen. Sie erinnerte sich an die malerische Küste, mehr noch jedoch an die Menschenmassen, die vor den Attraktionen anstanden oder unbedingt ein Eis essen wollten. Heute jedoch, in der milden Wärme der Februarsonne erschien ihr der Ort wirklich magisch und verzaubert.

Chesten lächelte Darren zu. »Ich habe Land's End als einen entsetzlich überlaufenen Ort in Erinnerung.«

»Zur Saison ist er das auch.« Er wuschelte sich durch die dunklen Haare, die vom Tragen des Helms platt gedrückt waren. Trotzdem sah er einfach sexy aus. Ob das an der schwarzen Lederjacke und der abgetragenen Jeans in Verbindung mit den schweren Stiefeln lag?

»Ich dachte, das *The First & Last Inn* hat immer Saison.« Sie deutete auf das Gasthaus, vor dem eine Familie saß, die in warme Kleidung eingemummelt die Sonnenstunden genoss.

»Ja, aber *Shaun the Sheep Experience* und *Arthur's Quest* eröffnen erst wieder im Frühling.«

»Bis dahin ist es nicht mehr lang.« Sie schloss die Augen und spürte die Wärme auf ihrer Haut. »Lass uns die Klippen entlangwandern.«

Sie nahmen den breiten, gepflasterten Weg, der sich in sicherer Entfernung von den Felsen befand. Eine Vielzahl steiler Pfade zweigte davon ab, die nah zu den schroff abfallenden Klippen führten. Winzige gelbe Blüten wirkten dazwischen wie hingetupft. Chesten trat gegen einen Kieselstein und beobachtete, wie er über das kurze Gras hüpfte, bevor er mit einem »Klack« auf den felsigen Untergrund traf, der an vielen Stellen die Oberfläche durchbrach. Sie trat näher an den Rand der Klippe heran und schaute nach unten, beobachtete die aufschäumenden Wellen, die auf den Felsen schlugen.

»Ganz schön tief«, murmelte sie und trat lieber zurück auf den sicheren Weg.

»Das sieht aus wie ein kleines Stonehenge.« Darren wies sie auf die mannshoch aufragenden Felsbrocken hin, die den Weg vor ihnen säumten. »Ob sie von Menschen aufgestellt worden sind?«

»Das könnte man meinen.«

Vielleicht war doch etwas an der Geschichte dran, dass Merlin hier das Meer aufgewühlt hatte, um die Truppen von Artus' Gegner und Sohn Mordred zu ertränken.

»Schade, dass man keine Tea Time direkt hier auf den Klippen nehmen kann. Warum ist noch niemand auf die Idee gekommen, so etwas anzubieten?«

»Weil das Wetter zu häufig wechselt?« Darren lächelte. »Da hinten wird es schon wieder düster.«

Doch ihre Aufmerksamkeit galt dem Meer, das sich weit vor ihnen erstreckte. Das Wasser glitzerte in der Sonne, der Leuchtturm erstrahlte weiß, genauso wie die Flügel der beiden Möwen, die ihn kreischend umkreisten. Stolz und einsam stand er auf einem Riff, umgeben von kleinen Klippen, die wie der Rücken einer Seeschlange aus dem Meer ragten.

»Das ist Longships. Davor kannst du Lyonesse sehen, wenn du Glück hast.«

»Du kennst die Sage vom versunkenen Land?«

Chesten hatte ihn nicht für jemanden gehalten, der sich mit kornischen Legenden und Mythen beschäftigte.

»Wer kennt nicht die Artus-Saga?«

Ja, mit ein bisschen Fantasie konnte sie sich vorstellen, dass sich zwischen den zerklüfteten Klippen und dem Leuchtturm ein prachtvolles Land verbarg, das Merlins Zauber den Wellen preisgegeben hatte.

Heller, nahezu goldener Sand, an den Rändern dunkel vom Meer, das an ihm leckte, markierte kleine Buchten zwischen den kantigen grauen Felsen. Um die graubraunen Klippen herum bildeten sich Wirbel aus Gischt und Meer, die sich mit lautem Getöse aufbäumten.

Vor ihnen lachte kopfschüttelnd ein Paar, das ein Schild betrachtete. Auch Chesten musste grinsen, als sie näher trat und die örtliche Wettervorhersage las.

Wenn Sie die Scillies sehen können, wird es regnen.

Wenn Sie sie nicht sehen können, regnet es.

So sehr sie ihre Augen auch anstrengte, es gelang ihr nicht, die Inselgruppe zu erkennen.

Schade, dass es so diesig ist, dachte Chesten, während sie Darren beobachtete, der nahe an den Rand der Klippe trat, um von dort aus zu fotografieren. Ihr wurde allein vom Zusehen mulmig, sie fürchtete aber, ihn mit einem Warnruf aus dem Gleichgewicht zu bringen. Also zog sie ihre Unterlippe zwischen die Zähne und wagte kaum zu atmen. Endlich trat er zurück und winkte ihr zu, als hätte er ihre Sorgen gespürt.

»Sieh nur, wie das Wasser die Farbe wechselt.« Chesten staunte voller Begeisterung, als das Meer eine tiefblaue Färbung annahm. Hatte es bis eben noch karibisch grün ausgesehen, so schimmerte es nun dunkel, als verbärge es große Geheimnisse. An den Stellen, wo Wolken ihre Schatten warfen, wirkte die See mystischer. Wenn die Wellen auf das Land trafen, bildeten sich weiße Schaumkronen, die an die Mähne von Seerössern erinnerten.

Eine halbhohe Klippe wurde von einem Strudel umkreist, dessen Ausläufer sich verteilten wie auf einem von Alys' Bildern. Chesten konnte es förmlich vor sich sehen, wie ihre Freundin hier vor der Staffelei stand und versuchte, die Schönheit des Meeres einzufangen.

»Eine herrliche Landschaft, aber auch gefährlich.« Darren deutete auf ein Schild, das die Fundorte von 37 Schiffswracks abbildete. »Westliche Stürme, dichte Nebel, halb verborgene Riffe und starke Strömungen machen die See hier zu einer der herausforderndsten der Welt«, las er vor.

»Ich überlege wegzugehen«, sagte sie halblaut, was sie überraschte. Weder ihrer Mutter noch ihren Freundinnen hatte sie das bisher eingestanden. Warum also ihm?

»Was soll das heißen?« Seine Stimme war so laut, dass zwei Dohlen mit empörtem Zetern aufflatterten. »Wieso willst du weg?«

»Wenn ich mich nicht irre, bist du dann schon in Afrika?«

»Es geht jetzt um dich.« Darrens Augen wirkten dunkel vor Zorn. Was maßte er sich an, sich in ihr Leben zu mischen? »Du gehörst hierher. Nach Cornwall.«

»Du kennst mich doch kaum.«

»Weil du es nicht zulässt.«

»Noch ist es nur Rumspinnerei«, ruderte sie zurück, ärgerlich darüber, dass sie es überhaupt angesprochen hatte. »Ein Projekt, das Tierärzte für den Einsatz im Ausland sucht. Nicht für immer. Ein paar Monate.«

»So wie ›Ärzte ohne Grenzen‹?« Nun klang seine Stimme weicher.

»So ähnlich.«

Darren betrachtete sie stirnrunzelnd, sagte aber nichts. Stattdessen setzte er sich wieder in Bewegung. Eigentlich war sie selbst schuld an der ganzen Malaise. Sie hätte ihm von Anfang an klarmachen müssen, dass aus ihnen nichts werden konnte. Kaum hatte sie diesen Gedanken gehabt, wurde er von Traurigkeit abgelöst. Vielleicht war das eine Übersprunghandlung nach Yestins Abgang, aber die Vorstellung, dass Darren sie zornig verließ, schmerzte mehr als Yestins Verrat.

Er ließ sich zu ihr zurückfallen. »Entschuldige. Ich habe überreagiert.«

»Mir tut es leid. Ich … mein Kuss hat dir falsche Hoffnungen gemacht.«

»Hast du nicht.« Er blieb stehen und wandte sich ihr zu. »Wenn hier überhaupt jemand Hoffnungen geweckt hat, dann deine Mum.«

»Oh, bitte.«

»Sie meint es doch nur gut.«

»Das ist die kleine Schwester von ›Scheiße‹.«

»Ich dachte bisher, ›nett‹ wäre die.«

Im selben Moment brachen sie beide in Lachen aus, was sich sehr befreiend anfühlte.

»Einen Mann, der deine Tränen trocknet, findest du leicht. Aber einen, mit dem du lachen kannst, den halte fest.« Das hatte Alys' Grandma immer gesagt. Bis heute hatte Chesten nicht verstanden, was sie damit gemeint hatte. Jetzt allerdings merkte sie, wie gut es tat, mit einem Mann gemeinsam zu lachen. Das Leben zu begrüßen, auch wenn es gerade so viel Traurigkeit in ihrem gab.

Nachdem sie beide wieder zu Atem gekommen waren, fragte er: »Wo willst du hin?«

»Bisher ist es nur eine Idee.«

»Dann hättest du nicht darüber gesprochen.«

»Außerdem nicht jetzt, wo Hugh krank ist.«

»Wie geht es ihm?«

Chesten schwieg einen Moment. Wollte sie wirklich mit Darren das teilen, was sie ihren Freundinnen verschwieg? Aber es war irgendwie leichter, es einem beinahe Fremden zu erzählen. Chesten gab sich einen Schubs.

»Schlecht. Er … er kann kaum noch fressen.« Sie ließ den Tränen freien Lauf. »Aber sonst ist er wie immer. Prügelt seinen Bruder und Orlando, liegt in der Sonne.«

»Ich bin für dich da.« Darren zog sie an sich. Sie ließ sich in seine Arme fallen, genoss die Wärme und Sicherheit. »Auch nur als Freund, wenn du das willst.«

»Danke.«

Sie drehte sich aus seiner Umarmung, verspürte ein leichtes Bedauern, aber sprang zurück auf den Weg. Dort streckte sie die Hand nach Darren aus. Er nahm sie und schweigend folgten sie dem Pfad.

KAPITEL NEUNUNDZWANZIG

Wie in jedem Jahr erwachte der Frühling in St. Bart von einem Tag auf den anderen. Allerdings war er dieses Jahr mit Mitte Februar sehr früh dran. Auf dem Weg zum Einkauf hatte Chesten die ersten Magnolien erspäht, die in den Cottage-Gärten erblühten. Ihr prachtvolles Pink hielt selbst dem Nieselregen stand, der seit einigen Stunden fiel. Der Tag fühlte sich an wie ihre Stimmung: nichts Halbes und nichts Ganzes.

So sehr sie sich auch über die Farben des Frühlings freute, so sehr hielt sie die Traurigkeit über Hugh im Griff. Es blieb nur die Frage, wann sie bereit war, die bittere Entscheidung zu treffen. Nur ab und zu drängte sich ein Gedanke an Yestin in ihre Sorgen um Hugh.

Heute war es der süßlich-betörende Duft einer früh blühenden Magnolie, der sie in das Wochenende zurückversetzte, das Yestin und sie in London verbracht hatten. Zwei der vielen (und doch zu seltenen) gestohlenen Tage.

»Selbst das Wetter ist auf unserer Seite«, hatte Yestin gesagt und auf den klaren Himmel gedeutet.

Vor dem Hotel stand ein Magnolienbaum in voller Blüte. Sein Duft gefiel ihm so gut, dass er ihr ein Parfüm suchte, das sie beide an das nahezu perfekte Wochenende erinnern sollte. Nur eines hinderte die beiden Tage daran, wundervoll zu sein: das Sich-verstecken-müssen. Selbst in London konnten sie nicht Hand in Hand die Straße entlangschlendern, weil Yestin fürchtete, einen anderen Teilnehmer seiner Tagung zu treffen.

Sobald ihr die Heimlichtuerei einfiel, überwältigte Zorn auf ihn die Traurigkeit, die mit dem Magnolienduft gekommen war. Nicht nur auf ihn war sie wütend, sondern auch auf sich selbst, weil sie sich das so lange hatte gefallen lassen, weil sie sich diesen beschämenden Situationen immer wieder ausgesetzt hatte.

Ich muss mich bewegen, sonst versinke ich in meinem Grübeln. Verdammter Regen, warum musst du gerade jetzt so beständig sein?

Erneut schaute sie prüfend zum Himmel, dessen Farbe von einem mittleren Grau zu einem helleren gewechselt hatte. Allerdings war die Stärke der Bindfäden des Regens gleich geblieben. Auf besseres Wetter konnte sie wohl nicht mehr hoffen. Chesten seufzte.

Also half es nicht, den Ausritt noch weiter hinauszuzögern. Colin wartete sicher schon darauf, endlich herauszukommen. Als geborenem Dartmoor-Pony machte ihm das Wetter deutlich weniger aus als ihr. Manchmal hatte sie sogar den Eindruck, er genoss das Wasser, das gegen sein dickes Fell klatschte.

Gerade, als sie in den Stall gehen wollte, klingelte das Telefon. Obwohl sie keinen gesonderten Klingelton vergeben hatte, erkannte Chesten, dass es ihre Mum war. Zwar war ihr nicht nach einem Mutter-Tochter-Gespräch zumute, aber sie war gleichzeitig dankbar, dass sie den Ausritt hinauszögern konnte.

»Wie geht es dem Kater?« Mit viel Begrüßung hielt Mum sich nicht auf. Ob das typisch deutsch war oder nur typisch für ihre Mutter, hatte sich Chesten schon oft gefragt. »Und wie geht es dir?«

»Hugh zieht sich immer häufiger zurück.«

»Ach Schatz, wenn ich helfen kann, komme ich sofort.«

»Danke, Mum. Alys und Bree passen schon auf mich auf.«

»Und dein Darren? Ist er für dich da? Nicht so wie der andere.«

»Mum, bitte fang heute nicht damit an.«

»Kind, du weißt, dass ich zu dir stehe.« Ihre Mutter hatte leise geseufzt. Es tat Chesten mehr weh, ihre Mutter zu enttäuschen, als diese wütend zu machen. »Aber, Chesten Marie, du wirst nicht jünger. Halte dich nicht an der falschen Liebe fest. Gib Darren eine Chance.«

»Mama, deine Mutter war sicher auch nicht begeistert, dass du Dad geheiratet hast und nach Cornwall gezogen bist«, verteidigte sich Chesten halbherzig. »Die Liebe will, was sie will.«

»Dein Vater war nicht vergeben.«

»Und wenn er verheiratet gewesen wäre, hättest du ihn aufgegeben?«

Anstatt der erwarteten strikten Antwort erhielt Chesten ein Schweigen, das so lange andauerte, dass sie fürchtete, ihre Mutter hätte aufgelegt.

»Mum? Mum? Bist du noch da?«

»Ich weiß nicht, ob ich vernünftig gewesen wäre, wahrscheinlich nicht. Aber du hast so lange an den falschen Mann geglaubt. Lass dir den richtigen nicht entgehen.«

»Du hast doch nur wenige Worte mit ihm gewechselt.«

»Eine Mutter merkt, ob es der richtige ist.«

»Ich überlege, für eine Weile ins Ausland zu gehen.«

Erneut herrschte Stille am anderen Ende.

Wenn das ihre Brüder hören könnten! Endlich war es einem von ihnen gelungen, Mum zum Schweigen zu bringen.

»Nur eine Idee, ein Projekt. Würdest du dich um die Tiere kümmern?«

»Wie lange?«

»Ich weiß es nicht. Ach, vergiss es. Es war eine blöde Idee.«

»Wenn es dir ernst damit ist, kannst du dich auf mich verlassen.«

»Mach ich, aber jetzt muss ich mit den Ponys raus.«

»Chesten!«

»Mum?«

»Ein kluger Mann hat einmal gesagt: ›Am Ende wird alles gut. Wenn es nicht gut ist, ist es noch nicht das Ende.‹«

»Du berufst dich auf Oscar Wilde? Müsstest du nicht Goethe oder Hermann Hesse oder Rilke zitieren?«

»Ich nehme immer den, der etwas Kluges sagt. Pass auf dich auf.«

»Du auch. Grüße Pawly. Ich hab dich lieb, Mum.«

»Ich hab dich auch lieb, Chesten. Grüß Darren von mir.«

»Mum!«

Doch ihre Mutter hatte bereits aufgelegt, wie immer hatte sie das letzte Wort behalten. Chesten zog ihre Regenjacke über und ging in den Stall.

In dem knapp eine halbe Meile entfernten Wäldchen erhoffte sie sich ein wenig Schutz vor dem Regen, der ihr ins Gesicht schlug und in ihren Nacken lief, nachdem der pfeifende Wind ihr die Kapuze vom Kopf geweht hatte. Der Reithelm bot nur wenig Schutz vor der Nässe. Wenigstens träfe sie bei diesem miesen Wetter weder Ausflügler noch Menschen mit Hunden dort.

Sobald sie in den Waldweg einbog, hörte der Regen auf und die Sonne stahl sich hinter den Wolken hervor. Colin tänzelte ein wenig, als spürte auch er, dass die Tage länger und sonniger wurden.

Chesten schnupperte. Sie atmete tief ein und schmeckte den vanilligen Duft des Ginsters förmlich auf ihrer Zunge. Das war das Zeichen, dass der Frühling begonnen hatte. Erst nachdem sie Colin den Hügel hinaufgelenkt hatte, konnte sie das blühende Ginsterfeld sehen. Sein leuchtendes Gelb strahlte mit der Sonne um die Wette. Es war ein unglaublich schönes Land, dieses Land, in dem sie lebte. Niemals könnte sie Cornwall verlassen. Jedenfalls nicht für immer.

Chesten schnalzte mit der Zunge, um Colin zu einem Galopp aufzufordern. Getrieben von Frühlingsgefühlen keilte der

Wallach einmal nach hinten aus, bevor er sich streckte und losrannte. Der Wind peitschte ihr ins Gesicht, wirbelte ihr die Haare, die unter dem Helm hervorschauten, durcheinander und trieb ihr die Tränen in die Augen.

Lauthals lachte Chesten auf. Endlich wurde Colin langsamer, ging in einen schnellen Trab über und verfiel bald in Schritt, sodass sie sich ihren Gedanken widmen konnte.

Für Hugh würde es kein glückliches Ende oder Wunder geben. Durfte sie diesen schönen Frühlingstag überhaupt genießen? Durfte sie lachen, in der Gewissheit, dass ihr schöner schwarzer Kater sterben würde?

Chesten schniefte. Hugh hatte es bei ihr gut gehabt, er hatte sein Leben genossen und war glücklich gewesen, soweit man es bei einem Kater sagen konnte. Nun lag es in ihrer Verantwortung, seinem guten Leben einen guten Tod folgen zu lassen. Erst hatte sie überlegt, dem Kater die tödliche Spritze zu geben, aber das brachte sie nicht über sich. Daher hatte sie Hannah gefragt, eine Kollegin, auf die sie sich verlassen konnte.

»Ruf mich an, wenn du so weit bist. Auch nachts. Ich komme vorbei.«

»Danke. Hugh soll zu Hause sterben, nicht in einer fremden Umgebung.«

»Das verstehe ich. Mit Ronnie ging es mir ebenso.«

Ronnie war Hannahs Hamster gewesen. Ihr gemeinsamer Chef hatte nicht begreifen können, warum sie so einen Aufstand um das kleine Viech machte, wie er es nannte. Chesten hatte Ronnie die Injektion versetzt, während Hannah ihn streichelte. Gemeinsam mit Hannah und deren Partnerin Rachel hatten sie den Hamster im Garten begraben.

Erneut schluchzte sie auf, was Colin mit einem Sprung zur Seite quittierte. Er gehörte zu den Ponys, die es übel nahmen, wenn man sich nicht auf sie konzentrierte.

»Hast ja recht.« Chesten klopfte seinen Hals und nahm die Zügel auf. Auch wenn sie Colin jetzt mehr Aufmerksamkeit schenkte, wanderten ihre Gedanken doch wieder zu Hughs Schicksal.

Sie durfte nicht nur an die traurigen Tage denken, die vor ihr lagen. Ihr Leben mit dem Kater bestand aus mehr als nur seiner Krankheit. Sie wollte sich an alles erinnern, an die guten Zeiten und auch an die traurigen.

»Denke ich jetzt wirklich noch an Hugh?«, überlegte sie laut, was Colin mit einem Ohrenzucken beantwortete. Chesten spürte, wie er seine Muskeln anspannte, und gab ihm einen leichten Klaps auf die Schulter, damit er sich keine Frechheiten herausnahm.

Galt das, was sie über ihren Kater dachte, nicht auch für ihre Affäre mit Yestin? Sie lächelte, als ihr bewusst wurde, wie sehr sich die Abschiede ähnelten. Noch schmerzte Yestins Verrat sie zu sehr, als dass sie eine positive Bilanz ihrer gemeinsamen Zeit ziehen konnte, aber dennoch, das sagte ihr ihr Gefühl, eines Tages würde sie auch mit ihm ihren Frieden machen.

KAPITEL DREISSIG

Heute Morgen war Hugh unauffindbar. Chesten rief und pfiff und klapperte mit dem Napf, aber kein großer schwarzer Kater war zu sehen. Grant wirkte verstört, sodass ihre Sorgen wuchsen. Als Tierärztin wusste sie, dass Katzen sich zum Sterben zurückzogen, aber gestern Abend war es Hugh gut gegangen, er hatte gefressen und dem kleinen Orlando eins übergezogen, so wie früher.

Wen konnte sie anrufen? Alys hatte einen Termin mit einer Malerin in St. Ives und Bree schlief sicher noch, erschöpft von einer langen Nacht im Restaurant. Bestimmt konnte sie ihre Freundin trotzdem stören, aber Chesten zögerte. Sie wollte nicht als Panikmacherin gelten, aber gleichzeitig brauchte sie jemanden, der ihr beistand. Mum würde mindestens zwei Stunden brauchen, bis sie hier war.

Was soll's? Warum versuche ich, Begründungen zu finden? Warum rufe ich ihn nicht einfach an? Weil ich ihm keine Hoffnungen machen möchte, die ich nicht halten kann.

Trotz ihrer Zweifel tippte sie Darrens Nummer ein.

»Chesten. Ist Hugh …?«

»Darren, es tut mir leid. Nein, er ist verschwunden. Kannst du bitte herkommen?«

»Wir sind gleich da.«

Ihr »Danke« hörte er nicht mehr, weil er bereits aufgelegt hatte. Trotz ihrer Sorge fühlte Chesten sich geborgen, weil er für sie da war, wenn sie ihn brauchte. Warum nur konnte sie ihn nicht so lieben, wie sie Yestin geliebt hatte?

Ich bin selten dämlich. Warum jammere ich Yestin nach, wenn es so wundervolle Männer wie Darren gibt? Leider richtet sich Liebe nicht nach dem Kopf, sondern folgt dem Herzen, auch wenn das noch so sehr irrt.

»Hugh! Komm, Hugh, komm!« Solange sie auf Darren wartete, konnte sie weiter nach dem Kater suchen. Erneut klapperte sie mit der Leckerli-Schachtel.

In aller Seelenruhe, als hätte sie nicht schon eine gefühlte Ewigkeit nach ihm gerufen, kam der schwarze Kater aus dem Garten stolziert. In seinem eleganten federnden Gang trabte er auf sie zu, um sich an ihre Beine zu schmiegen.

»Danke, Kater, deinetwegen habe ich Darren angerufen. Wo warst du denn?«

»Miörgh. Mack!«

Schuldbewusstsein sah anders aus. Während sie ihm Futter gab, das Hugh gierig in sich hineinschlang, überlegte sie, Darren abzusagen.

Das lohnt sich nicht. In spätestens zehn Minuten ist er hier. Außerdem hat er für seine Mühe wenigstens einen Kaffee verdient. Ja, ich freue mich darauf, ihn zu sehen.

Ungeduldig trat sie vor die Tür und hielt Ausschau nach dem Motorrad. Doch heute war es sein dunkler Wagen, der auf ihren Hof fuhr.

»Tut mir leid. Fehlalarm. Hugh geht es gut. Kann ich dir als Entschuldigung ein Frühstück anbieten?«

Darren betrachtete sie mit einem hintergründigen Lächeln. »Hast du Lust, mit Jack und mir nach Truro zu fahren? wir könnten dort zum Frühstücken in ein Café gehen und anschließend nach Bänken suchen.«

Chesten hatte einfach nicht mitgedacht, als sie spontan zusagte. Warum auch? Wie groß war denn die Wahrscheinlichkeit, dass sie Yestin begegnete? Um ehrlich zu sein, sie hatte überhaupt nicht an Yestin gedacht, sondern sich nur auf den Ausflug gefreut. Gerade, als sie sich lachend bei Darren unterhakte, bogen zwei Personen vor ihnen um die Ecke. Sie konzentrierten sich ganz auf den kleinen weißen Hund, der an der Leine auf und ab hüpfte, sodass sie beinahe ineinanderliefen.

Verdammte Statistik!

Chesten konnte das Paar vor sich nur ansehen und wünschte sich, sie hätte Darren vorgeschlagen, nach Porthleven oder St. Ives oder sonst wohin zu fahren, nur nicht ausgerechnet in die Stadt, in der *Prowse Constructions* ein zweites Büro hatte.

»Chesten.« Auch Yestin wirkte wenig erfreut, sie zu sehen. Sein Gesicht war bleich, die Ringe unter seinen Augen dunkler, als sie es in Erinnerung hatte.

Vielleicht leidet er ja auch unter unserer Trennung, wenigstens ein bisschen. Das gönne ich ihm.

Diese Gedanken gaben ihr die Kraft, sich aus der Erstarrung zu lösen und ein paar Worte zu stammeln.

»Hallo Stacey, Yestin.« Sie lächelte und hoffte, dass sich die Erschütterung nicht auf ihrem Gesicht abzeichnete. »Das ist Darren Thompson. Wie geht es euch?«

So unauffällig wie möglich musterte sie Stacey, suchte nach Anzeichen der Schwangerschaft. Wahrscheinlich war es noch zu früh dafür. Stacey sah nicht besonders glücklich aus, sondern eher gestresst und müde.

Das gegenseitige Händeschütteln half ihnen über die Peinlichkeit der ersten Momente hinweg.

Nicht nur die Menschen begrüßten sich, auch Marshmallow und Calico Jack beschnupperten sich, völlig unbeeindruckt von der angespannten Stimmung, die zwischen ihren Menschen herrschte. Marshmallow wedelte so wild mit dem Schwanz, dass sein kleiner Körper wackelte. Calico Jack hingegen warf sich in Positur.

»Geht es Marshmallow gut?«, versuchte Chesten, ein unverfängliches Thema zu finden, während ihr Blick immer wieder zu Yestin zurückkehrte. Ihr dummes Herz pochte so laut, das mussten Darren und Stacey doch bemerken. Bisher hatte ihr ehemaliger Geliebter nach der höflichen Begrüßung nichts mehr gesagt, ebenso wie Darren. Es lag also wieder an den Frauen, die Stille zu durchbrechen.

Was würde wohl passieren, wenn ich auch schweige? Wenn Stacey und ich uns genauso muffelig benähmen wie die beiden? Vielleicht sollte ich das einfach mal ausprobieren.

»Ja, das Enzym hilft. Danke.« Staceys Lächeln wirkte so gequält, wie Chesten sich fühlte. »Wir müssen weiter. Wir sind mit meinen Eltern verabredet.«

»Schön, euch gesehen zu haben«, sagte Chesten.

»Ebenso.« Stacey zog Marshmallow von einem sichtlich enttäuschten Calico Jack weg und eilte mit Yestin davon.

Der drehte sich noch einmal zu ihnen um, hob die Hand, als wollte er winken, aber wandte sich dann ab und hakte sich bei seiner Frau unter.

»Was war das denn?«, fragte Darren, sobald die beiden außer Hörweite waren.

Einen Moment lang fühlte sie sich versucht, ihm die Wahrheit zu sagen, aber das hätte nur zu Fragen geführt, die sie jetzt nicht beantworten wollte.

Yestin!

Noch immer wirkte sein Zauber, sobald sie ihn sah. Wie hatte sie nur glauben können, dass sie ihn bereits überwunden hatte? Ein zufälliges Zusammentreffen und sie stand wieder unter seinem Bann, als wäre sie fünfzehn Jahre alt und das erste Mal in ihrem Leben verliebt.

»Ach, du kennst das doch«, versuchte sie leichthin zu lügen.

»Leute von früher, aus der Schule. Ist immer ein bisschen peinlich, wenn man sich trifft, oder?«

Sein Gesichtsausdruck sagte, dass er ihr diese Geschichte nicht abkaufte, aber er nickte nur. Darren war ein so wunderbarer Mann, warum schwankten ihre Gefühle für ihn, während sie Yestin verfallen war?

»Können wir zurückfahren?«, log sie weiter. »Ich habe furchtbare Kopfschmerzen.«

Während der Rückfahrt schloss sie die Augen und schwieg. Sie spürte, dass Darren sie mehrmals fragend ansah, aber reagierte nicht. Sonst hätte ihr schlechtes Gewissen noch dazu geführt, dass sie mit der Wahrheit herausgeplatzt wäre.

»Wir holen das nach. Versprochen.« Sie beugte sich zu ihm herüber, um ihm einen Kuss auf die Wange zu geben.

»Gute Besserung. Bis bald.« Darren sah sie an. »Soll ich dir etwas aus der Apotheke holen?«

»Nein, danke. Ich komm schon klar.«

Bevor er etwas erwidern konnte, zog sie die Autotür auf und stieg aus. Sie beeilte sich, zur Haustür zu kommen. Dort drehte sie sich um und winkte ihm zum Abschied zu. Er erwiderte den Gruß, ließ den Motor an und fuhr davon. Chesten wartete, bis sie das Auto nicht mehr sehen konnte. Ihr Herz fühlte sich schwer an, weil sie ihn belogen hatte, weil sie ihn ziehen ließ, obwohl er der Richtige für sie sein könnte.

Kaum hatte sie die Jacke an die Garderobe gehängt, piepste ihr Smartphone.

- Ist Darren mein Nachfolger?

Beinahe hätte sie das Telefon aus der Hand gleiten lassen. Warum gelang es ihm immer noch, ihr Herz zum Tanzen zu bringen? Die Tage ohne ihn waren nicht leicht gewesen, aber sie hatte die Trennung überraschend gut verkraftet. Selbst das unvermutete Treffen heute war nur eine kurze Irritation gewesen. Diese Nachricht jedoch, die war direkt, persönlich und brachte ihre Abwehrmauern zum Einsturz. Trotzdem ließ sie einige Minuten verstreichen. Drei Texte verwarf sie, bis sie endlich tippte.

- Tut mir leid, das geht dich nichts mehr an.
- Ich wusste nicht, dass du auf Rocker stehst.
- Auch das geht dich nichts mehr an.

So verzweifelt und hoffnungsvoll sie auch das Display anstarrte, es kam keine Antwort.

Besser so, sonst fängt das alles von vorn an. Warum schreibt er nicht? Soll ich mich entschuldigen? Waren meine Worte zu harsch?

- Das stimmt, aber ich vermisse dich. Dich heute zu sehen …

Nun brauchte sie Zeit, sich ihre Antwort zu überlegen. Ja, ihn zu sehen, hatte alle Gefühle wieder geweckt, die sie überwunden geglaubt hatte. Yestin schien es ähnlich zu gehen. Wenn sie ihm jetzt das Zeichen gab, dass sie bereit wäre, ihre Affäre fortzusetzen, könnte sie wetten, dass er Ja sagte. Nur um dann in fünf oder sechs Monaten wieder Nein zu sagen, wenn das Kind auf der Welt war. Dieses Auf und Ab brauchte sie nicht und wollte sie nicht.

- Das ging mir auch so. Aber es ist vorbei.

Nachdem sie die Nachricht verschickt hatte, stellte sie ihr Telefon aus. Sie wollte nicht wissen, was er ihr zu sagen hatte. Ja, es war das Vernünftigste, für eine Weile aus St. Bart zu verschwinden. Noch hatte sie Alys und Bree nichts davon gesagt.

Sobald ihre Freundinnen davon wussten, würde sie sich in der Pflicht fühlen.

Ob er geantwortet hat? Was er geantwortet hat?

Chesten zog ihre Unterlippe zwischen die Zähne. Das Smartphone schien sie anzulächeln und ihr zuzuflüstern: »Schalte mich wieder ein. Du willst es doch auch.«

So mussten sich Süchtige fühlen. So wollte sie nicht sein. Yestin hatte eine Entscheidung getroffen, die – so sehr es auch schmerzte – richtig gewesen war. Hätte er seine schwangere Frau im Stich gelassen, wäre er nicht der richtige Mensch für sie. Allerdings – war jemand, der ihr jahrelang erzählte, er würde seine Frau für sie verlassen, nur um diese zu schwängern, etwa der Richtige? Selbst der aufbrodelnde Zorn machte es nicht leichter, das Smartphone zu ignorieren.

Bevor sie ihrem Impuls nachgab, was sie sicher bereuen würde, öffnete sie ihr Tablet und schrieb drei Nachrichten, die ihr den Rückweg zu Yestin versperrten.

KAPITEL EINUNDDREISSIG

Zum ersten Mal, seitdem sie in der Praxis arbeitete, hatte Chesten auf ihrem Urlaubstermin bestanden. Sonst war sie die, die immer zurücksteckte, wegen der Pläne der anderen. »Du bist doch flexibel, so ohne Mann und ohne Kinder«, lautete die wenig mitfühlende Argumentation ihrer Kolleginnen, denen Chesten nichts entgegensetzen konnte. Dieses Mal jedoch hatte sie sich auf keinerlei Debatten eingelassen, sondern einfach gesagt: »Es steht mir zu und ich brauche die zehn Tage.«

Denn es war absehbar, dass Hughs Tage gezählt waren. Sein reguläres Fressen rührte er nicht mehr an, einzig winzige Stückchen Putenschinken versuchte er, zu sich zu nehmen. Gestern nun hatte sie entdecken müssen, dass er nicht mehr trinken konnte. Der Anblick, wie ihrem schönen schwarzen Kater das Wasser seitlich aus dem Maul lief, brach ihr das Herz.

Nach sechs dieser Tage wusste sie, dass es an der Zeit war. Noch länger zu warten, wäre Hugh gegenüber grausam gewesen, auch wenn es ihr so unglaublich schwerfiel, ihn gehen zu lassen.

»Hannah, es ist so weit.« Vor lauter Schluchzen hatte Chesten die Worte kaum herausgebracht. »Kannst du morgen kommen?«

Einen Abschiedstag hatte sie noch gebraucht, der viel zu

schnell verging. Hugh nahm die ihm dargebrachte Aufmerksamkeit genauso selbstverständlich hin wie die Leckerlis. Er schien ihre Traurigkeit zu bemerken und wich ihr nicht von der Seite, begleitete sie zu den Ponys und wieder ins Haus. Grant und Orlando hingegen beobachteten alles misstrauisch aus der Ferne.

»In einer Stunde kommt Hannah.« Chesten streichelte den schwarzen Kater, ihre Tränen wischte sie mit der anderen Hand ab, damit sie ihm nicht aufs Fell tropften. »Und ausgerechnet jetzt hast du wieder gut getrunken.«

Trotzdem konnte sie nicht verleugnen, dass sie unter ihren Fingern nur noch Haut und Knochen spürte. Hugh war immer ein schlanker Kater gewesen, nun jedoch war er klapperig, mit stumpfem Fell. Jeden Tag, den sie wartete, würde sie sein Leiden verlängern, auch wenn er keine Schmerzen zeigte. Aber ihm fehlte die Kraft, sich mit den anderen zu prügeln oder durch den verwilderten Garten zu streifen. Alles Dinge, die Hugh und sein Leben ausgemacht hatten.

»In einer Stunde«, sandte sie eine SMS an Alys und Bree. Mehr musste sie ihren Freundinnen nicht sagen.

- Wir machen uns auf den Weg. Hab dich lieb.
- Wir sind gleich da.

Ja oder Nein? Soll ich? Eigentlich gehört er nicht dazu. Aber er hat es mir angeboten.

Während sie in Gedanken noch zauderte, hatten ihre Finger automatisch eine weitere Nachricht getippt.

»Darren, in einer Stunde kommt die Tierärztin.«

Wahrscheinlich war er mit dem Motorrad unterwegs oder schon auf dem Weg nach Afrika. Seit zehn Tagen war sie auf Distanz zu ihm, hatte seine Nachrichten ignoriert und konnte nun nicht erwarten, dass er alles stehen und liegen ließ, um ihr zu helfen. Auch ohne ihn würde sie den schlimmen Abend, der auf sie wartete, überstehen. *Aber mit ihm ginge es mir besser. Er versteht mich, er hängt an Calico Jack und kann nachvollziehen, was ich empfinde. Nicht so wie Yestin, der mit den Katern nichts anfangen konnte.*

- In einer halben Stunde bin ich da.

Nie hätte sie gedacht, dass diese wenigen Worte ihr Herz aufflattern lassen könnten wie einen Schwarm Spatzen. *Womit habe ich das nur verdient, so wie ich ihn behandele?*

Nun blieb ihr nur das Warten. Sie stand auf und ging ans Fenster. Als Erstes bog Jorys Golf auf den Hof. Alys und Bree stiegen aus, zu Chestens Überraschung folgten Ben und Jory. Beide Männer traten verlegen von einem Bein aufs andere, als hätten sie das choreografiert.

»Wir ... wir wollten nur sagen, wie leid es uns tut«, stotterte Ben. »Wir lassen euch gleich wieder allein.«

»Ja«, ergänzte Jory. Er zog Chesten in seine Arme, klopfte ihr auf den Rücken.

»Das ist lieb von euch.« Die Worte wollten kaum durch Chestens Kehle, die sich rau und zugeschwollen anfühlte. Sie rollte die Lippen, aber nichts half gegen die Tränen.

Auch Ben umarmte sie und flüsterte: »Wenn du etwas brauchst, wir sind für dich da.«

Beide Männer verabschiedeten sich mit einem Kuss von ihren Partnerinnen, was Chestens Herz noch schwerer werden ließ. Sie gönnte ihren Freundinnen deren Glück, für das jede auf ihre Weise hatte kämpfen müssen. *Ob Yestin gut zu uns gepasst hätte? Ob Darren zu uns passt? Will ich nicht erst einmal ohne Mann leben? Warum kann ich Yestin nicht vergessen? Schluss! Konzentrier dich auf deine letzten Minuten mit Hugh!*

»Love!« Bree legte ihre Handflächen an Chestens Wangen. Trotz der Frühlingssonne fühlten sich ihre Hände kühl an. Oder waren es ihre Wangen, die brannten? »Auf alle Fälle habe ich Kuchen mitgebracht. Als Seelentrost.«

»Wo ist Hugh?« Alys drängelte sich an Bree vorbei, um Chesten zu umarmen. »Können wir etwas für dich tun?«

»Sein Grab …« Ihre Stimme klang wie verrostet. »Das habe ich nicht übers Herz gebracht.«

Bevor ihre Freundinnen etwas sagen konnten, erklang das charakteristische Knattern von Darrens Motorrad. Als er in den Hof einbog, sah Chesten, wie ihre Freundinnen einen Blick wechselten. Sie meinte, Überraschung darin zu erkennen, aber auch etwas wie Zufriedenheit, als hätte Chesten endlich die Erwartungen erfüllt, die Alys und Bree in sie gesetzt hatten. Trotz ihrer Traurigkeit musste sie lächeln.

»Das ist meine Freundin Alys. Bree kennst du ja schon.«

»Hallo Ladys.« In der so typischen Geste fuhr er sich durch die Haare, nachdem er den Helm abgesetzt hatte. »Ich war schon länger neugierig, die Menschen kennenzulernen, die Chesten die liebsten sind, auch wenn der Anlass ein trauriger ist.«

Er nahm Chesten nicht in die Arme, sondern musterte sie intensiv.

»Es geht. Es muss gehen.« Mehr konnte sie nicht sagen.

Da kam auch schon Hannahs grüner Range Rover auf den Hof. Chesten rang nach Luft, weil ihre Entscheidung sich nun endgültig anfühlte.

»Bist du so weit?« Auch Hannahs Augen glänzten verdächtig.

»Ja, es muss sein.«

Schweigend gingen sie ins Haus, wo Chesten Hugh ins Wohnzimmer gesperrt hatte. Orlando und Grant galoppierten davon, als sie die Menschen ins Haus treten sahen.

Wahrscheinlich erkennen sie Hannah als Tierärztin. Oder ich bilde mir das nur ein und sie sind besuchsfeindlich wie immer.

Hugh lag auf dem taubenblauen Sessel, so dekorativ, wie nur Katzen liegen können. Neugierig schaute er ihnen entgegen, so voller Vertrauen, dass Chesten sich auf die Innenseite der Wange biss. Der Schmerz lenkte sie ein wenig ab.

»Dünn bist du, du Schöner.« Bree hielt ihm die Hand entgegen, an der er neugierig schnupperte. »Aber immer noch der hübscheste Kater, den ich kenne.«

»Es klingt blöd«, sagte Alys, »für mich sieht er nicht krank aus.«

»Nicht für Laien, aber seine Zeit ist gekommen.« Hannah stieß die Luft aus. Ihr Tonfall klang gepresst. »Willst du dich mit ihm hinsetzen? Das ist leichter für euch beide.«

Chesten nahm Hugh in ihre Arme. So wie immer schmiegte er sich eng an sie und stieß ihr mit dem Kopf unters Kinn. Mechanisch strichen ihre Finger über seinen Rücken, während sie beruhigend murmelte. Würde er spüren, dass es seine letzten Minuten waren?

Hannah, ich habe mich geirrt. Bitte geh wieder und gib uns noch etwas Zeit, wollte sie sagen, aber sie wusste es besser. Wenn sie ihre Freundin wegschickte, wäre das der pure Egoismus. Nur, damit sie noch ein oder zwei Tage mit Hugh verbringen konnte, Tage, in denen er leiden würde.

Hannah drehte ihnen den Rücken zu, wohl damit der Kater nicht bemerkte, dass sie zwei Spritzen aufzog. Vorsichtig kam sie näher und sah Chesten fragend an. Die schluchzte auf und nickte. Als Hannah ihm die Spritze mit dem Schlafmittel gab, maunzte der Kater empört auf. Er zappelte und versuchte, sich aus Chestens Armen zu winden, aber sie hielt ihn fest, streichelte ihn und flüsterte: »Bald ist es vorbei, mein Schöner, bald.«

Nach und nach wurden seine Bewegungen schwächer, er lehnte sich an ihren Körper und schlief ein. Sein Atem strich über ihre Hand.

»Hier, Love.« Bree wischte ihr die Tränen mit einem Taschentuch ab und drückte es Chesten dann in die Hand, damit sie sich die Nase schnauben konnte. »Tschüs, Hugh. Du bist ein toller Kater.«

Alys, der ebenfalls Tränen über die Wangen liefen, öffnete den Mund, aber sie konnte anscheinend nichts sagen, sondern streichelte Chesten und Hugh.

»Na, große Miezekatze.« Darren strich Hugh über das Fell. »Ich soll dich von Jack grüßen. Er wird Narben von eurer Begegnung zurückbehalten.«

Das brachte Chesten zum Lächeln, trotz ihrer Trauer.

»Er ist ein wirklich einzigartiger Kater. Ich ... ich werde ihn so vermissen.«

»Soll ich?« Hannah strich ihr mitfühlend über die Schulter. Chesten nickte. Schon bald nach der zweiten Spritze erschlaffte Hugh und sie meinte zu spüren, wie sein Herzschlag stoppte. Für immer. Vorsichtig legte sie ihn auf seine grün-weiße Lieblingsdecke, in der sie ihn begraben wollte. Ein letztes Mal kraulte sie das schwarze Fell.

Er sieht aus, als ob er schläft. Aber er wird nie wieder aufwachen. Nie wieder wird er versuchen, mich wegen Schinken auszutricksen. Du bist mein erster Kater, du wirst mir so fehlen.

»Darf ich?«

Chesten trat von Hugh weg, damit Hannah mit dem Stethoskop prüfen konnte, ob der Tod wirklich eingetreten war. Die Tierärztin nickte.

»Lassen wir ihn einen Moment hier liegen, damit Grant und Orlando sich verabschieden können.«

Sie führte ihre Freundinnen und Darren auf den Flur und rief dann nach den Katern. Beide kamen, wohl in Erwartung einer Leckerei. Grant sträubte sein Fell und rannte davon, während Orlando zu Hugh ging und ihm über den Kopf leckte.

Die Geste rührte sie erneut zu Tränen. Alys und Bree kamen auf sie zu und wollten Chesten umarmen, doch sie hob abwehrend die Hände.

»Ich kann erst trauern, wenn er begraben ist.«

»Wir heben das Grab aus.« Bree zog Alys und Hannah mit sich.

Als Darren ihnen folgen wollte, hielt Chesten ihn auf. »Bitte, bleib.«

KAPITEL ZWEIUNDDREISSIG

Warum konnte sie ihm gegenüber ihre Trauer einge-stehen? Als er seine Arme öffnete, ließ sie sich hin-einfallen.

»Ich hab so Angst, es war zu spät oder zu früh.« Ihre Tränen tropften auf Darrens Hemd. Er hielt sie fest, sie fühlte sich sicher und geborgen.

Sanft streichelte er ihre Haare, als wäre sie ein Kind, das Trost bedürfte. Nie hätte sie erwartet, dass es sich gut anfühlen könnte, schwach zu sein.

»Ich vertraue dir, dass du das Richtige getan hast.« Darren flüsterte, wohl um die besondere Stimmung zwischen ihnen nicht zu stören. »Vertrau du dir auch.«

Chesten hob den Kopf. Sie starrte auf die Stelle, wo Hugh lag. Darren hatte die Decke über ihn gezogen, aber Chesten wusste, was sich unter den grün-weißen Punkten verbarg. Wie sehr wünschte sie sich, es den Katern gleichtun zu können und vor dem nächsten Schritt davonzulaufen.

»Wenn du willst, kümmere ich mich um alles.«

»Danke, aber das ist meine Verantwortung.« Chesten schluckte. Ihr graute davor, aber es musste getan werden.

»Dann lass mich Hugh tragen.« Darren klang weich, aber bestimmt.

Unter einem Rhododendronbusch hatten ihre Freundinnen bereits eine Grube ausgehoben. Chesten hatte diesen Ort gewählt, weil es einer von Hughs Lieblingsplätzen gewesen war.

Ein letztes Mal strich sie ihm über den Kopf, bevor Darren ihn behutsam in das Grab bettete. Mit tränenblinden Augen beobachtete sie, wie die grün-weiße Decke nach und nach unter Erde verschwand. Sie konnte nichts sagen und war ihren Freundinnen dankbar, dass auch sie schwiegen.

Nachdem Darren die Erde festgeklopft hatte, kehrten sie ins Haus zurück. Noch immer sprach niemand ein Wort. Gern hätte Chesten irgendetwas gesagt, um ihre Dankbarkeit auszudrücken, aber sie konnte es einfach nicht.

»Es ist gut. Wir verstehen dich.« Alys wischte sich Tränen ab. »Können wir noch etwas tun?«

»Es hat geholfen, dass ihr da wart«, brachte Chesten endlich hervor.

Nachdem Alys, Bree und Hannah sich verabschiedet hatten und mit Hannahs Auto weggefahren waren – »Bist du wirklich sicher, dass wir gehen sollen?« –, standen Chesten und Darren sich verlegen gegenüber. Chesten suchte in ihrer Hosentasche nach einem Taschentuch.

»Hier.« Darren reichte ihr eine Packung Papiertaschentücher. »Du kannst sie behalten. Es sieht aus, als brauchst du noch mehr.«

Sein Daumen streichelte über ihren Handrücken, als sie ihm die Packung abnahm.

»Soll ich auch gehen?«

»Ja. Nein, bleib. Ach, ich weiß nicht.«

»Dann sind wir schon zwei.«

Er schaute sie so liebevoll an, dass sie froh war, ihr Gesicht hinter dem Taschentuch verstecken zu können, weil sie bestimmt rot angelaufen war. Die Hitze in ihren Wangen war äußerst verräterisch.

»Was hältst du davon, wenn wir in die Küche gehen und ich uns etwas von dem Allheilmittel Tee koche?«

Sie konnte nur nicken, weil jedes Wort wieder zu Tränen geführt hätte. Eigentlich hatte sie erwartet, dass sie schon längst Abschied von ihrem Kater genommen hatte, aber zu sehen, wie das Grab sich mit Erde füllte …

Vor der Küche saß Orlando, der sie aus großen Augen anschaute. Immer wieder blickte er sich um, als würde er nach Hugh suchen. Als er Chesten sah, stieß er ein kleines »Miarf« aus.

»Manchmal wünschte ich, ich könnte mit ihnen reden.« Noch immer saß ein Kloß in ihrer Kehle, aber er schrumpfte langsam. »Könnte ihnen erklären, was geschehen ist. Und vor allem warum.«

»Meine These ist, dass wir Tiere mögen, weil wir nicht erwarten, dass sie uns verstehen.« Darren zog einen Mundwinkel hoch. »Weniger Erwartungen, weniger Enttäuschungen.«

Das gab ihr Stoff zum Nachdenken. Sie ging zum Schrank, um die Teekanne herauszunehmen, doch Darren nahm sie sanft am Ellenbogen und führte sie zum Tisch.

»Setz dich. Ich kümmere mich um alles. Du musst mir nur sagen, wo was steht.«

»Die Teekanne ist unten links, die Tees sind oben links im Hängeschrank.« Als Orlando ihr auf den Schoß hüpfte, begann sie, ihn zu streicheln. »Ach, mein Kleiner, auch du hast jemanden verloren, der dir wichtig war.«

»Hast du Kekse? Zucker hilft jetzt, auch wenn er ungesund ist.«

»Bree hat etwas mitgebracht. Ist bestimmt im Kühlschrank.«

So könnte es immer sein, wenn ich Darren eine Chance gebe. Er ist ein Kümmerer.

Nein, das ist zu leicht, so verführerisch. Ciao Yestin. Hallo

Darren. Erst muss ich mir sicher sein, dass ich ihn liebe – und nur ihn. Erst muss ich mir Gewissheit verschaffen, dass ich allein leben kann.

Ich will es mit ihm von Anfang richtig machen.

»Auch wenn man das eigentlich nicht fragen soll: Was denkst du?«

»Wieso?«

»Auf einmal zeigen sich Falten auf deiner Stirn.«

Wie von selbst hob sich ihre rechte Hand, um über die Stirn zu streichen. Früher waren die Falten nie so tief gewesen, oder?

»Ich denke an Trennungen und Abschiede.«

»Nicht nur an Hugh, oder?«

»Auch an … Yestin. An uns. Warum muss alles so kompliziert sein?«

Erstaunlich, wie gelassen ihre Stimme klang. Noch erstaunlicher, dass sie sich ebenso fühlte. Yestin war Geschichte – jedenfalls solange sie ihn nicht sah. Was geschehen würde, wenn sie ihn träfe, dafür konnte sie nicht garantieren. Verdammte Verliebtheit.

»Yestin – den wir in Truro getroffen haben?« Seine hochgezogene Augenbraue sah verdammt sexy aus. »Es muss nicht schwierig sein. Gib mir eine Chance.«

»Nicht jetzt, bitte.«

Darren goss Tee ein, stellte Milch und Brees Kuchen auf den Tisch.

»Wo sind die Teller?«

»Rechts unten.«

»Möchtest du Kuchen?«

Sie überlegte einen Moment. Zu ihrer Überraschung regte der Duft des Schokoladenkuchens ihren Appetit an.

»Trauer kommt in Wellen. Mal zieht sie dich nieder, dann verschwindet sie im Meer.«

»Woher weißt du das?«

»Durch Eleanors Tod.« Darren schnitt den Kuchen an und

gab ihr das erste Stück. »Obwohl ich mich trennen wollte, habe ich getrauert. Um sie, um das, was war …«

»Findest du es nicht seltsam, dass ich wegen eines Katers weine?«

»Hugh war dir wichtig. Ich fände es seltsam, wenn du nicht traurig wärst.«

Schweigend aßen sie den Kuchen. *Verdammt, er ist so ein wunderbarer Mann, besser, als ich ihn verdiene, und ich lasse ihn am ausgestreckten Arm verhungern. Während ich Yestin mein Leben geschenkt habe.*

»Wann willst du abreisen?«

»Mitte März. Falls sie mich nehmen.«

»So schnell?«

»Du fliegst doch schon früher nach Afrika.«

»Das habe ich abgesagt.«

»Das habe ich nicht von dir verlangt. Das würde ich nie von dir verlangen.«

»Ich habe es meinetwegen getan.«

»Dann hast du auch keinen Grund, mich anzublaffen, oder?«

»Verdammt, Chesten.« Darren stand auf und machte zwei große Schritte auf sie zu. Er packte sie an den Schultern, nicht hart, gerade stark genug, sie festzuhalten. »Muss ich es buchstabieren oder aufschreiben?«

»Du weißt, dass ich gebunden bin.«

»An einen verheirateten Mann, den falschen. Sagt jedenfalls deine Mum.«

»Darauf kommt es nicht an. Mein Herz gehört ihm. Auch wenn das kitschig klingt.«

»Hat er es verdient?«

»Fragt Liebe danach?«

»Ich hatte das Gefühl, zwischen uns wäre etwas. Mehr als nur Freundschaft.«

»Orlando! Grant! Futterzeit.« Chesten stand auf. Sie lächelte Darren an, aber wich dem Augenkontakt aus. »Gerade heute muss ich an Gewohnheiten festhalten. Vor allem an denen der Kater.«

Nachdem sie den Katern die Schüsseln hingestellt hatte, wandte sie sich Darren zu.

»Ja, da ist mehr zwischen uns. Aber erst muss ich Yestin endgültig hinter mir lassen.«

»Ich verstehe. Glaube ich jedenfalls.«

Er sah sie nur an. Von einem Moment zum anderen wirkte er älter und müder, die Falten um Augen und Mund traten schärfer hervor. Seine Augen sahen dunkler aus, so traurig, dass sie ihre Worte am liebsten zurückgezogen hätte. Sie stützte den Ellenbogen auf dem Tisch ab, legte den Kopf in die Hand und schloss die Augen. Sie war müde, einfach nur müde und wollte weder über die Vergangenheit mit Yestin noch die Zukunft mit Darren reden.

»Es tut mir leid.« Seine Worte überraschten sie. Vorwürfe hatte sie erwartet, Versprechungen, möglicherweise eine Entscheidung, aber eine Entschuldigung – nein, das wäre ihr nie in den Sinn gekommen.

Sie öffnete die Augen. »Was tut dir leid?«

»Ich hätte heute nicht davon anfangen sollen. Nicht, wo wir Hugh gerade begraben haben.«

KAPITEL DREIUNDDREISSIG

Drei Tage zog sie sich zurück und nahm sich die Zeit, um Hugh zu trauern. Nun fühlte Chesten sich bereit, endlich die notwendigen Schritte einzuleiten, um herauszufinden, wie es war, allein weit weg von St. Bart zu sein.

Vielleicht sollte ich auch Alys und Bree erst davon in Kenntnis setzen, wenn ich schon weit weg bin.

Bei der Vorstellung, wie die beiden es aufnehmen würden, wurde ihr flau im Magen. Aber sie konnte es nicht länger herauszögern.

Sonst muss ich es ihnen am Bahnhof sagen, was sie mir bestimmt nie verzeihen werden. Wobei ich fürchte, dass sie mir sowieso nicht vergeben werden, dass ich sie nicht um ihre Meinung gefragt habe.

Je mehr sie darüber nachdachte, desto attraktiver erschien ihr die Möglichkeit, ihren Freundinnen eine WhatsApp aus Guatemala zu schreiben. Trotzdem verabredete sie sich mit beiden bei *Nanni's*.

Auf dem Weg ins Café hätte sie beinahe eine rote Ampel überfahren. Beim Abschließen des Autos entglitt der Schlüssel ihren schweißfeuchten Händen.

»Ich komme gleich dazu. Der blöde Kuchen braucht mich

noch ein paar Minuten.« Bree, deren Gesicht gerötet war, schaute kurz aus der Küche.

»Dann eben nur wir beide.« Alys setzte sich auf das rote Samtsofa. »Wie geht es dir?«

»Besser, ein bisschen. Ich stelle immer noch drei Futternäpfe hin. Das tut jedes Mal weh.«

»Noch Monate, nachdem Grandma gestorben war, bin ich nach Hause gekommen und wollte ihr etwas erzählen.« Alys seufzte. »Es braucht seine Zeit. Das klingt wie eine Plattitüde, ist aber wahr.«

Sie ist so ein wunderbarer Mensch und ich habe ihr so lange nicht die Wahrheit gesagt. Je länger ich warte, desto schwieriger wird es. Einfach raus damit und gut ist. Oder ist es doch klüger, Bree dabei zu haben?

»Morgen fahre ich nach London.« Chesten rührte in ihrem Tee. »Ich stelle mich bei einer Organisation vor, die Tierärzte nach Guatemala vermittelt.«

Alys spuckte den Schluck Tee aus, den sie gerade getrunken hatte. Ein Fleck breitete sich auf dem Tischtuch zwischen ihnen aus. Diejenigen Gäste, die bis jetzt noch nicht irritiert aufgeblickt hatten, taten es, als Alys ihre Stimme erhob: »Du willst WAS?« Chesten spürte, wie ihr die Röte in die Wangen stieg. Alys dagegen schien das Aufsehen, das sie erregte, gleichgültig zu sein. »Wie kannst du das mal nur so einfach nebenbei sagen?«

Wenn Alys schon so ausflippte, würde sie von Bree möglicherweise lebenslanges Hausverbot für *Nanni's* erhalten.

»Ich will maximal für ein halbes Jahr weggehen«, schränkte Chesten ein. »Außerdem kann es sein, dass sie mir morgen absagen.«

»Stopp. Sag nichts mehr.« Alys streckte abwehrend die Arme aus. »Ich will Bree dabeihaben, bevor du weiterredest.«

Oh, das klang jetzt bedrohlich. Schweigend tranken sie ihren Tee und ließen die *Scones* stehen, als hätte Chestens Ankündigung ihnen beiden den Appetit verdorben.

Gerade als sie fürchtete, die unerfreuliche Stille nicht länger ertragen zu können, wurde die Tür zur Küche aufgestoßen und Bree stürmte auf sie zu, eine Duftmischung nach Zucker, Butter und gebratenen Zwiebeln mit sich bringend.

»Ben hat ein Auge auf den Cheesecake.« Schwer ließ sich Bree auf die ausgeblichenen blauen Polster des Sofas fallen. »Ich muss ein paar Rezepte finden, die weniger aufwendig sind.«

Obwohl ihr Gesicht rot erhitzt vom Backen war, ihre brünetten Haare in alle Richtungen strubbelten und ein Mehlfleck ihre linke Wange zierte, sah sie einfach überwältigend aus. Alle männlichen Gäste waren ihr mit den Blicken gefolgt, was Bree allerdings nicht zu bemerken schien.

»Also, was ist so dringend?« Bree rieb sich über die Stirn, was dort Mehlstriche hinterließ. »Geht es um Hugh?«

Ihre Stimme klang weich, sanft strich sie Chesten über den Handrücken.

»Nein. Sie will abhauen.« Alys stieß ein Schnauben aus, wie es auch Colin oder Firth nicht besser gekonnt hätten. »Unsere Chesten hat heimlich Vorbereitungen getroffen, nach Guatemala zu verschwinden.«

»Guatemala?« Brees Augen waren kugelrund vor Staunen. »Kriminalität, Giftschlangen, Taranteln.«

»Ich wusste nicht, dass du dich so gut auskennst«, spöttelte Chesten.

»Vor Jahren sollte ich da mal ein Shooting machen. Gruselig.«

»Siehst du«, sprang Alys ihr zur Seite. »Wenn du schon wegläufst, dann nach Neuseeland oder sonst einen schönen Ort.«

»Ich laufe nicht weg.«

»Was genau hast du vor?« Bree winkte der Bedienung, einem Jungen, den Chesten noch nie gesehen hatte. Sofort brachte er ihr einen doppelten Espresso.

»Ich arbeite dort in einem Tierschutzprojekt.«

»Sie flieht vor Yestin.« Alys' Stimme klang anklagend. »Und was wird nach dem halben Jahr?«

»Du warst in London, ich bin um die Welt gereist.« Bree zuckte mit den Achseln. »Meinst du nicht, Chesten hat das Recht auf ein eigenes Abenteuer?«

Wunder geschehen immer wieder. So viel Vernunft habe ich von Bree nun überhaupt nicht vorhergesehen. Zu zweit werden wir Alys schon überzeugen.

»Aber …«, Alys schien nicht bereit aufzugeben, »du warst doch diejenige, die hierbleiben wollte, die nicht verstanden hat, warum Bree und ich gehen wollten.«

»Ist es wirklich wegen Yestin?« Bree runzelte die Stirn. Ihr Blick schien Chesten aufspießen zu wollen. »Glaub mir, vor einem Mann wegzulaufen, ist eine denkbar falsche Idee.«

Bevor Chesten antworten konnte, klingelte Alys' Smartphone.

»Sorry, ich muss den Anruf annehmen. Wartet auf mich.« Alys erhob sich und ging nach vorn. »Kein Wort über die Sache, ohne dass ich dabei bin.«

Chesten schob die Zuckerpäckchen auf einen kleinen Haufen, den sie dann wieder auseinanderzog. Vielleicht hätte sie einfach ihrem ersten Impuls folgen und ohne Abschied abreisen sollen. Aber das hatte sie nicht über sich gebracht, wobei sie ehrlicherweise eingestehen musste, dass ein Teil ihres Motivs war, den Ärger zu vermeiden, der nach ihrer Rückkehr garantiert auf sie warten würde. Oder per Smartphone oder Skype.

»Du bist echt für Überraschungen gut.« Aus Brees Ton meinte Chesten Anerkennung zu hören. »Erst Yestin und nun die Flucht aus St. Bart. Eine vorgezogene Midlife-Crisis?«

»Ihr solltet nicht ohne mich weiterreden!« Alys warf sich in den pinkfarbenen Sessel und ließ die langen Beine über dessen Seitenlehne hängen.

»Es ist höchstens für ein halbes Jahr.« Chesten mochte es nicht, wenn sie sich so defensiv anhörte. »Ich brauche einfach mal eine Auszeit.«

»Und deine Tiere? Dein Job?« Bree dachte wie immer ans Praktische.

»Mum übernimmt die Farm. Ich habe mir meinen gesammelten Urlaub genommen und unbezahlten dazu. Der Chef war nicht begeistert, aber es wird gehen.«

»Und was ist mit deinem Geburtstag? Den haben wir immer zusammen gefeiert.« Das wiederum war typisch für Alys. »Du fliegst hoffentlich erst danach.«

»Wenn sie mich morgen nehmen, müsst ihr ohne mich feiern.«

»Ich hoffe, dass es nicht wegen Yestin ist. Das ist er nicht wert.« Bree fuchtelte mit dem Messer vor Chestens Nase herum. »Der war schon immer ein aalglatter Duckmäuser.«

»Bree!« Nun fanden sie wieder in ihre gewohnten Rollen: Bree mit ihren spitzen Bemerkungen und Alys, die zu schlichten versuchte. »Man kann sich nicht aussuchen, wen man liebt.«

»Bree hat recht«, sagte Chesten sehr leise. Sie schaute ihre Freundinnen nicht an, sondern schaute auf ihre Fingernägel, unter denen sich Dreck vom Pferdeputzen angesammelt hatte. »Ich sollte es besser wissen. Ich weiß es besser …«

»Warum meinst du, dass ein halbes Jahr in Guatemala dir hilft?«, bohrte Bree nach.

»Wenn ich zurückkomme, ist das Kind da.«

»Du bist sicher, Yestin dann vergessen zu können?«

»Ich … ich konnte mir immer einreden, dass Stacey es nicht besser verdient hat.« Mit dem Zeigefinger der rechten Hand säuberte sie den Daumen der linken. »Aber sobald ein Kind da ist. Nein, das kann ich nicht.«

»Was wird mit Darren?« Alys ließ nicht locker. »Ich fand ihn großartig, am Tag, als Hugh …«

»Gute Idee.« Bree klopfte Alys' Schulter. »Nutz ihn, um endlich über Yestin hinwegzukommen.«

»Nein!« Chesten war selbst überrascht über die Heftigkeit ihrer Antwort. »Das hat Darren nicht verdient. Dafür … mag ich ihn zu sehr.«

»Er könnte für immer weg sein, wenn du zurückkommst.

Falls du zurückkommst.« Bree schüttelte sich. »Drei Meter lange Giftschlangen, ehrlich.«

»Ich werde mich bemühen, ihnen aus dem Weg zu gehen.«

»Warum musst du deshalb nach London?« Langsam, ganz langsam schien auch Alys sich damit abzufinden, dass sie St. Bart verlassen würde.

»Ein Vorstellungsgespräch.« Chesten zog eine Grimasse. »Sie zahlen den Flug und den Lebensunterhalt. Da wollen sie wissen, ob es passt. Ich bin nervös.«

Erneut trat Stille ein, dabei hatten sie einander normalerweise so viel zu erzählen, dass sie sich gegenseitig unterbrachen. Chesten fragte sich, ob sie durch ihre Entscheidung eine Mauer zwischen ihren Freundinnen und sich selbst aufgebaut hatte, die sie für immer voneinander trennen würde.

»Das nächste Mal könntest du uns vorwarnen«, sagte Bree schließlich in ihrer trockenen Art. Sie lächelte, ihr Glamour-Lächeln, das jedem Menschen das Gefühl gab, einfach großartig zu sein, wenn er dieses Lächeln verdiente. »Ich bin hin- und hergerissen.«

»Ich auch«, warf Alys ein. »Ich finde es toll, was du vorhast, aber ich werde dich vermissen. Du warst immer hier.«

»Vielleicht ist es Zeit, das zu ändern.« Erleichterung ließ Chesten freier atmen. »Eure Leben haben sich so sehr geändert, nur ich bleibe im alten Trott.«

»Immerhin gehst du nicht für immer.« Bree runzelte die Nase, was Chesten zum Lächeln brachte. »Aber du solltest Darren eine Chance geben.«

»Vielleicht ist er dein Seelenverwandter«, ergänzte Alys, als hätten die beiden sich abgesprochen. »Lass dir von Yestin nicht die Aussicht auf Glück kaputtmachen.«

»Ihr seid die Besten. Ich denk drüber nach. Versprochen.«

KAPITEL VIERUNDDREISSIG

Während der Zugfahrt nach London fragte Chesten sich immer wieder, was ihre Motivation war. »Vor etwas wegzulaufen, ist der falsche Weg. Nur auf etwas zuzulaufen ist richtig«, lautete einer der Sinnsprüche von Alys' verstorbener Grandma, der Chesten nun schon seit Tagen nicht aus dem Sinn ging.

Hatte sie sich für das Projekt entschieden, weil sie vor Yestin fliehen wollte oder weil sie sich selbst finden wollte? Das klang so nach 1970er-Jahre-Selbstfindungskram, der so überhaupt nicht zu ihr passte. Dafür war sie doch zu bodenständig, aber andererseits war sie fast 31 Jahre alt und noch nie länger von St. Bart weggewesen.

Nein, das stimmt nicht. Ich habe schließlich studiert. Aber selbst im Studium bin ich oft nach Hause gefahren, um Mum und Dad zu helfen. Wann sollte ich es ausprobieren, wenn nicht jetzt?

Um sich abzulenken, öffnete sie ihr Notebook und las sich ihre Bewerbung für das Projekt erneut durch. Ja, das klang gut und überzeugend.

Zum Zeitvertreib surfte sie zur Internetseite von Mills & Boon. Die anstehenden Neuerscheinungen fesselten ihre Aufmerksamkeit so sehr, dass es sie vollkommen überraschte, als der Zug in Paddington Station einfuhr.

Mit dem Bus ging es weiter bis in den Stadtteil Camden im Norden Londons. Und hier war sie nun und wartete darauf, endlich mit Ms. Marsden zu reden, um sie davon zu überzeugen, dass Chesten die richtige Frau für das Projekt war.

Nervös knetete sie ihre Finger. Sie nahm sich eine Zeitschrift, die auf dem niedrigen Glastisch lag und blätterte sie durch, ohne die Worte wirklich wahrzunehmen.

Beruhige dich. Es ist schließlich nur ein Kennenlerngespräch, kein Vorstellungsgespräch für einen Lebensjob. Aber wenn sie Nein sagen, was mache ich dann?

Nein, daran durfte sie nicht denken. Sie musste sich auf ihre Stärken besinnen, auf das, was sie sich auf der Fahrt immer wieder vorgesagt hatte: »Ich bin eine wirklich gute Tierärztin und sie können froh sein, dass ich bei ihnen arbeiten will.«

Warum nur fühlte ihr Kehle sich so trocken an? Sie be-netzte ihre ebenfalls trockenen Lippen mit der Zunge. Ob sie hier ein Glas Wasser bekommen könnte? Skeptisch schaute sie die effizient wirkende Frau am Empfangstresen an. Sie sah überhaupt nicht so aus, wie Chesten sich eine Mitarbeiterin dieser Organisation vorgestellt hätte. Auch das mo-derne Gebäude mit seiner hohen Glasdecke und der impo-santen Eingangshalle entsprach überhaupt nicht ihren Erwartungen.

Wahrscheinlich war sie deshalb so beunruhigt. Sie hatte mit freundlichen Menschen in Jeans und selbst gestrickten Pullovern gerechnet, die in einer kleinen gemütlichen Wohnung ihre karitative Arbeit planten. Stattdessen hätte sie auch in einer Anwaltskanzlei oder bei einer Unternehmensberatung sein können. Jedenfalls sah es ihrer Meinung nach hier so aus: effektiv, modern und perfekt organisiert.

»Ms. Gwynn.« Die hochgewachsene, schlanke Frau streckte ihr die Hand entgegen. Das kräftige Blau ihres Kostüms schmeichelte ihrer milchkaffeebraunen Haut. »Schön, Sie kennenzulernen.«

»Guten Tag.« Chesten konnte nicht anders, sie musste an sich herunterschauen. Selbst ihre guten schwarzen Schuhe wirkten in dieser Umgebung billig. Immerhin hatte sie ihren einzigen Blazer angezogen, sodass sie wenigstens ein bisschen geschäftsmäßig aussah. »Sie sind?«

»Tracey Marsden. Sie hatten mit Joanna, meiner Assistentin, telefoniert.«

»Aha.« Na prima, das fing ja gut an. Immerhin wurden Tierärzte hier hoffentlich nicht nach Eloquenz ausgewählt, oder?

»Möchten Sie etwas trinken?«, fragte Ms. Marsden, die vor Chesten ging, über ihre Schulter.

»Ein Wasser wäre wunderbar.«

Danach war das Klappern von Ms. Marsdens hohen Absätzen auf dem Steinfußboden das einzige Geräusch, das durch die Halle klang.

»Hier sind unsere Büros.« Ms. Marsden blieb stehen, hielt eine Chipkarte vor einen Sensor und öffnete eine Tür. »Bitte folgen Sie mir.«

Viel anderes bleibt mir ja nicht übrig. Ob sie das hier bewusst auf Einschüchterung angelegt haben? Vielleicht hätte ich mir doch eine andere Organisation aussuchen sollen. Wenn das hier nicht klappt, probiere ich es woanders.

»Joanna, könnten Sie Ms. Gwynn ein Wasser holen?«

Die Assistentin sah aus, als ginge sie noch zur Schule. Immerhin lächelte sie Chesten an. »Mit oder ohne Sprudel?«

»Was Sie dahaben. Ich trinke beides.«

Oder hätte sie sich entscheiden müssen? War das jetzt der erste Test gewesen, ob sie für die Tätigkeit geeignet war, und sie war mit fliegenden Fahnen untergegangen?

»Warum wollen Sie Freiwilligenarbeit leisten? Sie arbeiten doch schon als ausgebildete Tierärztin.« Die Frau musterte Chesten so kritisch, als ahnte sie unlautere Motive. »Die meisten hier sind jung und wollen nach dem Studium erste Erfahrungen sammeln.«

Na, danke. Ich bin also nicht mehr jung.

»Ich muss einfach mal aus dem Alltagstrott raus.« Chesten zuckte mit den Schultern. »In den letzten Jahren habe ich viel Urlaub angesammelt.«

»Den Sie in Guatemala verbringen wollen?«

Gab es so viele Freiwillige, dass sie es sich leisten konnten, so abschreckende Vorstellungsgespräche zu führen? Wahrscheinlich hatten sie schlechte Erfahrungen gemacht und dachten sich jetzt wohl: *better safe than sorry*.

»Ich bin Tierärztin geworden, um Tieren zu helfen.« Auf dem Weg nach London hatte Chesten sich mögliche Fragen und Antworten überlegt. Allerdings war sie davon ausgegangen, freundlicher empfangen zu werden.

»Ihnen ist bewusst, dass Sie viel Elend sehen werden?«

»Ich weiß, dass ich nicht alle retten kann. Aber die, denen ich helfe, haben eine bessere Chance.« Chesten leckte sich die trockenen Lippen. »Glauben Sie mir, in Cornwall herrscht nicht nur eitel Sonnenschein. Wir sind ein armer Landstrich.«

Zum Glück reichte ihr die Assistentin das Glas Wasser und sie nahm durstig einen Schluck.

»Entschuldigung, dass ich so harsch war.« Wenn sie lächelte, sah die Frau viel jünger und hübscher aus. »Wir brauchen Menschen mit gesundem Menschenverstand, die zupacken können, keine Tierkuschler.«

»Lassen Sie sich nicht von meinem Äußeren täuschen.« Chesten wusste, dass sie oft unterschätzt wurde, weil sie zierlich und klein war. »Ich habe etlichen Kälbern und Fohlen auf die Welt geholfen. Wenn es möglich wäre, würde ich gern in dem Regenwald-Projekt arbeiten.«

»Warum ausgerechnet Guatemala?« Ms. Marsden hob fragend die Augenbrauen. »Hohe Kriminalitätsrate, gefährliche Krankheiten. Sie wollen doch sicher Kinder?«

»Ich habe mich über Dengue-Fieber und das Zika-Virus informiert.« Meinte ihr Gegenüber etwa, dass Chesten vollkommen blauäugig an die ganze Sache heranging? »Ich werde selten gestochen, aber werde genügend Mittel mitnehmen.«

»Aber warum Guatemala?«

Chesten überlegte einen Moment. Sicher konnte sie eine Vorwandantwort finden, die Ms. Marsden zufriedenstellen würde, etwas über »besondere Hilfsbedürftigkeit« oder »Interesse an Mittelamerika«, aber sie wollte lieber ehrlich sein.

»Jaguare und Quetzals. Ich hoffe, wenigstens einen von ihnen zu sehen.«

Das Schweigen, das ihren Worten folgte, machte sie ganz kribbelig. Hatte sie sich mit ihrer Ehrlichkeit jegliche Chance vertan, nach Guatemala zu reisen?

»Also, ich weiß ... mir ist schon klar, dass ich vollgepackte Tage mit Operationen und Kastrationen haben werde, aber vielleicht, mit viel Glück ...«

Den Rest ließ sie ungesagt. Wenn Ms. Marsden das nicht nachvollziehen konnte, würden auch die wohlgesetztesten Worte nicht helfen.

»Es gibt schlechtere Motive, sich uns anzuschließen.« Wieder erhellte das seltene Lächeln das Gesicht ihres Gegenübers. »Ihren Zeugnissen nach sind Sie eine Idealkandidatin. Allerdings ...«

»Ja?«

Was konnte es noch geben, das gegen sie sprach?

»Bisher waren sie nie länger im Ausland. Sind Sie sicher, so lange Zeit weg von Ihrer Heimat leben zu können?«

Diese Frage hatte Chesten nicht erwartet. Mit allem hatte sie gerechnet: Fragen nach ihrer Erfahrung, ihrer Kompetenz, ihrem beruflichen Werdegang, aber mit der nach Heimweh? Nun, das musste sie eingestehen, so dumm war diese Frage nicht. Eigentlich sogar naheliegend, wenn man sich ihren Lebenslauf ansah.

»Nach dem Examen bin ich zurück nach Hause gegangen, meiner Mutter helfen. Mein Vater war gestorben.« Noch immer schmerzte es, diese Worte auszusprechen. »Da war einfach keine Zeit für so etwas.«

»Warum wollen Sie jetzt weg? Und dann gleich so weit?«

»Sie können sich darauf verlassen, dass ich nicht wegen Heimweh aufgebe. Ich bin sehr diszipliniert.«

»Sie brauchen Impfungen: Gelbfieber, Tollwut, Tetanus, Hepatitis. Das wird empfohlen.«

»Gegen Gelbfieber muss ich mich noch immunisieren lassen.«

»Nun, dann bleibt mir nur eins: Willkommen an Bord, Ms. Gwynn. Die *Vets Global* freuen sich, dass Sie dabei sind.«

»Wann könnte ich anfangen?«

Nun, wo die Entscheidung zu ihren Gunsten gefallen war, wollte Chesten nicht weiter warten. Jeder Tag, den sie in St. Bart blieb, würde nur ihre Zweifel nähren, würde sie dazu bringen, sich mehr auf Darren einzulassen, ungewiss, ob sie Yestin wirklich für immer hinter sich lassen konnte.

»Das nächste Projekt startet in zwei Wochen. Oder ist das zu früh?«

»Ich habe zu Hause alles vorbereitet. Die Gelbfieber-Impfung sollte ich bis dahin schaffen«, überlegte Chesten laut. »Danke, ich freue mich.«

KAPITEL FÜNFUNDDREISSIG

Calico Jack drehte sich auf die Seite. Glücklicherweise schien er die Phase der Albträume überwunden zu haben und zuckte nur noch ab und zu mit den Beinen, was laut Chesten vollkommen normal war.

Chesten.

Darrens Herz wurde schwer, als er an sie dachte. War er zu voreilig gewesen, den Auftrag in Afrika abzusagen, um sie nicht zu verlieren? Eleanors Eltern würden sich sicher über diese Ironie freuen: zu dem Zeitpunkt, wo er bereit war, für eine Frau seine Reisen aufzugeben, verließ ihn diese, um ans andere Ende der Welt zu verschwinden.

Noch konnte er seine Absage für das Projekt zurücknehmen, aber das widerstrebte ihm. Darren wollte nicht als unzuverlässig und wankelmütig angesehen werden. Die Wahrheit jedoch, so schwer er sie sich auch eingestehen konnte, war, dass er sich nicht an einen Auftrag binden wollte, sollte Chesten sich anders entscheiden.

»Eigentlich bist du schuld.«

Sobald er Darrens Stimme hörte, rappelte Calico Jack sich auf, suchte nach der Leine und trug diese zu ihm.

»Sorry, mein Dicker, jetzt noch nicht. Ich muss Geld verdienen. Leg dich wieder hin.«

Der Hund schaute ihn aus seinen dunklen, dreieckigen Augen vorwurfsvoll an, aber brav rollte er sich wieder auf seinem Kissen ein. Innerhalb kürzester Zeit schnarchte er wieder. Sein Schnarchen wurde lauter, so laut, dass Darren sein Arbeitszimmer verließ, damit er in Ruhe telefonieren konnte.

Bisher hatte noch keiner der Verlage reagiert, denen er das Projekt »Erinnerungsbänke« vorgestellt hatte, aber glücklicherweise gab es eine Anfrage, aus seinen Landschaftsfotos aus Afrika einen Bildband zu machen. Das würde ihn ein halbes Jahr beschäftigen und genug Geld einbringen.

Und danach? Was würde geschehen, wenn Chesten nach St. Bart zurückkehrte? Wollte er als Hochzeits- und Porträtfotograf arbeiten? So ein Leben konnte er sich für sich einfach nicht vorstellen. Ihn schauderte bei dem Gedanken, wie er, eingezwängt in einen dunklen Anzug, dauerlächelnd ein glückliches Paar und dessen Anverwandte dirigierte, damit deren Fotos gelangen. Darren griff sich an den Hals, als wollte er die imaginäre Krawatte lockern, die ihn einschnürte.

Auch wenn er es ungern zugab, brauchte er das Abenteuer – und auch das Gefühl, eine wichtige Arbeit zu leisten, dafür zu sorgen, dass Menschen in Krisengebieten nicht aus dem Blick gerieten. So wie der Junge in Sierra Leone, dem die *Revolutionary United Front* beide Hände abgeschlagen hatte und der trotzdem noch fröhlich lachen konnte. Menschen wie ihn zu fotografieren, seine Geschichte zu dokumentieren – das war Darrens Leben.

Aus dem Scheitern seiner Ehe sollte er gelernt haben, wie schwer das mit einer Partnerschaft zu vereinbaren war. Vielleicht war es für alle Seiten besser, dass Chesten diese Entscheidung getroffen hatte. Er konnte nur zu gut verstehen, dass man manchmal allein sein musste, um herauszufinden, was man wirklich wollte.

Aber statt ihre Entscheidung zu akzeptieren, spielte er im

Kopf Szenarien durch, wie er Chesten davon überzeugen konnte, in St. Bart zu bleiben. Und dann, was wäre dann? Immer wieder geriet er an diese Frage, ohne eine zufriedenstellende Antwort finden zu können.

Jedes Mal, wenn er am Flughafen auf den Check-in gewartet hatte, hatte er Eleanor zu Hause vor sich gesehen, wie sie in der Küche saß, die Mundwinkel heruntergezogen, die Schultern abgesunken, ein Bild des Jammers. Schließlich hatte er das oft genug erleben dürfen.

Zu Beginn ihrer Ehe hatte er sich hin- und hergerissen gefühlt zwischen der Liebe zu ihr und der zu seinem Beruf. Je häufiger sie deshalb stritten, desto mehr war es ihm auf die Nerven gegangen.

»Du liebst deine Arbeit mehr als mich.« Das war Eleanors Standardvorwurf gewesen. Vor jeder Reise hatte er sich das anhören müssen. »Ich hätte es wissen müssen.«

»Du weißt selbst, dass das Blödsinn ist.«

»Ach, jetzt bin ich also auch noch zu doof für dich.«

»Eleanor!«

»Komm mir nicht mit ›Eleanor‹. Wenn du mich lieben würdest, wärst du nicht ständig weg.«

»Das ist mein Beruf. Das wusstest du vorher.«

»Ich dachte, es geht vorbei.«

Immer, wenn sie an diesem Punkt angelangt waren, hatte Darren sich aus der Diskussion davongeschlichen, verfolgt von ihrem Zorn. Heute musste er sich eingestehen, dass er seinen Anteil am Scheitern ihrer Ehe hatte. Anstatt ihre Bedürfnisse ernst zu nehmen, hatte er weiterhin gelebt wie als Junggeselle. Vielleicht war er mit beinahe 30 Jahren schon zu eingefahren gewesen, um sich auf das Leben zu zweit einzustellen. Auch hatte er nie versucht, ihr seine Arbeit nahezubringen, sondern diese fast eifersüchtig vor ihr verborgen. Das hatte sie natürlich gespürt und ihn noch mehr bedrängt, eine Spirale, die nur abwärts führen konnte.

Obwohl Chesten aussah wie Eleanors jüngere Schwester konnte Darren sich nicht vorstellen, dass sie ihn so unter Druck setzen würde. Sie lebte ihr eigenes Leben mit ihrem Beruf, ihren Freundinnen und ihren Tieren. Aber lag darin nicht auch eine Gefahr? Zwei Menschen, die sich selbst genügten, die mit ihren Leben zufrieden waren, brauchten die wirklich jemand anderen? Würde es nicht lange dauern, bis sie nebeneinanderher lebten, sich nichts mehr zu sagen hätten, weil ihre Leben wie zwei Planeten umeinanderkreisten, ohne sich je zu berühren?

Lieber Mr. Thompson,
wie lange würden Sie benötigen, uns ein Konzept für einen Bildband Ihrer Landschaftsfotografie zu erstellen?
Die Zeit drängt, denn wir würden uns wünschen, das Buch im Weihnachtsgeschäft zu platzieren.
Wir freuen uns auf die Zusammenarbeit!
Beste Grüße

Bestimmt siebenmal hatte er die Mail gelesen und schon drei Entwürfe eines Konzeptes erstellt, aber jedes wieder verworfen. Immer wieder mäanderten seine Gedanken von dem Bildband zu Chesten. Vielleicht brauchte er einfach mal eine kreative Pause, damit er mit der Arbeit vorankäme.

»Komm, Jack«, rief er nach seinem Hund. »Jetzt bin ich bereit für einen Spaziergang.«

Mit einem Grunzen erhob sich der Bullterrier und wedelte so heftig mit dem Schwanz, dass sein ganzer Körper wackelte. So reagierte er immer, wenn Darren die Leine in die Hand nahm. Gerade, als Darren Calico Jack diese einhaken wollte, klingelte es. Wer konnte das sein?

Chesten? Sie hatte es sich anders überlegt?

Darren ließ den Bullterrier stehen und rannte zur Tür, was Calico Jack so aufregte, dass der Hund ihm vor die Füße lief. Nur durch ein schnelles Ausweichmanöver, bei dem er sich die Hüfte an der Flurkommode stieß, gelang es Darren, ihn nicht zu treten. Leise fluchend riss er die Haustür auf und erstarrte.

Zu seiner Überraschung standen Alys und Bree vor der Tür. Ihre Mienen waren so ernst, dass er befürchtete, Chesten wäre etwas passiert.

»Wir müssen reden«, sagte Bree zur Begrüßung.

»Wir sind wegen Chesten hier«, ergänzte Alys, deren Haare aussahen, als wäre sie mehrfach mit der Hand durch sie hindurchgefahren. »Und brauchen deine Hilfe.«

Calico Jack quetschte sich an Darrens Beinen vorbei, um die beiden Frauen begeistert zu begrüßen. Auch wenn Darren wohl nie erfahren würde, was der Hund erlebt hatte, konnte er Calico Jack nur dafür bewundern, wie zugetan er Menschen weiterhin war.

»Wir wollten gerade eine Runde drehen.« Darren deutete auf die Leine. »Wenn ihr reden wollt, könnt ihr gern mitkommen.«

Die beiden Frauen wechselten einen Blick und nickten, exakt identisch, als wären sie Synchronschwimmerinnen, die ihre Bewegungen in langen Jahren aufeinander abgestimmt hatten. Ob sie das auch zu dritt konnten, wenn Chesten mit dabei war?

»Ist Chesten etwas passiert?«

»Nein, nein.« Alys zog erschrocken die Hand vor den Mund. »Aber es geht um sie.«

»Das konnte ich mir denken. Ich bin nicht davon ausgegangen, dass ihr mir Kekse verkaufen wolltet.«

Calico Jack winselte leise, als spürte er die Spannung. Darren ärgerte sich, dass Bree und Alys ihn in diese Lage gebracht hatten. Schon das Gespräch mit Chestens Mutter hatte ihm nicht gefallen, aber dass ihre Freundinnen nun ebenfalls versuchten, ihn in etwas hineinzuziehen, gefiel ihm noch weniger.

Das gehört auch zu Chesten. Wenn sie nicht wegginge, müsste ich mit ihren Freundinnen klarkommen. Na ja, immerhin sind Alys und Bree nicht so langweilig wie Eleanors Freundinnen.

»Ehrlich, sonst sind wir nicht so«, begann Alys, nachdem Darren einfach geschwiegen hatte. Das funktionierte immer – die wenigsten Menschen konnten Stille lange ertragen. »Wir mischen uns normalerweise nicht in Chestens Leben ein, aber …«

Hilfesuchend schaute sie Bree an. Die führte fort: »Verzweifelte Zeiten erfordern verzweifelte Maßnahmen.«

»Übertreibt ihr nicht ein bisschen?« Darren blieb stehen, um Calico Jack zu tätscheln, der schwanzwedelnd zu ihm aufschaute. Er ließ den Hund von der Leine, der sofort die Nase zu Boden senkte. »Chesten fliegt ja nicht in ein Kriegsgebiet und auch nicht für immer.«

Alys und Bree wechselten einen Blick. War er zu schroff gewesen?

»Darum geht es nicht«, sagte Bree schließlich und kickte einen kleinen Stein aus dem Weg. Sie stopfte ihre Hände in die Jackentaschen. »Obwohl Guatemala nicht ohne ist, was Kriminalität und fiese Tiere angeht.«

»Meiner Erfahrung nach sind eher Menschen das Problem.«

»Sage ich ja: Drogenmorde, Straßenraub und …«

»Bree!«, warf Alys ein und stieß ihrer Freundin den Ellenbogen in die Seite. »Darum geht es nicht.«

Bree verdrehte kurz die Augen.

»Wir müssen wissen, wo du mit ihr stehst.«

»Wie bitte?«

»Wir haben da eine Idee.« Auf die meisten Männer würde Brees Lächeln sicher verführerisch wirken, aber Darren war nicht interessiert. »Aber nur, wenn Chesten dir wichtig ist.«

KAPITEL SECHSUNDDREISSIG

Bleib nicht mehr so lange«, sagte Yestins Schwiegervater, der unerwartet bei ihm im Büro stand. Dabei war Yestin extra nach Truro gefahren, um seine Ruhe zu haben. »Jetzt, wo unsere Stacey ein Kind erwartet.«

So viel Stolz schwang in seinem Ton mit, dass man meinen konnte, er wäre direkt am Kind beteiligt gewesen. In den vergangenen Tagen, nachdem auch der zweite und der dritte Facharzt bestätigt hatten, wie gut die Schwangerschaft bisher verlaufen war, gab es in der Familie nur noch eins: Staceys Baby.

Als ob es noch nie in der Geschichte der Menschheit eine Schwangerschaft gegeben hätte. Wenn das die kommenden Monate so bleibt, vergrabe ich mich in Arbeit. Bin ich etwa eifersüchtig, weil Stacey so viel Aufmerksamkeit erhält? Nein, bestimmt nicht, aber es ärgert mich schon, dass sich alles um sie dreht. Schließlich werde ich Vater.

»Junge, jetzt geh schon.« Graham klopfte ihm auf die Schulter, zugewandt wie nie zuvor. »Wir können jemanden einstellen, der die Büroarbeit erledigt.«

Ach, auf einmal geht das. Vorher hieß es doch immer, die Firma werfe nicht genug ab. Was für eine Veränderung so ein Baby mit sich bringt.

»Ich mache nur noch den Bericht fertig.« Yestin deutete auf das Notebook. Ihn zog es nicht nach Hause – Stacey war launisch und erwartete ständige Aufmerksamkeit und Louise schien dauerhaft bei ihnen einziehen zu wollen. Da hatte er es hier ruhiger und konnte seinen Gedanken nachhängen, seiner Trauer um Chesten freien Lauf lassen.

Ich müsste mich mehr freuen, oder? Was bin ich nur für ein Mann? Dass ich ein mieser Ehemann war, ist unbestritten. Aber ich will kein schlechter Vater sein.

Kurz entschlossen klappte er das Notebook zu, lächelte Graham an und sagte: »Ach, der Bericht kann warten. Stacey nicht.«

»Wir erwarten euch so gegen acht.«

Nur seiner lange trainierten Fähigkeit, sich keinen Schrecken anmerken zu lassen, verdankte er es, dass ihm kein Fluch entfuhr.

»Das hat Stacey wohl vergessen, mir zu sagen.«

»Louises Idee.« Graham hob die Hände in einer Geste, die überdeutlich sagte, wie sinnlos jegliche Gegenwehr gegen die Wünsche seiner Gattin war. »Sie meint, dass Stacey sich schonen sollte.«

Ich kann mich nicht erinnern, dass sie sich beim Kochen überfordert hätte. Vom Putzen will ich gar nicht erst anfangen.

Seine Frau beherrschte gerade mal zehn Gerichte, die ihr mehr oder weniger gut gelangen. Meist bestellten sie etwas von diversen Bringdiensten oder Yestin stand am Herd. Und Putzen hielt Stacey sowieso für unter ihrer Würde und hatte darauf bestanden, dass dreimal in der Woche eine Reinigungsfrau kam. Ihr größter Beitrag zur Hausarbeit bestand darin, Marshmallow zu waschen und zu bürsten.

Nein, heute will ich mich nicht streiten. Ich bin viel zu müde. Außerdem habe ich es mir selbst so ausgesucht. Ich habe mich gegen Chesten entschieden und muss jetzt versuchen, das Beste aus der ganzen Angelegenheit zu machen.

»Bis nachher«, verabschiedete er sich von Graham. Ein Blick auf die Uhr zeigte ihm, dass ihm noch zwei Stunden mit seiner Frau allein blieben, bevor sie zu seinen Schwiegereltern gehen mussten.

Ich sollte das Thema »eigenes Haus« noch einmal ansprechen. Schließlich hat sie mir das versprochen. Sie will bestimmt nicht, dass Louise sich ständig in die Erziehung einmischt.

Durch diese Überlegung fröhlicher gestimmt, schloss Yestin das Büro hinter sich ab und fuhr in ihre gemeinsame Wohnung. Heute lauerte Louise ihm nicht auf. Das musste sie ja auch nicht, erwartete sie ihn doch in wenigen Stunden. Der Gedanke drückte seine Stimmung wieder.

»Stacey? Honey?« Früher einmal hatte sie ihn an der Tür abgepasst, weil sie es nicht erwarten konnte, bis er endlich nach Hause kam. Das waren gute Zeiten gewesen.

Wenn ich mir Mühe gebe, können wir vielleicht wieder so glücklich werden wie zu Beginn unserer Ehe. Was ist nur schiefgelaufen?

Meine Schuld. Wenn ich Chesten nicht wiederbegegnet wäre ...

Nein, das war es nicht allein. Wie heißt es: zu einem Ehebruch gehören immer drei.

Wir haben uns verloren. Das werde ich ändern. Ich werde versuchen, Stacey ein besserer Mann zu sein. Und ich werde toleranter gegenüber Louise sein. Das muss das Karma mir hoch anrechnen, oder?

»Stacey?« Sie war weder im Wohnzimmer vor dem Fernseher, wo er sie erwartet hatte, noch in der Küche. Langsam stieg Panik in ihm auf. Er dachte an die Fehlgeburten, die dieser Schwangerschaft vorausgegangen waren.

»Stacey! Darling!« Atemlos riss er die Tür zum Schlafzimmer auf, während sich vor seinem inneren Auge Schreckensszenarien entwickelten. Stacey, die heftig blutend irgendwo lag und vergeblich hoffte, dass er sie rettete.

»Was ist denn?«, erklang zu seiner großen Erleichterung ihre leicht verärgerte Stimme. »Ich bade.«

»Ich habe mir Sorgen gemacht.«

»Gibst du mir bitte den Bademantel?«

Irgendwie erschien seine Frau Yestin verwandelt, so als brächte die Schwangerschaft sie zum Leuchten. Konnte das wirklich sein? Schließlich war sie erst im ersten Trimester. Er musste sich damit beschäftigen, damit die Veränderungen ihn nicht unvermutet überrollten. So unauffällig wie möglich musterte er Stacey, versuchte zu definieren, was ihm verändert vorkam.

»Geht es dir gut, Darling?«

»Wieso fragst du? Seit wann interessierst du dich für mich?«

Waren das die gefürchteten Stimmungsschwankungen, die in romantischen Komödien immer für einen Lacher sorgten? Im wahren Leben waren sie weniger witzig.

»Kann ich etwas für dich tun? Möchtest du etwas essen?«

»Wir müssen reden.«

»Ich hatte den Eindruck, wir reden gerade.«

Staceys Augenrollen zeigte überdeutlich, wie wenig sie von seinem Humor hielt. Sie war schwanger, sie durfte launisch sein. Ganz zu schweigen davon, dass er sich ja bisher nicht als bester Ehemann der Welt hervorgetan hatte. Dafür würde er sich ab jetzt bemühen, der beste Vater und auch Ehemann zu werden, den sich Stacey und ihr gemeinsames Kind nur wünschen konnten. Auch wenn er Chesten vermisste.

»Ich weiß von Chesten.«

Hatte er seine Gedanken etwa laut ausgesprochen?

Es fühlte sich an, als ob sein Schwiegervater ihn in einer seiner gefürchteten Umarmungen hielt. Yestins Herz raste, seine Brust war eingeengt und er rang nach Luft.

»Entschuldige«, brachte er endlich hervor. »Was meinst du?«

»Hältst du mich für dumm?«

»Nein, das weißt du.«

»Immerhin hast du dich bemüht, dezent zu sein.«

Wenn Stacey Bescheid wusste, hatte es keinen Zweck, zu leugnen. Außerdem wäre es ihr gegenüber unfair.

»Wie hast du es erfahren?«

»Ich bin keine Frau, die die Taschen ihres Ehemanns durchwühlt.«

»Das habe ich auch nicht behauptet.«

»Ihr seid gesehen worden.« Stacey lächelte schief. »Cornwall ist viel zu klein, als dass du dich auf Dauer verstecken könntest.«

»Wie lange schon?«

»Zwei Jahre.«

Das musste er erst einmal verdauen. Zwei Jahre und sie hatte kein Wort gesagt. Warum jetzt? Warum gerade zu diesem Zeitpunkt, wo sie beide einen neuen Anfang machen konnten. Nun war es an ihm, reinen Tisch zu machen – ein Neubeginn setzte Ehrlichkeit auf beiden Seiten voraus. Yestin holte tief Luft, ihm war nicht wohl dabei, ein Geständnis machen zu müssen, aber wenn er mit Stacey eine Familie gründen wollte, musste das wohl sein.

»Ja, ich hatte eine Affäre, aber sie ist vorbei.«

»Ist es nicht. Ich habe dein Handy geklont.«

»Das … das kannst du? Ich denke, du spionierst mir nicht nach?«

»Ich habe mehr drauf, als du mir je zugetraut hast. Für mein Kind musste ich wissen, woran ich bei dir bin.«

»Es war ein Moment der Schwäche. Ich stehe zu dir und unserem Kind.«

»Such keine Ausflüchte oder Entschuldigungen.« Mit einer Handbewegung schnitt sie ihm das Wort ab. »Ich will nichts davon hören. Ich habe, was ich wollte.«

»Was meinst du?«

»Ich habe mir immer nur ein Kind gewünscht.« Auf einmal sah sie so traurig aus, dass er sie in seine Arme nehmen wollte, aber er fürchtete die Zurückweisung. »Nachdem mir klar wurde, dass du mich nicht liebst.«

»Ich … ich liebe …«

»Sag es nicht«, unterbrach sie ihn brüsk. »Früher habe ich mir so gewünscht, dass du das ernst meinst. Jetzt ist es mir egal.«

»Willst du unser Kind allein großziehen?«

Auf einmal stieg Wut in ihm hoch. War er für Stacey nur ein Samenspender gewesen, gerade gut genug, sie zu schwängern? Der Mohr hat seine Schuldigkeit getan, der Mohr kann gehen – fiel ihm dieser blöde Shakespeare-Spruch ein, den seine Schwiegermutter so gern zitierte.

Da kannte Stacey ihn aber schlecht. Für sein Kind würde er kämpfen, er würde es nicht einfach ihr, Louise und Graham überlassen. Sein Sohn oder seine Tochter hatten Besseres verdient, als in diesem kalten Puppenhaus aufzuwachsen.

»Du kannst mich nicht einfach aus deinem Leben streichen. Nicht jetzt.«

»Hast du mich je in dein Leben gelassen?«

»Stac, du … ich … es tut mir leid. Lass uns einen Neuanfang machen. Ich habe Chesten verlassen.«

»Wenn ich nicht schwanger wäre, wärst du noch bei ihr.«

»Nein«, wollte er antworten, aber brachte es nicht über sich, seine Frau anzulügen. Nicht mehr.

»Wahrscheinlich. Aber nun ist es, wie es ist.«

»Wenn ich nun wegen des Kindes gelogen habe …«

Er fühlte sich, als hätte sie Anlauf genommen und ihm dann den Fuß mit aller Kraft in den Magen gestoßen. Wie von selbst klappte sein Mund auf, aber er brachte kein Wort heraus.

»Schau nicht so dumm. Ich bin schwanger.«

»Gib uns eine Chance, Stac, wir sind ein gutes Team.«

»Du, ich und Chesten, meinst du?«

»Ich werde nicht zu ihr zurückgehen.«

Stimmte das wirklich? Als Stacey ihm gesagt hatte, dass es vorbei wäre, hatte er als Erstes gedacht: *Dann haben Chessie und ich ja noch eine Chance*. Sein Kind wäre nicht das erste und würde sicher nicht das letzte sein, das in einer Patchwork-Familie aufwüchse. Diese Vorstellung hatte etwas für sich: Chesten, er, sein Kind auf dem Bauernhof, umgeben von Tieren und Natur. So sollte ein Kind aufwachsen. *Und wovon will ich leben? Wenn Stacey sich von mir trennt, bin ich auch meinen Job los.*

»Lass uns nichts überstürzen«, sagte er, nachdem ihm all dies durch den Kopf geschossen war. »Wir müssen überlegen, was das Beste für unser Kind ist.«

»Glaub mir, ich habe lange darüber nachgedacht, was das Beste ist.«

Vorsichtig trat er einen Schritt auf sie zu, streckte die Hand nach ihr aus, aber sie drehte sich weg.

»Du willst doch nicht alles aufgeben, was wir aufgebaut haben?«

»Geh einfach. Ich will dich nicht mehr sehen.«

»Stac, Honey, ich …«

»Entscheide dich endlich zwischen uns beiden.« So hart kannte er sie nicht. Diese Seite von Stacey jagte ihm Angst ein, aber auch Respekt. »Falls es dir je ernst mit uns beiden ist – ohne sie – dann kannst du mich anrufen.«

KAPITEL SIEBENUNDDREISSIG

Puuh, es war doch mehr zu bedenken und zu planen, als sie erwartet hatte. Chesten legte das Formular der Krankenkasse zur Seite, auf den Stapel der anderen Formulare und Informationsmaterialien. Auslandskrankenversicherung, Reiserücktrittsversicherung, Unfallrückführungsversicherung, Todesrückführungsversicherung – unglaublich, für was alles Versicherungen angeboten wurden, wenn man ins Ausland reiste. Und alles ging mit Formularen einher, gegen die sie eine angeborene Abneigung hegte.

Vielleicht sollte sie das Angebot von Bree und Alys annehmen, ihr zu helfen. Alys war gut mit Formularen und Zahlen und Bree hatte lange im Ausland gelebt.

Chesten griff nach ihrem Smartphone, um ihre Freundinnen anzurufen, als sie einen sanften Stoß in die Seite erhielt. Überrascht sah sie auf. Grant saß auf dem Tisch und schaute sie auffordernd an. Während Orlando um Hugh trauerte und den schwarzen Kater in Haus und Garten suchte, schien Grant aufzuleben, seitdem er nicht mehr unter der Fuchtel seines Bruders stand.

»Du hast gerade erst etwas zu fressen bekommen.« Sie

kraulte den Kater, der sich genießerisch streckte. »Also versuch gar nicht erst, mich zu überreden.«

»Miack«, antwortete er, als hätte er jedes Wort verstanden.

»Nur ausnahmsweise. Weil ich ein schlechtes Gewissen habe, euch zu verlassen.« Chesten stand auf, um Putenbrust aus dem Kühlschrank zu holen. Das erinnerte sie an Hugh und Traurigkeit überfiel sie unvermutet.

»Ich vermute, du bekommst mehr von dem Schinken ab, seitdem Hugh nicht mehr da ist«, sagte sie gegen die Tränen anblinzelnd.

Darren hatte recht gehabt, der Schmerz kam in Wellen. So wie nach dem Tod ihres Vaters. Kurz nach ihrem Examen, nachdem sie wieder nach St. Bart zurückgekehrt war, wurde die Krankheit diagnostiziert. Ihnen blieben nur noch wenige gemeinsame Monate. Viel zu schnell war die Zeit vergangen. Noch heute brachte der Verlust sie zum Weinen. So wie vorhin, als sie in der Werkstatt eine Notiz entdeckt hatte, die Dad geschrieben hatte.

Geschenk für Chestens Geburtstag überlegen – stand dort in seiner schwer leserlichen Handschrift. Dad hatte sich immer etwas Besonderes einfallen lassen, etwas Unerwartetes und jedes Mal Passendes. Man sagte Männern ja nach, dass sie schlecht schenken konnten. Für ihren Vater galt das nicht. Mit den Fingern strich sie über die Armbanduhr, die er ihr vermacht hatte.

»Weil du sonst noch verspäteter sein wirst als ohnehin.« Obwohl sein Gesicht von der Krankheit ausgezehrt war, lächelte er sie an. »Deine Freundinnen und dein Mann werden mir danken.«

Ob Darren ihm gefallen würde? Yestin hatte ihr Vater nicht gemocht. In ihrer Teenagerzeit hatte er die heimlich Liebenden erwischt, es niemandem erzählt, aber ihr geraten, sich einen besseren Freund zu suchen. Einen, der es ehrlich mit ihr meinte.

»Dad, du hast wie so oft recht behalten«, flüsterte sie. »Du fehlst mir, du fehlst uns.«

Auch wenn Mum sich sträubte, würde Chesten eine Bank für ihn in Auftrag geben, sobald sie aus Guatemala zurück wäre. In Penzance sollte sie stehen, in der Nähe ihrer Lieblingsbänke, mit Blick aufs Meer. Sie sah sie förmlich vor sich, eine schlichte Holzbank mit einem polierten Messingschild. Was für eine Inschrift sollte sie wählen, überlegte sie, während sie Grant den Rücken kraulte.

Als die Türklingel ertönte, sprang der Kater vom Tisch und verschwand in den hinteren Räumen des Hauses. Auch wenn er mutiger geworden war, versetzte der Klingelton ihn immer noch in Panik.

»Das also hat sich nicht geändert«, sagte Chesten. »Du magst immer noch keinen Besuch.«

Sie hingegen war immer neugierig, wer unangekündigt vorbeischaute.

»Mit dir habe ich nicht gerechnet.« Ihr dummes Herz pochte so laut und schnell, dass er es auch hören musste. »Ich versuche gerade, die Reise vorzubereiten.«

Als er an ihr vorbeiging, atmete sie tief ein, genoss seinen typischen Geruch nach Leder und Motorradbenzin. »Deine Freundinnen haben mich besucht.«

Ich bringe sie um. Noch bevor ich abreise, bringe ich Alys und Bree um. Wie können sie mir das nur antun? Wie können sie mich so hintergehen? Verdammt noch mal, ich bin alt genug, Entscheidungen zu treffen und brauche keine Freundinnen, die mich bevormunden.

»Glaub mir, ich weiß davon nichts. Sie haben so getan, als wären sie mit der Reise einverstanden.«

»Sind sie auch. Sie machen sich Sorgen um dich.«

»Ich kann sehr gut auf mich aufpassen.«

»Das wissen sie.« Darren zog sich einen Stuhl heran. Zu Chestens großer Überraschung sprang Grant auf seinen Schoß und schaute ihn auffordernd an.

Während er den Kater streichelte, setzte sie Wasser auf – Kaffee für ihn, Tee für sie –, was ihr Zeit gab, ihre Gedanken zu sortieren. Was hatten ihre Freundinnen sich nur dabei gedacht?

Na prima, vielen Dank, ihr beiden. Ihr schaut ganz eindeutig zu viel in die Glotze. Im wahren Leben läuft das anders. Das sagt die Richtige! Wo Mum immer meint, ich glaube, das Leben wäre ein Mills-&-Boon-Roman!

Immerhin ist Darren jetzt hier. Wieso fühlt es sich so richtig an, ihn in der Küche sitzen zu haben? Wieso ist Grant so zutraulich?

»Sie haben mich nach meinen Absichten mit dir ausgefragt.«

Chesten ließ beinahe den Becher fallen, den sie Darren gerade hinstellen wollte.

»Nein! Nicht wirklich, bitte sag, dass das nicht wahr ist!«

Wo war das sprichwörtliche Mauseloch, wenn man eins brauchte? Chesten sah es förmlich vor sich, wie ihre Freundinnen Darren in die Zange nahmen. Natürlich nur mit den besten Absichten.

Obwohl Darren demonstrativ in seinen Kaffeebecher schaute, musste sie nur eins und eins zusammenzählen, um sich seine Reaktion auszumalen. Täuschte sie sich oder zuckten seine Mundwinkel verdächtig? Das konnte sie ihm nicht verdenken – ihr wäre es ähnlich gegangen, hätte jemand sie nach ihren »Absichten« befragt.

»Das ist bestimmt Brees Schuld. Sie liest einfach zu viel Jane Austen.« Chesten verdrehte die Augen. »Da rückt auch immer die Familie dem Gentleman zu Leibe, um herauszufinden, ob er ehrenhafte Pläne hat.«

»Sie sorgen sich, dass du …« Er schaute auf und sie direkt an. »Ihrer Meinung nach könnte ich der Richtige für dich sein.«

»Da habe ich ja auch noch ein Wörtchen mitzureden.«

»Deswegen bin ich hier. Bevor du fährst, habe ich noch eine Überraschung für dich.« Darren lächelte so liebevoll, dass Chestens Herz schwer wurde. Warum kämpfte er weiter um sie, obwohl sie monatelang außer Landes sein würde?

»Ich liebe Überraschungen«, antwortete sie leichthin, obwohl sein spitzbübisches Lächeln ihre Skepsis weckte. »Muss ich wieder Motorrad fahren?«

Was natürlich nur ein Vorwand war. Auch wenn sie es Darren nicht gestanden hatte, liebte sie das Gefühl der starken Maschine, deren Kraft, die sie mit jeder Faser ihres Körpers spürte, die Macht des Fahrtwinds, der mit ihren Haaren spielte.

»Ja. Musst du. Aber es lohnt sich. Versprochen.«

»Wahnsinn!« Vor Freude klatschte Chesten in die Hände wie ein Kind an seinem Geburtstag. »Wie … wie hast du das geschafft?«

Mit dem Motorrad war er bis zu den Klippen herangefahren, wo die versprochene Überraschung auf sie wartete.

»Berufsgeheimnis.« Darren zwinkerte ihr zu. »Du hast in Land's End gesagt, wie sehr du dir eine Tea Time am Meer wünschst.«

Chesten erinnerte sich nicht, davon gesprochen zu haben. Schließlich war es ihr geheimer Wunsch gewesen, einmal mit Yestin – wenn er denn endlich frei wäre – gemeinsam an einem schön gedeckten Tisch zu sitzen und den Anblick der anrollenden Wellen zu genießen. Es fühlte sich fast wie ein Verrat an, diesen Traum mit einem anderen Mann zu erfüllen.

Ich muss aufhören, Yestin als Bezugspunkt für alles zu nehmen. Er hatte seine Chance und hat sich für Stacey entschieden. Ich will keine dieser Frauen werden, die ihrer ersten Liebe für den Rest ihres Lebens nachtrauern. Die neue Chesten wird mehr auf sich selbst schauen und nicht immer Rücksicht auf andere nehmen. Jawoll!

Als sie bemerkte, dass Darren sie fragend anschaute, konzentrierte sie sich ganz auf den Moment.

»Es ist einfach … großartig.« Mit der Hand glitt sie über das strahlend weiße Tischtuch, das sich weich unter ihren Fingern anfühlte. Die *Scones* dufteten so intensiv nach Butter und Zucker, dass sie sicher noch warm waren. Der rot-bunte Strauß Frühlingsblumen, der in einer Glasvase auf einem rot gepunkteten Deckchen stand, sorgte für einen hübschen Farbtupfer vor dem Weiß des Teegeschirrs und der Decke.

»Oh, Cupcakes.« Sie widerstand der Versuchung, noch einmal in die Hände zu klatschen. »Wann hast du das alles vorbereitet? Wie hast du dafür gesorgt, dass weder Möwen noch Touristen alles wegfuttern?«

Seine Reaktion kam unerwartet – Darren lachte aus vollem Hals.

»Chesten Gwynn«, sagte er schließlich, nachdem er wieder zu Atem gekommen war. »Hat dir schon mal jemand gesagt, wie wundervoll du bist?«

»Warum lachst du mich dann aus?«

»Ich lache mit dir.« Unter seinem warmen Blick musste sie die Augen niederschlagen. »Jede andere Frau würde einfach genießen. Du hingegen denkst erst einmal an das Praktische.«

»Ist das schlecht?«

»Nein, das macht deinen ganz eigenen Charme aus.«

»Also, wie hast du es gemacht?«

»Setz dich.« Er zog einen Stuhl zurück, damit sie Platz nehmen konnte. Dann beugte er sich zu ihr und flüsterte ihr ins Ohr: »Ich hatte Hilfe.«

Chestens Blick folgte der Richtung, in die er zeigte. Dort stand ein ihr nur zu bekannter Vauxhall Combo mit einer ebenfalls wohlbekannten hochgewachsenen Brünetten, die ihr wild zuwinkte, bevor sie ins Auto stieg und davonfuhr.

»Eine Verschwörung also.«

»Ich bevorzuge den Begriff Zusammenarbeit.«

»Ich hätte gern etwas Tee.« Chesten hielt Darren die weiße Porzellantasse hin, die einen feinen Goldrand aufwies. Bree hatte sich wirklich jede Mühe gegeben, das Picknick edel zu gestalten.

»Ich reise doch erst in zwei Wochen ab.« Ihre Stimme klang belegt vor Rührung. »Ist es nicht zu früh für ein Abschiedsessen? Oder willst du mich umstimmen?«

»Könnte ich das denn? Schokolade oder Erdbeere?«

»Beides.«

Chesten griff nach einem Cupcake und biss hinein, froh, auf diesem Weg einer Antwort entkommen zu können. Könnte Darren sie dazu bewegen, ihre Reise nach Guatemala aufzugeben, um bei ihm in Cornwall zu bleiben? So lange, bis er den nächsten Job irgendwo in einem Krisenherd hatte, was sie wieder zu einem Dasein als wartende Frau verdammte.

»Chesten.« Sanft nahm er ihre Hand. »Ich will dich nicht zu etwas überreden. Ich möchte einfach einen Nachmittag mit dir am Meer verbringen.«

»Danke. Was machen deine Pläne?«

»Ein Verlag interessiert sich für meine Landschaftsbilder. Vielleicht kann ich ihn auch für die Erinnerungsbänke begeistern.«

»Du hast mir immer noch nicht deine Lieblingsbank gezeigt.«

»Noch ist ja Zeit, bis du mich verlässt. Vorsicht, du hast da etwas Cupcake-Creme.«

Darren beugte sich zu ihr und strich mit dem Daumen an ihrem Mundwinkel entlang.

Bevor es zu romantisch werden konnte, deutete Chesten in Richtung des Meeres, dessen Wellen größer wurden und laut auf die Felsen prallten.

»Wenn ich mich nicht irre, erwartet uns ein heftiger Regen.«

Urplötzlich ballten sich vor dem frühlingshaft hellblauen Himmel Wolken zusammen, so dunkel, als wäre es später Abend und nicht früher Nachmittag. Typisch Cornwall.

»Lass uns schnell zusammenpacken, bevor der Regen alles zerstört.«

Doch sie waren zu spät; während sie noch versuchten, das Tischtuch ordentlich zusammenzufalten, prasselte es von einem Moment auf den nächsten auf sie herab. Es blieb ihnen nichts anderes übrig, als alles so schnell wie möglich in die Packtaschen des Motorrads zu werfen und zu hoffen, dass nichts zerbrechen würde.

»Komm, dahinten können wir uns unterstellen. Lauf du vor.« Er schob die Harley, während sie in Richtung des leider geschlossenen Cafés rannte, so schnell sie konnte.

»Als ob das noch etwas nützt.« Sie schüttelte sich. »Ich bin nass bis auf die Knochen.«

KAPITEL ACHTUNDDREISSIG

»Bree, leider hat das Wetter nicht mitgespielt.« Darren schirmte beim Telefonieren sein Smartphone gegen die Regentropfen ab, die der Wind unter das Vordach des Cafés trieb. »Kannst du den Tisch und alles abholen?«

Eine lange Antwort, von der Chesten nur wenige Worte verstand.

»Ja, wir warten.« Er legte auf und wandte sich ihr zu. »Aber die Idee war romantisch.«

»Immerhin haben wir alles essen können, bevor der Regen begann.«

Obwohl Regen ein viel zu harmloses Wort für diese Sturzflut war, die sich da aus dem Himmel ergoss. Wasser trommelte auf die Felsen und verwandelte die Wiese in eine Schlammpfütze, die alles andere als romantisch aussah. Dreck bespritzte den weißen Tisch.

»Schade, dass das Café nicht offen hat. Sie haben sehr leckeren Kakao.« Warum ihr gerade das im Kopf herumging, hätte sie nicht sagen können. Vielleicht wollte sie sich vor dem schützen, was sich hinter Darrens Worten von »romantisch« verbarg.

»Da kommt Bree«, sagte er, als wollte er auch nicht weiter über Gefühle reden. »Hoffentlich hat sie einen Schirm mitgebracht.«

Wie so viele ihrer kornischen Landsleute setzte Bree lieber auf eine gute Regenjacke als auf einen Schirm, der wenig Chancen gegen die Windböen gehabt hätte. Mit großen Schritten lief sie ungelenk auf sie zu, sichtlich gebremst durch die Gummistiefel, knallrote Hunters.

»Der Wetterbericht hat für heute Sonnenschein vorausgesagt, den ganzen Tag«, sagte sie anklagend. »Tut mir leid, dass der Regen euch den Nachmittag verdorben hat.«

»Hat er nicht, oder?« Darren schaute Chesten fragend an. Sie schüttelte den Kopf.

»Deine Cupcakes waren großartig.«

»Ich hole den Tisch.« Inzwischen hatte sich das Pladdern in ein sanftes Nieseln verwandelt. Darren zog seine Jacke über den Kopf und lief auf die Wiese, wo er mit dem Tisch kämpfte.

»Dass meine Cupcakes gut sind, weiß ich selbst«, flüsterte Bree. »Wie war es mit ihm?«

»Nett. Autsch! Was soll das?«

»Nett!«, schnaubte Bree und boxte ihr ein zweites Mal auf den Arm. »Das ist ja wohl ein absolutes Nullwort.«

»Ja, ich mag ihn. Darren ist klasse.« Obwohl er sich nicht wirklich geschickt dabei anstellte, den Tisch zusammenzuklappen. »Aber ich will mich nicht verlieben.«

»Als ob Liebe etwas mit wollen zu tun hätte.« Ein erneutes Schnauben begleitete die Worte.

»Geht es dir gut? Du klingst wie ein erkältetes Pony.«

»Ach, Ches, von uns allen bist du die, die an die Liebe glaubt.« Brees Miene verdüsterte sich. »Alys und ich … wir sind pragmatischer, aber du …«

»Ihr beide habt euren Seelenverwandten gefunden, während ich …«

Obwohl ihre Worte leichthin klingen sollten, spürte Chesten, wie Tränen sich ihr aufdrängten. Das Leben war verdammt unfair. Alys hatte den wunderbaren Jory und Bree, die niemals mehr als Affären wollte, hatte in Ben ihr großes Glück gefunden. Nur sie hatte zu lange an ihrer Jugendliebe festgehalten und wusste nicht einmal mehr, ob sie ihren Gefühlen trauen konnte.

»Der Tisch ist im Auto.« Darren, der sich wie ein Hund schüttelte, erlöste Chesten davon, eine Antwort für Bree zu finden. »Du hast nicht zufällig ein Handtuch dabei?«

Mit der Hand fuhr er sich durch die dunklen Haare, die vor lauter Feuchtigkeit tiefschwarz aussahen.

»Nicht nur eins.« Bree setzte ihr Coverlächeln auf. »Ich wusste ja nicht, ob ihr dem Regen entkommen konntet.«

»Typisch Cornwall«, stöhnte Darren gespielt auf. Kurz nachdem sie sich einigermaßen abgetrocknet hatten, stoppte der Regen unvermittelt und machte der Sonne Platz, die von einem beinahe wolkenlosen Himmel schien.

»Beschwer dich nicht.« Chesten knuffte ihn leicht in die Seite, was ihr einen fragenden Blick von Bree einbrachte. »So kannst du mich mit deiner Höllenmaschine nach Hause fahren.«

Chesten umarmte ihre Freundin, die ihr ins Ohr flüsterte: »Also, ich mag ihn.«

»Ich doch auch.«

»Was hat Bree zu dir gesagt?«, fragte Darren, nachdem sie – glücklicherweise trocken – bei Chesten angekommen waren. »Oder ist das geheim?«

»Sie mag dich.«

»Mir wäre es lieber, dass du mich … magst.«

Seine unvermutete Ehrlichkeit ließ sie verstummen. Bisher hatte sie sich einreden können, dass ihre Gefühle ihm gegenüber nur ein Teil der Verwirrungen waren, die ihr Leben gerade heimsuchten. Chesten erinnerte sich, wie Alys Bree vorgeworfen hatte, vor ihren Gefühlen davonzulaufen. Nicht einmal ein halbes

Jahr war das her. Damals war Chesten sicher gewesen, dass sie diesen Fehler nie machen würde. Sie mochte den falschen Mann lieben, aber sie wagte es zu lieben.

Hatte sie sich selbst belogen? War sie genauso sehr wie Bree darauf bedacht, keinen Mann nahe an sich heranzulassen? Yestin zu lieben, war einfach gewesen – und auf eine seltsame Art harmlos. Niemals hatte sie eine Zukunft vor sich gesehen, in der Yestin und sie gemeinsam lebten. Niemals hatte sie sich auf die Herausforderungen eines gemeinsamen Alltags einlassen müssen. Niemals sich der Gefahr stellen müssen, dass ihre Liebe hinter Verpflichtungen verschwand, bis sie starb.

»Du siehst aus, als hättest du eine Erleuchtung gehabt.« Darrens tiefe, angenehme Stimme holte sie in die Wirklichkeit zurück.

»Ja, sie haben recht«, purzelten die Worte wie von selbst aus ihrem Mund, bevor sie die Chance hatte, es sich ein weiteres Mal zu überlegen. »Ja, du bist der Richtige. Kann ich mir jedenfalls vorstellen.«

»Musst du immer alles einschränken?«, fragte er, aber er lächelte. Dann stand er auf und zog sie zu sich hoch.

In ihren geliebten Romanen hatte sie immer wieder gelesen, wie Frauen einen Kuss vom Kopf bis zu den Zehenspitzen spürten. Bisher hatte sie das für literarische Übertreibung gehalten, denn Küsse machten Spaß, schmeckten gut (meistens), aber warfen sie nicht um.

Bis jetzt. Bis zu diesem einen Kuss. Der fühlte sich wirklich so an, als zöge ihr jemand den sprichwörtlichen Boden unter den Füßen weg. Sie war froh, dass Darren sie in seinen starken Armen hielt. Als er sich von ihr löste, waren sie beide außer Atem. Sie schaute in seine graublauen Augen, in denen sie Glück glitzern sah. Ob auch ihre Augen so leuchteten?

Bevor sie etwas sagen konnte, was möglicherweise den Zauber des Augenblicks zerstört hätte, klingelte es.

Wenn das Bree oder Alys sind, bringe ich sie wirklich um.

Widerstrebend löste sie sich aus Darrens Armen und ging zur Tür. Noch immer brannten ihre Lippen von dem Kuss, noch immer meinte sie, seine Wärme zu spüren. Warum hatte sie das blöde Klingeln nicht einfach ignoriert und sich weiter an Darren gekuschelt?

Sie öffnete die Tür und erstarrte.

»Chessie.« Lächelnd stand Yestin vor ihr. »Ich, also, ich habe Stacey verlassen. Für dich.«

In dem Moment hörte sie Schritte hinter sich.

Das war einfach zu viel. Chesten fühlte ein hysterisches Kichern in sich aufblubbern, das sie einfach nicht unterdrücken konnte – und auch gar nicht unterdrücken wollte. Unter Tränen schaute sie von Darren, der sie irritiert anschaute, zu Yestin, der ziemlich angesäuert wirkte. Wahrscheinlich hatte er erwartet, dass sie sich in seine starken Arme warf und vor Glück seufzte. Hatte sie wirklich so einen Eindruck vermittelt?

»Mir scheint, ihr habt etwas zu klären«, sagte Darren trocken, was Chesten in einen weiteren Lachanfall sandte. »Schick mir eine SMS, wenn … falls du mich heute noch einmal sehen willst.«

»Du musst nicht gehen«, sagte sie. »Yestin und ich haben nichts mehr zu besprechen.«

»Ich habe meine schwangere Frau deinetwegen verlassen. Da kannst du mich nicht einfach so wegschicken.« Yestin sah aus, als wollte er gleich empört mit dem Fuß aufstampfen wie ein verzogener Fünfjähriger, dem man etwas verboten hatte.

Chesten kämpfte gegen den Drang an, ihm in die Wange zu kneifen und »nunu« zu sagen oder ihm einen Keks anzubieten.

»Viel Glück«, flüsterte Darren, als er ihr einen Kuss auf die Wange hauchte. »Ich schaue nach den Ponys.«

Er schloss die Tür hinter sich, als wollte er nicht, dass Yestin das Haus betrat. Ihr war das nur recht. Yestin würde keinen lautstarken Streit beginnen, hier unter freiem Himmel.

Sie wartete, bis Darren im Stall verschwunden war, und spürte dabei ihren Gefühlen nach. Lag es an der Überraschung, dass sie Yestins Worte nicht ernst nehmen konnte? Lag es daran, dass sie zu lange auf diesen Satz gewartet hatte? Oder lag es daran, dass sie nicht mehr die Frau war, die sich in Yestin verliebt hatte?

»Du hast dich ja schnell getröstet.«

Nur, was ich selber denk und tu, trau ich jedem anderen zu, lautete ein Sinnspruch ihrer deutschen Großmutter, der Chesten noch nie so wahr wie heute erschienen war. Früher hätte sie sich entschuldigt, hätte versucht, Yestin ihre Sicht der Dinge zu erklären. Heute war es ihr egal. Sollte er von ihr denken, was er wollte.

»Geh zurück zu Stacey. Vielleicht nimmt sie dich wieder.« Das Lächeln konnte sie sich nicht verkneifen. »Wenn du Glück hast.«

Leider – wie sie es befürchtet hatte – war Yestin nicht vernünftig genug, ihren Ratschlag anzunehmen.

»So einfach kannst du mich nicht wegschicken. Du schuldest mir eine Erklärung. Das habe ich verdient, nach allem, was war.«

»Meinst du die Jahre voll geplatzter Verabredungen oder dass du mich verlassen hast?«

Obwohl sie sich nicht auf einen Streit einlassen wollte, entglitten ihr diese Worte. All die Bitterkeit, die sich in den Jahren des Wartens angesammelt hatte, suchte sich jetzt ein Ventil.

»Ach, Chessie, du weißt, dass ich das nicht wollte.«

So vieles hätte sie darauf antworten können, aber auf einmal war das alles nicht mehr wichtig. Was mit ihm gewesen war, war aus und vorbei, war Teil ihrer Vergangenheit und sie wollte nicht, dass es ihre Zukunft beeinflusste. Es war Zeit, einen Schlusspunkt zu setzen.

»Yestin, *du* hast eine Entscheidung getroffen. Dafür bin ich dir dankbar, denn es hat mir geholfen, mir darüber klar zu werden, was ich will. Und das bist nicht du.«

»Chessie, du kannst doch nicht so einfach alles aufgeben, was zwischen uns war, was zwischen uns immer noch ist.«

Er versuchte, sie in seine Arme zu ziehen, aber sie wich ihm aus. Hielt er sie wirklich für so einfach zu haben? Natürlich musste er das von ihr denken, denn bisher hatte sie sich immer seinen Wünschen gefügt.

»Yestin, du hast es beendet. Steh dazu.«

»Chessie, bitte.«

Während sein Tonfall immer flehender wurde, kam ihr die Erkenntnis, was ihn zu ihr getrieben hatte. Die Wahrheit schmeckte bitter.

»Stacey hat dich rausgeworfen, nicht wahr?«

Sein Zögern war nur kurz, aber sie kannte ihn gut genug, um es zu bemerken.

»Ich bin hier, weil ich dich liebe.«

KAPITEL NEUNUNDDREISSIG

Nachdem Yestin endlich gegangen war, lehnte Chesten sich gegen die Hauswand und atmete tief durch. Sie war ein Mensch, der Konflikte eher scheute. Was hatte Yestin erwartet? War er wirklich davon ausgegangen, dass sie sich in seine Arme stürzte und ihm alles verzieh? Selbst in einem modernen Liebesroman wäre so ein Happy-End schwer vorstellbar.

Trotzdem schmerzte es, dass ihre Affäre oder Beziehung oder was immer es auch gewesen war, so ein unangenehmes Ende finden musste. *Sie* hatte sich deutlich besser verhalten, als er sich von ihr getrennt hatte. Irgendwie erinnerte Yestin sie an einen bockigen Jungen. Sobald er auf ein Hindernis stieß, warf er sich zu Boden, trommelte mit Händen und Füßen, bis er sich durchsetzen konnte.

Hatte sie *das* wirklich einmal attraktiv gefunden? Hatte sie ihn wirklich geliebt? Oder hatte sie nur die Vorstellung geliebt, die sie sich seit ihrer Teenagerzeit von ihm gemacht hatte? Fast konnte er ihr leidtun, denn der wahre Yestin, der Mann mit all seinen Fehlern und Schwächen, hatte wohl nie eine Chance gehabt, gegen den idealisierten anzukommen, den sie liebte.

Auf jeden Fall konnte sie nun sicher sein, dass sie ihm gegenüber immun war. Ein Teil von ihr freute sich, davon befreit zu sein. Ein anderer Teil von ihr bedauerte es, dass ihre Liebe vorbei war, dass all das, was sie verbunden hatte, nun Geschichte war. Sie schloss die Augen, um ihre Gedanken zu sammeln.

Aber nun habe ich endlich eine Zukunft. Ist es gemein, wenn ich an Yestin als Ballast denke, von dem ich mich lösen musste, um endlich zu leben? Warum habe ich so lange gebraucht, bis ich das erkannt habe? Wie heißt es doch: Besser spät als nie.

Beinahe hätte ich Darren seinetwegen gehen lassen, obwohl er bereit ist, mich zu lieben, voll und ganz. Mich nicht wie Yestin immer hinzuhalten, in der vergeblichen Hoffnung, eines Tages zusammen sein zu können. Ja, ich verdiene es, dass ein Mann mich liebt – nur mich!

Tief atmete sie ein, genoss die Stille, die über Haus und Garten lag. Nur ab und zu ließ sich ein Vogel vernehmen, wohl auf der Suche nach einer Partnerin, mit der er den Frühlingsbeginn feiern konnte. Der Gedanke brachte sie zum Lächeln.

»Soll ich gehen?« Sie hatte Darrens Schritte gehört, als er über das Kopfsteinpflaster des Hofs auf sie zukam, aber die Augen geschlossen gelassen.

Nun öffnete sie sie und sah ihn an.

»Ich würde am liebsten da weitermachen, wo wir in der Küche begonnen haben«, sagte sie und lächelte, »aber leider brauchen Colin und Firth Bewegung. Möchtest du mitkommen?«

»Das beschert mir wieder eine Woche lang Muskelkater, aber für dich nehme ich das gern in Kauf.«

Erstaunlich, dass er nichts zu Yestins Auftritt sagt. Ich an seiner Stelle wäre neugieriger. Oder haben Bree und Alys ihm alles erzählt?

»Das war der Mann, vor dem du fliehst?«, fragte Darren schließlich. Entspannt saß er in Colins Sattel, während Firth immer wieder kleine Hüpfer tat, weil sich Chestens unruhige Stimmung auf ihn übertrug. »Seinetwegen verlässt du St. Bart?«

»Und mich« schwang unausgesprochen in seiner Frage mit.

»Nicht seinetwegen.« Sie zog die Zügel an, damit Firth

spürte, dass sie sich wieder auf ihn konzentrierte. »Meinetwegen. Unseretwegen.«

»Das ist mal eine interessante Sichtweise.« Wie sehr sie sein leises Lachen mochte. Sie spürte es bis tief in ihrem Herzen, ein Lachen, das einen über vieles hinwegtragen konnte. »Du fliegst 2.000 Meilen von mir weg – für uns.«

Colin nutzte Darrens Unaufmerksamkeit, um sich einen Zweig zu schnappen, der ihm vor der Nase hing.

»Ich …« Chesten versuchte, ihre Gedanken und Gefühle in Worte zu fassen. Darin war sie nicht gut. Irgendwie war der Umgang mit Menschen so viel schwieriger als der mit Tieren. »Ich glaube, ich muss erst mit mir allein klarkommen, bevor …«

»Bevor du bereit für etwas Neues bist? Bist du denn wirklich so weit?«

»Es ist vorbei. Ich bräuchte nicht mehr nach Guatemala zu flüchten, um ihm zu entkommen.«

»Bist du ganz sicher?«

Er hatte recht, sie zu fragen, ihr selbst kam es unglaublich vor, dass ihre überwältigende Liebe zu Yestin so plötzlich verschwunden war. War es vielleicht nur eine Trotzreaktion ihrerseits, weil er sie wegen Stacey verlassen hatte? Darüber dachte sie intensiv nach und war sich Darrens Blick allzu bewusst. Aber das war keine Frage, die man schnell und einfach beantworten konnte.

»Ja«, sagte sie schließlich, zögerlich, tastend, als müsste sie sich jedes Wortes vergewissern. »Ja. Wenn ich sagen würde, er bedeutet mir nichts mehr, dann …«

Sie fuhr sich mit der Hand in den Nacken, als könnte dies ihr Grübeln unterstützen. Firth tänzelte, aber sie saß sicher im Sattel und ließ sich davon nicht beeindrucken. Also beruhigte sich das Pony wieder.

»Yestin wird mir immer etwas bedeuten. Er war meine erste Liebe.« Sie lächelte. »Meine große Liebe. Aber jetzt … jetzt ist er nur noch eine Erinnerung. Ich will ihn nicht zurück.«

»Willst du mich?« Darren lenkte Colin näher an Firth heran, so nahe, dass sie ihn hätte berühren können. »Oder ist es mit uns auch vorbei?«

Chesten streckte die Hand nach ihm aus, spürte die Wärme seiner Haut, die Stärke der Muskeln.

»Mit uns ist es anders. Mit dir …« Sie dachte daran, wie geborgen sie sich in seinen Armen fühlte. »Mit dir könnte ich mir eine Zukunft aufbauen. Aber …«

»Aber erst einmal willst du nach Guatemala.«

»Ich muss weggehen.« Chesten lächelte Darren an. »Erst muss ich mir beweisen, dass ich allein in der Fremde klarkomme, bevor ich mit einem Mann zusammenlebe.«

»Heißt das …« Er sog die Luft scharf ein. »Du gibst mir eine Chance?«

Auf einmal fühlte sie sich frei und glücklich wie seit Jahren nicht mehr. »Ja, obwohl du auf mich warten musst. Wenn du das willst.«

Nun schwieg Darren, was Chesten kribbelig machte. War sie bereit, ihre Entscheidung zu überdenken? Warum ging sie nicht den einfacheren Weg und sagte bei *Vets Global* ab? Wahrscheinlich blieb genug Zeit, sodass die Organisation einen Ersatz finden könnte.

»Ich glaube, ich verstehe es, aber du wirst mir trotzdem fehlen.« Er beugte sich zu ihr und griff nach ihrer Hand. Sanft küsste er ihre Fingerspitzen. »Wer kümmert sich um deine Tiere?«

»Meine Mum kommt. Sie vermisst Cornwall und freut sich darüber, das Haus für sich zu haben. Wir lieben uns, aber können nicht lange zusammenleben.«

Chesten verzog das Gesicht bei der Erinnerung, wie es das letzte Mal zwischen ihrer Mutter und ihr geknallt hatte, auch wenn ihre Mum es nur gut gemeint hatte.

»Also ist alles organisiert.« Leise setzte er hinzu: »Ich könnte mitkommen.«

»Das habe ich auch schon überlegt, aber …«

»Du willst allein sein. Du willst wissen, ob du allein klarkommst.«

»Ja, obwohl du mir fehlen wirst. Das klingt selbst für mich ziemlich schräg.«

Ich könnte es verstehen, wenn du Nein sagst, wenn ich dir zu kompliziert bin. Bitte gib mir, gib uns eine Chance.

Als der Weg sich verengte, trieb Darren Colin an. Zu seinem Rücken wollte sie nicht sprechen, obwohl sie ihm so viel sagen wollte. Gleichzeitig konnte sie nicht die richtigen Worte finden. Alles, was sie sich überlegte, hörte sich schief und falsch an.

Endlich hatten sie den Engpass überwunden und Darren wartete, bis sie zu ihm aufgeschlossen hatten. Er lächelte.

»Das wird mir fehlen«, sagte sie nach einer Weile. »Der beginnende Sommer. Er ist mir in Cornwall die liebste Jahreszeit.«

»Du kannst dich noch umentscheiden, oder?« Darren hielt wieder ihre Hand. »Aber du musst es nicht. Ich werde auf dich warten.«

»Was ist mit Afrika? Neuen Aufträgen?«

»Das entscheide ich, wenn Anfragen kommen. Im Moment tut mir eine Pause gut.«

»Wieso bist du Kriegsfotograf?«

»Wieso nicht?« Er runzelte die Stirn. »Entschuldige, du hast eine bessere Antwort verdient …«

Sie wartete ab, wollte ihn nicht drängen.

»Ich wollte immer schon die Welt ändern, verbessern.« Ein schiefes Lächeln begleitete seine Worte. »Schreiben liegt mir nicht, aber Fotografieren. Die Kamera gibt mir einen anderen Blick auf die Welt.«

»Hast du keine Angst?«

»Erwartest du, dass ich für immer in St. Bart bleibe?«

Chesten schwieg. Sie wollte nicht einfach »Ja« oder »Nein« sagen, ohne ihre Antwort durchdacht zu haben. Wäre ein Leben mit Darren, der ständig durch die Welt reiste, nicht eine Fortsetzung ihrer Affäre mit Yestin? Nur dass sie dieses Mal den Geliebten nicht mit seiner Ehefrau teilen musste, sondern mit seiner Arbeit? Wollte sie das? Was wäre das für eine Liebe, in der sie sich nur selten sahen? Musste man sich täglich sehen, um sich lieben zu können?

Musste sie sich heute entscheiden?

»Puuh«, antwortete sie endlich. »Ich weiß es nicht. Noch etwas, über das ich nachdenken will und werde.«

Nun wirkte sein Gesicht düsterer. Hätte sie anders antworten sollen? Hätte sie lügen sollen, hätte sie etwas Romantischeres sagen müssen? Etwas wie »Solange du zu mir zurückkehrst, werde ich immer auf dich warten«?

»Meine Ehe ist daran gescheitert, dass Eleanor einen anderen Mann wollte. Nein, sie wollte aus *mir* einen anderen Mann machen.«

»Das kenne ich.« Chesten klopfte Firth den Hals. »Den Fehler möchte ich nicht noch einmal machen, aber …«

»Es ist wohl menschlich, dass man den anderen verändern möchte.« Nun grinste er schief. »Man verliebt sich in jemanden, weil er ist, wie er ist, und will ihn dann ändern. Schon seltsam.«

»Dann lass uns einander versprechen, dass wir uns so lassen, wie wir sind.«

»Ich weiß nicht, ob es funktionieren kann, aber eines weiß ich sicher, mit dir will ich es versuchen.«

Er hielt Colin an und stieg aus dem Sattel. Als er ihr seine Hand entgegenstreckte, zügelte sie Firth und stieg ebenfalls ab.

Er nahm sie in die Arme. Sein Gesicht näherte sich ihrem und Chesten schloss die Augen. Sie spürte seinen warmen Atem, als er noch näher kam. Erwartungsvoll öffnete sie die Lippen, aber Darren küsste sie nicht. Stattdessen fühlte sie seine Hände, rau und warm, die sich an ihr Gesicht legten. Sie öffnete die Augen. Er lächelte.

»Willst du das wirklich?«

»Rede nicht so viel. Küss mich endlich.«

Der Kuss war genauso wunderbar, wie sie es erhofft hatte, und doch viel mehr. Sie spürte seine Leidenschaft, aber auch Liebe. Und was fühlte sie? Anstatt ihrem Kopf die Oberhand zu lassen, erwiderte Chesten Darrens Kuss aus vollem Herzen. Für die Dauer der Berührung verschwanden alle Gedanken an Hughs Tod, an die Trauer um das Ende ihrer ersten großen Liebe, an ihre Reise. Es gab nur sie beide. So musste ein Kuss sein. Fragend und tastend, aber auch voller Versprechungen und Hoffnungen.

Mit einem Ruck zog Chesten ihren Kopf zurück.

»Das hat keinen Zweck.«

»Super. Du hättest mir auch gleich einen Eimer mit kaltem Wasser über den Kopf schütten können.«

»Sorry. Aber …« Chesten holte tief Luft. »Darren, ich gehe weg.«

»Chesten, ich verliebe mich nicht jeden Tag. Ein halbes Jahr überstehe ich schon.«

»Und wenn ich … in Guatemala merke, dass ich lieber allein leben will?«

»Mein Risiko«, sagte er schließlich. »Ich bin bereit, es einzugehen.«

»Aber ich nicht. Es wäre nicht fair.«

Als Antwort zog er sie wieder in seine Arme. Einen Moment lang wollte sie sich losreißen, wollte vor all den Komplikationen davonlaufen, die es mitbrächte, wenn sie ihn erneut küsste, aber sie war nicht stark genug. Dieser Kuss war nicht mehr sanft und fragend. Dieses Mal küsste er sie fordernd und besitzergreifend. Dieses Mal löste er sich als Erster aus dem Kuss, was Chesten sofort bedauerte. Sie wollte mehr, viel mehr.

»Das fühlt sich nicht an, als ob du es nicht ernst meinst.«

»Noch einmal: rede nicht so viel. Küss mich endlich.«

Dieser nachdrücklichen Aufforderung kam Darren sofort nach. Seine Hände glitten über ihren Rücken, als er sie näher an sich heranzog.

KAPITEL VIERZIG

Als sie noch vor Yestin flüchten wollte, war Chesten die Zeit bis zum Abflug nach Guatemala unendlich lange vorgekommen. Jetzt, wo sie sich endgültig von ihm gelöst hatte und ihre Gefühle für Darren immer tiefer wurden, war der Tag des Abschieds überraschend schnell angebrochen.

Calico Jack und er waren jeden Tag vorbeigekommen. Darren, um sie bei den Papieren und dem zu erledigenden Kleinkram zu unterstützen, Calico Jack, um sich mit Grant und Orlando anzufreunden. Nachdem es bei den ersten Begegnungen Fauchen, Spucken und wildes Bellen gegeben hatte, ignorierten sie einander nun, was der beste Weg zu einer wunderbaren Freundschaft sein konnte, wie Chesten wusste.

Zwischen Darren und ihr hatte es heiße Küsse gegeben und tröstende Umarmungen, aber nichts darüber hinaus. Ohne darüber gesprochen zu haben, waren sie beide übereingekommen, ihre Liebe langsam angehen zu lassen. Noch immer war sie sich ihrer Gefühle für Darren nicht vollkommen sicher, während es ihm überaus ernst mit ihr zu sein schien. Aber ob das so bliebe, wenn sie erst weit entfernt wäre?

Also los. Sie warten auf mich. Vielleicht sollte ich doch noch alles absagen und hierbleiben. Was, wenn Darren nicht auf mich wartet? Dann ist er es nicht wert. Dann finde ich meinen Seelenverwandten später.

»Mach es gut, mein Schatz.« Ihre Mutter nahm sie zum Abschied in die Arme und drückte sie so fest, dass es beinahe wehtat. »Ich hoffe, du findest, was du suchst.«

»Danke, Mum, danke, dass du dich um alles kümmerst. Alys und Bree helfen dir, wenn es nötig ist.«

»Ich habe mich schon einmal allein um die Farm gekümmert. Und da war sie noch viel größer.«

»Ich weiß. Es … ist einfach mein schlechtes Gewissen, dich mit der Arbeit allein zu lassen.«

»Quatsch. Es tut mir gut, mich gebraucht zu fühlen. Jetzt verschwinde endlich, bevor ich anfange zu weinen.«

Eine letzte Umarmung und Chesten verließ ihr gemütliches Heim. Auf dem Hof warteten sie bereits auf sie – alle die, die ihr wichtig waren. Alys, Bree und Darren standen vor Darrens Honda und schauten ihr erwartungsvoll entgegen. Was für ein Aufmarsch, nur um sie zum Bahnhof zu bringen.

»Lass mich den Koffer nehmen.« Mit großen Schritten kam Darren auf sie zu und streckte die Hand nach dem Gepäck aus.

Chesten reichte ihm den Koffer und gab ihm einen Begrüßungskuss auf die Wange. Irgendwie genierte sie sich vor Alys und Bree, auf deren Gesichtern ein breites Grinsen aufleuchtete. Darren jedoch schien das egal zu sein: Er zog sie zu sich heran und küsste sie voller Leidenschaft. Ihre Wangen brannten, als er sich von ihr löste. Bree und Alys applaudierten.

»Hast du alles dabei, was du brauchst?« Bree musterte das Gepäckstück kritisch. »Der ist doch viel zu klein für sechs Monate.«

»Nicht jede braucht einen Riesenkoffer und einen Schminkkoffer und einen für die Schuhe«, entgegnete Chesten spöttisch.

»Manche von uns reisen mit leichtem Gepäck. Was mir fehlt, kann ich kaufen.«

»In Guatemala?« Wenn man Alys' Tonfall glaubte, reiste Chesten in ihr Verderben. »Im Notfall schicken wir dir Care-Pakete.«

Darren rollte nur mit den Augen und verzog die Mundwinkel zu einem spöttischen Grinsen, was ihm einen spielerischen Knuff von Bree eintrug. Chestens Herz wurde warm, als sie sah, wie gut sich ihre Freundinnen und der Mann, mit dem sie sich eine Zukunft vorstellen konnte, verstanden. War es nicht eine blöde Idee, das alles aufs Spiel zu setzen und für ein halbes Jahr zu verschwinden?

»Lasst uns losfahren.« Alys schaute auf die Uhr. »Falls es wieder einen Stau gibt, wird es eng.«

»Ich habe noch eine Stunde, bis der Zug geht.« Chesten konnte sich ein Lächeln nicht verkneifen. Alys war die Einzige von ihnen, die überpünktlich war.

»Wie gesagt, ich würde dich auch nach London fahren.« Darren öffnete die Autotür und deutete eine Verbeugung an.

»Ich weiß. Aber ich möchte meine Single-Reise hier antreten.«

Er nahm ihre Hand und drückte sie leicht, was sie ebenso erwiderte.

»Ich bin gleich wieder da. Ich muss mich noch von Colin und Firth und Frodo, Samwise und Pippin verabschieden.« Das war die Wahrheit, aber sie brauchte auch einen Moment für sich, um gegen die Tränen anzukämpfen, die ihr kamen, nun wo der Abschied nahte. Von den Katern hatte sie sich im Haus verabschiedet und auch von Hugh, an dessen Grab sie eine Weile geblieben war.

Bevor sie sich zum Stall umwandte, sah sie, wie Alys auf den Rücksitz des Wagens kletterte, während Bree Darren einen Schubs gab.

»Geh ihr nach«, hörte Chesten ihre Freundin sagen.

»Chesten braucht Zeit für sich.«

Wie kam es nur, dass er sie manchmal besser verstand als ihre Freundinnen? Hatten Alys und Bree recht, die – ebenso wie Mum – der Meinung waren, dass Darren der Richtige war, dass sie ihn festhalten sollte?

Erst muss ich mir wirklich sicher sein, dass meine Liebe zu ihm hält, dass er nicht nur eine Ablenkung von Yestin ist. Ich will mir sicher sein, dass ich ihn aus den richtigen Gründen liebe. Oder will ich einfach nur weglaufen, weil ich Angst habe, mich ernsthaft zu verlieben?

»Stellt nichts an, solange ich unterwegs bin.« Sie klopfte den Ponys den Hals und gab ihnen Möhren. »Macht alles, was Mum sagt.«

Die Esel schauten sie erwartungsvoll an. Ihnen waren die Rüben allerdings wichtiger als ihre Abschiedsworte.

Ein letzter Blick auf ihre Lieben. Ein letzter Blick in den Stall, in dem sie so viel Zeit verbracht hatte.

Himmel! Ich verreise doch nur für ein halbes Jahr, nicht für den Rest meines Lebens. Hat Alys mit ihrer Schwarzmalerei über Guatemala mich angesteckt und ich fürchte, nicht mehr zurückzukommen?

Viel zu früh kamen sie am Bahnhof in Penzance an, was Chesten gar nicht recht war. Sie brachte Lebewohls lieber kurz und schmerzlos hinter sich. Diese Zeit, in der man von einem Fuß auf den anderen trat, nicht mehr ganz hier, aber auch noch nicht ganz weg, gefiel ihr nicht. Möglicherweise auch, weil sie fürchtete, ihre Entscheidung im letzten Moment zu revidieren, was sie irgendwann bereuen würde.

»Ich hasse Abschiedsszenen«, murmelte sie. »Außer im Film.«

»Wir auch. Also machen wir es kurz.« Alys wischte sich mit dem Handrücken über die verdächtig glänzenden Augen. »Hier ist etwas für dich. Zur Erinnerung.«

Sie reichte Chesten ein Foto. Erst auf den zweiten Blick

erkannte sie, was es war. Und dann sah sie gar nichts mehr, weil sie weinen musste.

»Es ist noch nicht fertig und nach Guatemala wollte ich es dir auch nicht mitgeben.« Alys' Tonfall klang ein wenig verlegen. »Wenn du zurückkommst, hängen wir es in deinem Haus auf.«

»Danke. Es ist wunderschön.« Chesten zog die Nase hoch, bis Bree ihr ein Taschentuch reichte.

Sie konnte nicht weitersprechen, weil Alys' Geschenk sie so rührte. Auf dem Foto war ein Gemälde zu sehen, das Hugh zeigte, so lebensecht, dass sie erwartete, gleich sein forderndes »Mack« zu hören.

»Von mir gibt es auch etwas. Allerdings deutlich praktischer als das von Alys.« Trotz ihrer Worte klang Bree, als wäre auch sie den Tränen nahe. Sie holte eine Tasche aus ihrem Rucksack, die sie Chesten überreichte. »Ein Brot und Ingwerkekse für die ersten Tage in Mittelamerika. Und Leckereien mit Grüßen von Ben und Matteo für die Reise.«

»Danke. Ich werde euch vermissen.« Chesten umarmte Bree und Alys. Tränen ließen ihren Blick verschwimmen. »Ihr seid die Besten.«

»Nie hätte ich gedacht, dass du St. Bart verlässt und ich hier sesshaft werde.« Bree schüttelte den Kopf. »Wehe, du kommst nicht heil zurück.«

»Pass auf dich auf.« Alys' Stimme klang belegt. »Ohne dich ist alles doof!«

»Es ist doch nur ein halbes Jahr.«

»Komm, my Love, da möchte sich noch jemand verabschieden.« Bree zog Alys hinter sich her. Kurz blieb sie stehen, um Chesten zuzuzwinkern.

»Ich würde dich begleiten.« Wie sollte sie nur seinen graublauen Augen widerstehen, die sie so liebevoll anschauten? »Jederzeit. Überall hin. Das weißt du.«

»Ich weiß.« Sie strich ihm eine Haarsträhne aus der Stirn. Die Berührung ging mit dem Prickeln einher, das sie immer spürte, wenn ihre Haut auf seine traf. »Ich will lernen, mich durchzusetzen, auch einmal ›Nein‹ zu sagen. Wartest du auf mich?«

»*Wir* warten auf dich.« Darren deutete auf Calico Jack, dessen Leine er Bree in die Hand gedrückt hatte. Der Hund zerrte daran und versuchte, zu ihnen zu gelangen. »Aber skypen ist erlaubt, oder?«

»Falls ich im Regenwald Internetanschluss habe, bist du der Erste, bei dem ich mich melde.«

Chesten kämpfte gegen das bittersüße Gefühl an, das dieser Abschied mit sich brachte. Zum ersten Mal war sie es, die einem Mann einen Korb gab. Dabei wäre es sicher wunderbar, gemeinsam mit ihm auf die Suche nach einem Quetzal zu gehen. Andererseits würde sie sich bestimmt nur schwer auf ihre Arbeit konzentrieren können, wenn sie wusste, dass er im Hotel auf sie wartete.

So sehr ich dich auch liebe, Darren Thompson, Guatemala gehört mir allein. Das schöne und gefährliche Land muss ich mir erobern, ohne männliche Unterstützung. Wie es wohl sein wird? Werde ich mit meinen neuen Kollegen klarkommen? Was wird mich dort erwarten?

»Wenn du zweifelst, dann nicht an mir.« Darren küsste ihre Stirn. »So lang ist ein halbes Jahr nicht.«

»Ich … ich muss los.« Chesten zog Darren zu sich heran und küsste ihn voller Leidenschaft, als wäre es der letzte Kuss, den sie einander je geben würden. Er erwiderte ihn mit der gleichen Intensität. »Bitte bring mich nicht zum Zug. Das würde ich nicht aushalten.«

»Gut, dann muss ich dir mein Geschenk jetzt geben.« Er zog ein Buch aus der Tasche, das in dunkelrotes Papier eingewickelt war. »Mach es erst im Zug auf. Gute Reise, Love.«

»Bitte geh«, presste sie hervor. Wenn er jetzt nicht sofort Alys und Bree folgte, könnte sie für nichts garantieren.

»Vergiss mich nicht.« Darren küsste sie – kurz und hart – und wandte sich um. Sie schaute ihm nach und winkte, als er sich umdrehte.

Endlich eilte Chesten zum Zug, der in fünf Minuten den Bahnhof verlassen sollte. Zum Glück fand sie gleich einen Platz. Mit brennenden Augen starrte sie aus dem Fenster, als der Zug Penzance und alle, die ihr etwas bedeuteten, hinter sich ließ.

Um sich von der Traurigkeit abzulenken, öffnete sie Darrens Geschenk. Sie musste lachen und brach gleich darauf in Tränen aus. Ein schöneres Präsent hatte sie noch nie in ihrem Leben erhalten.

Es war ein Fotobuch aus schwarzem, schwerem Karton. Auf dem Cover stand »Liebe, die für immer bleibt« als Überschrift über den Bildern von zwei Erinnerungsbänken. Eine davon war die, die sie liebte. Die hatte sie ihm immer zeigen wollen, aber irgendetwas hatte sie davon abgehalten. Brauchte sie wirklich noch mehr Zeichen, dass Darren der Richtige war?

William Charles Frederick James (Charlie),
20 July 23 – 23 June 16
Vera's handsome horseman for 70 years
A kind, talented, loving man
Time to sit and rest together

Wie oft war sie an dieser Bank stehen geblieben und hatte sich gewünscht, dass sie Vera und Charlie kennengelernt hätte, die miteinander so unglaublich glücklich gewesen sein mussten.

Remembering Land Army Girl
Vera James who found her
Handsome horseman, Charlie,
Laughter and love in Penzance
1 Sept 25 – 5 De 14 Rest Awhile

Es war ihr vollkommen egal, was die anderen Fahrgäste von ihr denken mussten, als sie erneut zwischen Weinen und Lachen wechselte. Nachdem sie sich die Nase geschnaubt hatte, schlug sie das Fotobuch auf, um sich die Aufnahmen der anderen Bänke anzuschauen.

Auf der ersten Seite stand in einer schrägen, starken Handschrift mit silbernem Stift geschrieben:

Für Chesten, in der Hoffnung, dass ich ihr handsome horseman sein werde.

EPILOG

Acht Wochen später

Endlich war Chesten wieder an einem Ort angekommen, wo sie skypen konnte. Nach Tagen auf Reisen und Nächten in Zelten genoss Chesten die Bequemlichkeit des Hotelbetts in Antigua, der prachtvollen ehemaligen Hauptstadt Guatemalas.

Nachdem sie ausgiebig geduscht und den Staub der Reise abgewaschen hatte, setzte sie sich auf das breite Bett und öffnete ihr Netbook. Ein kurzer Blick in den Spiegel, ob sie nicht zu müde und erschöpft aussah. Nein, überraschenderweise sah man ihr die Strapazen der vergangenen Wochen nicht an.

Nervös trommelten ihre Finger auf dem Netbook, während sie darauf wartete, endlich ins Internet zu kommen. Nach einer ewig erscheinenden Zeit hatte sich die Skype-Verbindung aufgebaut. Vor Freude pochte ihr Herz ein bisschen schneller, während langsam die vertraute Gestalt auf dem Bildschirm erschien, ein wenig ruckelig, aber gut zu erkennen. Kaum zu glauben, dass Tausende von Meilen zwischen ihnen lagen.

»Wie geht es dir?« Chesten lächelte. »Wird es dir auch nicht zu viel mit den Viechern?«

»Du wirst es nicht glauben.« Das Bild verschwand, aber die Stimme ihrer Mutter erklang so deutlich, als stünde sie neben Chesten in Antigua. »Grant ist richtig zutraulich und der Kleine ist eh ein Süßer. Aber sag, wie geht es dir? Hast du Heimweh?«

Als sie antworten wollte, zeigten die Pixel ihr wieder ihre Mum, die auf den Bildschirm klopfte, als ob das helfen könnte.

»Ja, nein, manchmal. Es ist kompliziert.« Chesten versuchte, ihre ambivalenten Gefühle in Worte zu kleiden. »Ich arbeite so viel, dass ich kaum zum Denken komme.«

»Du hast also noch keine Entscheidung getroffen?«

»Hier gibt es so viel zu sehen. Das Land ist unglaublich schön.«

»Du weichst mir aus.«

»Sag, was ist so los in St. Bart?« Chesten musste das Lachen unterdrücken, das in ihr aufstieg. »Von Alys und Bree habe ich nur kurze SMSen bekommen.«

»Viel zu tun. Und immer wieder etwas Neues.« Ihre Mutter zuckte mit den Schultern, was durch die Internetverbindung etwas seltsam aussah. »Eure Dorfhexe hat mir prophezeit, dass ich in St. Bart erneut mein Glück finde.«

»Du warst bei Selena?« Chesten traute ihren Ohren nicht. »Hat Alys dich dorthin geschleppt?«

»Ich war neugierig. Wann kommst du nach Hause?«

»Wie geplant – in vier Monaten. Du hast also noch viel Zeit, dein Glück zu finden.«

Täuschte sie sich oder liefen die Wangen ihrer Mutter rot an? Durch das kleine Bild auf dem Netbook ließ sich das nicht richtig erkennen. Vielleicht würde sie von Alys und Bree mehr erfahren. Mum sah nicht so aus, als wäre sie bereit, auch nur ein weiteres Wort über ihren Besuch bei der weisen Frau zu verlieren. Schon erstaunlich, dass sie es Chesten überhaupt erzählt hatte.

»Er und Stacey sind wieder zusammen.«

»Das hat Bree mir schon erzählt.«

»Dachte ich mir. Hast du Darren schon angerufen?«

»Nein, und das werde ich auch nicht.«

»Ach, Chesten Marie.« Ihre Mutter schüttelte den Kopf, was durch die Skype-Verzerrung ziemlich gruselig aussah. »Warum nicht? Das wäre ein wirklich guter Mann für dich.«

»Danke für die Lorbeeren.« Darren, der aus der Dusche gekommen war und nichts trug außer einem Handtuch um die Lenden, beugte sich über Chestens Schulter und winkte ihrer Mum zu.

Schweigen auf der anderen Seite, was Chesten diebisch freute. Endlich war es ihr gelungen, ihrer Mutter die Sprache zu verschlagen. Sie genoss dieses außergewöhnliche Ereignis noch einen Moment, bevor sie Mum erlöste.

»Du hättest mich ausreden lassen sollen. Ich wollte sagen, dass ich Darren nicht anrufen brauche …«

»… weil ich hier bin. Seit einer Woche.«

Ein Abschiedswinken und Darren ließ Chesten mit ihrer Mutter allein.

»Ich weiß nicht, ob ich wütend oder glücklich sein soll.«

»Freu dich einfach mit mir.«

»Du bist sicher, dass du nichts überstürzt?«

»Erst willst du unbedingt, dass ich Darren anrufe, und dann geht es dir zu schnell. Entscheide dich.«

»Du wolltest für ein halbes Jahr gehen, um dir über deine Gefühle klar zu werden.«

»Mum, ich bin über Yestin hinweg.« Chesten suchte nach Worten. »Warum soll ich bei Darren länger warten?«

»Weil du dich erst finden wolltest?«

»Das habe ich. Eigentlich wusste ich es immer schon. Ich bin keine Frau, die glücklich allein lebt.«

»Chesten! So habe ich dich nicht erzogen.«

»Mum, ich kann allein leben. Aber ich will es nicht.«

»Darren wird doch viel auf Reisen sein, oder?«

Diese Ader, alles zu hinterfragen, musste sie von ihrer Mum haben. Bereits, als sie in Guatemala-City angekommen war, hatte

Chesten gewusst, dass sie Darren liebte. Die vergangenen Wochen ohne ihn waren ihr unglaublich lang und einsam erschienen, trotz der Aufgaben, die sie forderten und erschöpften. Schließlich hatte sie ihm bei einem ihrer Skype-Dates die Wahrheit gestanden.

»Darren, ich … ich will einfach nicht länger warten. Ich breche hier ab, um bei dir zu sein.«

»Nein, das tust du nicht. Deine Arbeit dort ist wichtig.«

Oh nein, wie peinlich war das denn? Sie hatte ihm gestanden, wie sehr sie ihn vermisste, und er wollte sie nicht bei sich haben. War sie schon wieder diejenige, die mehr liebte? Vor ihrer Abreise hatte sich das anders angehört.

»Wenn du meinst«, hatte sie schließlich hervorbringen können, mit flacher Stimme, den Tränen nah. »Ich muss los.«

»Halt, nicht so schnell.« Sie liebte die Lachfältchen um seine Augen. »Was hältst du davon: Ich komme zu dir. In zwei Tagen kann ich da sein.«

Noch jetzt schlug ihr Herz schneller bei der Erinnerung an das Glücksgefühl, das sie überkommen hatte. Die zwei Tage bis zu ihrem Wiedersehen waren ihr länger vorgekommen als die Wochen, die sie getrennt verbracht hatten.

Hatte sie vor seiner Ankunft befürchtet, dass sie einander nichts zu sagen hätten oder dass sich im Zusammenleben auf engstem Raum herausstellen würde, wie unterschiedlich sie wären, so hatte ihre gemeinsame Zeit alle Bedenken hinweggefegt.

Sie harmonierten unglaublich gut zusammen. »Fast wie ein altes Ehepaar«, hatte er gescherzt. »Nur mit mehr Leidenschaft. Viel mehr Leidenschaft.«

Tagsüber kümmerte Chesten sich um kranke Tiere, während Darren die Zeit nutzte, im Regenwald zu fotografieren. Abends schauten sie gemeinsam die Bilder an und wählten die aus, die er veröffentlichen wollte. Und die Nächte – Chesten grinste –, die Nächte gehörten ihnen. Egal, wie müde sie vorher gewesen war, wenn seine Finger über ihre Haut strichen, vergaß sie die Erschöpfung und gab sich ganz ihrer Leidenschaft hin.

Ja, dessen war sie sich inzwischen sicher: Darren war der Richtige für sie, der Mann, der sie glücklich machen würde.

»Aber er will mich und nur mich. Glaub mir, es ist gut so.« Chesten lächelte. »Es wird anders sein als bei Dad und dir, aber es wird gut werden.«

»Das hoffe ich für dich, mein Schatz. Grüß ihn von mir.«

»Viel Erfolg bei der Glückssuche. Knuddel die Kater von mir und gib den Pferden und Eseln eine Extra-Möhre in meinem Namen.«

»Mach ich. Ich hab dich lieb.«

»Ich dich auch, Mum.«

Chesten schloss das Netbook.

»Wie hat sie es aufgenommen?« Darren, immer noch nur mit dem Handtuch bekleidet, legte sich zu ihr aufs Bett.

»Wie soll ich mich so konzentrieren?« Sie beugte sich zu ihm und zog ihn in ihre Arme. »Mum freut sich. Aber jetzt küss mich.«

PORTHLEVEN, LAND'S END UND ERINNERUNGSBÄNKE

Porthleven ist einen Besuch wert. Vor allem der ungewöhnliche und pittoreske Hafen, der südlichste in Großbritannien, bietet tolle Fotomotive. Sehenswert ist natürlich das Bickford-Smith Institute, das man – wie meine Heldin Chesten – mit einer Kirche verwechseln kann.

Bilder und Informationen findet ihr hier:
https://www.visitcornwall.com/places/porthleven
http://www.porthleven-online.com/.

Roland ist leider nicht mehr in Porthleven, Fotos von seinem Happy Plaice und Kampfkater Olly könnt ihr auf Facebook finden unter: Rolands Happy Plaice Fish and Chips.

Ein Besuch in Land's End, dem südwestlichsten Punkt Großbritanniens, gehört einfach zu einem Cornwall-Urlaub dazu, auch wenn die Landzunge mehr von Disneyland als von Cornwall hat. Wer es trubelig und laut mag, sollte tagsüber hierherreisen. Wenn ihr es lieber ruhiger haben wollt, empfehle ich einen Besuch außerhalb der Saison oder in den Abendstunden.

https://www.visitcornwall.com/places/lands-end

https://www.landsend-landmark.co.uk/

Überall in Cornwall und auch auf den Scilly Islands kann man sie entdecken: Erinnerungsbänke, die häufig mit sehr berührenden und individuellen Inschriften an geliebte Verstorbene erinnern. Seitdem ich sie das erste Mal entdeckt habe, wollte ich unbedingt eine Geschichte schreiben, in der sie eine Rolle spielen. Und zu wem passt es besser als zu Chesten?

Dieser Blog widmet sich den Geschichten hinter den Erinnerungsbänken: https://memorialbenchstories.wordpress.com/.

DANKSAGUNG

Schreiben ist eine einsame Arbeit, bei der Veröffentlichung kann ich mich glücklicherweise auf ein wunderbares Team und hilfreiche Menschen (und Kater) stützen, die die Geburt von »Frühlingsleuchten« begleiteten.

Auch wenn man ein Buch nicht nach dem Cover beurteilen soll, kann ich Sarah Buhr, www.covermanufaktur.com, gar nicht genug für das wunderbare Kleid danken, das sie meiner Geschichte geschenkt hat.

Meiner Lektorin Katrin Opatz, http://lektoratwortnetz.de, gilt ein ebenso herzliches Dankeschön. Ihr Sprachgefühl und ihre inhaltlichen Anmerkungen gaben dem Manuskript den notwendigen Feinschliff. Von unserer Zusammenarbeit profitieren meine Geschichten und ich unglaublich.

Claudia Heinen, www.sks-heinen.de, danke ich für das Korrektorat. Ihre Kenntnisse der neuen deutschen Rechtschreibung und Kommasetzung erstaunen mich immer wieder.

Das wundervolle Layout verdankt »Frühlingsleuchten« Myra Çakan, https://ebook-to-go.blogspot.de – vielen Dank!

Seitdem ich meine ersten Geschichten veröffentlicht habe,

habe ich viele Bloggerinnen kennengelernt, deren Rezensionen und Unterstützung ich sehr schätze. Herzlichen Dank!

Neben dem beruflichen Leben gibt es noch ein privates, das unter dem Schreiben, vor allem in der Endphase, zu leiden hat. Daher danke ich meinen Freundinnen erneut für ihre Toleranz gegenüber verschobenen Verabredungen und vergessenen Telefonaten.

Wie immer gebührt den Katern Dank für ihre Gesellschaft und die Ablenkung, die sich ergibt, wenn sie über die Tastatur laufen oder unbedingt darauf schlafen wollen.

Matthias danke ich für seine Geduld, seine Unterstützung und dafür, dass er trotz Schreibkrisen bei mir bleibt.

Und ganz zum Schluss danke ich euch, den Leserinnen und Lesern meiner Geschichten.

Herzlichen Dank für die Zeit, die ihr gemeinsam mit Alys, Bree, Chesten und mir verbringt.

Über Rückmeldungen durch Rezensionen oder per Mail und Facebook freue ich mich sehr. Ihr erreicht mich über:

https://www.facebook.com/CaraLindonAutorin/.

Wenn ihr mehr über geplante Bücher, das Schreiben, das Leben, Cornwall und die Kater erfahren möchtet, könnt ihr hier meinen Newsletter abonnieren: www.caralindon.de.

Liebe Grüße und einen sonnigen Frühling

Eure Cara

Auch Chestons Freundinnen Alys und Bree haben Geschichten zu erzählen.

»Cornwall tut den Augen und der Seele gut«, sagte Grandma, »… und es heilt gebrochene Herzen.«

Alys' Suche nach Mr. Right könnt ihr in „Herbstfunkeln" lesen.

Mann weg, Job weg, Wohnung weg – kurz vor ihrem 30. Geburtstag hat Alys alles verloren. Zutiefst unglücklich kehrt sie zurück ins romantische Cornwall, ins Haus ihrer Großmutter. Mit Schokolade, Büchern und ihren besten Freundinnen versucht sie sich zu trösten, aber das Leben erscheint ihr leer.

Um nicht mehr so allein zu sein, adoptiert sie Mr. Cat, einen missmutigen Kater aus dem Tierheim. Gerade hat Alys sich ihrem Dasein als einsame Katzenfrau abgefunden, da treten gleich zwei Männer in ihr Leben: der sympathische Jory, mit dem Alys lachen kann, und der erfolgreiche Daveth, der sie verwöhnt.

Kann sie ihrem Herzen vertrauen oder steht ihre Vergangenheit ihrem Glück im Weg?

Brees Geschichte wird in **Winterglitzern** erzählt.

»Liebe macht dich nicht abhängig. Sie macht dich vollständig.

Die unabhängige Bree arbeitet als Curvy Model und genießt ihr Single-Leben mit Reisen, spannenden Jobs und leidenschaftlichen Affären. Ein Anruf ihres Vaters ändert alles: Sie muss zurück ins beschauliche Cornwall, um sich dort um das B&B ihrer Eltern zu kümmern.

Den einzigen Gast kennt sie bereits – aus einer unerfreulichen Begegnung in London. Ben, Mitte 30, enttäuscht von der Liebe und gelangweilt vom Job. Er ist sofort von Bree fasziniert, aber sie zeigt ihm anfangs die kalte Schulter.

Bald entdeckt Bree Anzeichen, dass Ben ihr seine wahren Absichten verheimlicht. Als sie seinem Geheimnis auf die Spur kommt, droht alles zu zerbrechen, was zwischen ihnen begann.

Wird Bree ihm verzeihen können oder flieht sie vor der Liebe?

Die vierte Jahreszeit, Sommerschimmern, folgt im Juni 2018. Lasst euch überraschen, wessen Geschichte in diesem Roman erzählt wird.